ro
ro
ro

HARRY KEMELMAN wurde 1908 in Boston geboren und studierte an der Boston University und in Harvard. Er arbeitete als Verkäufer und Lehrer, ehe er eine Professur am State College in Boston annahm. 1964 erschien der erste Fall für Rabbi David Small: «Am Freitag schlief der Rabbi lang», der mit dem Edgar Allan Poe Award ausgezeichnet wurde. Seitdem veröffentlichte Kemelman noch zehn erfolgreiche Fälle für den Schriftgelehrten und scharfsinnigen Hobbydetektiv, bevor er 88-jährig in Boston starb. Rabbi-Small-Kriminalromane sind auch für die übrigen Wochentage lieferbar: «Am Freitag schlief der Rabbi lang» (rororo 23127), «Am Samstag aß der Rabbi nichts» (rororo 23128), «Am Sonntag blieb der Rabbi weg» (rororo 23129), «Am Montag flog der Rabbi ab» (rororo 23273), «Am Dienstag sah der Rabbi rot» (rororo 23274) und «Am Mittwoch wird der Rabbi nass» (rororo 23351).

HARRY KEMELMAN

Der Rabbi schoss am Donnerstag

KRIMINALROMAN

Deutsch von
Gisela Stege

Rowohlt Taschenbuch Verlag

Neuausgabe Februar 2003

Veröffentlicht im Rowohlt Taschenbuch Verlag GmbH,
Reinbek bei Hamburg, Oktober 1979

Die Originalausgabe erschien bei William Morrow and Company, Inc.,
New York, unter dem Titel «Thursday the Rabbi Walked Out»

Redaktion Brigitte Fock
Umschlaggestaltung any.way, Barbara Hanke, Cordula Schmidt
(Foto: Photonica)
Satz Minion PostScript, PageMaker
bei Pinkuin Satz und Datentechnik, Berlin
Druck und Bindung Clausen & Bosse, Leck
Printed in Germany
ISBN 3 499 23353 3

Die Schreibweise entspricht den Regeln
der neuen Rechtschreibung.

Wieder einmal
für die neue Generation:
Nina, Jennifer, Jared Rooks
und
Jonathan, Micah, Joab Kemelman
und
das neue Mitglied
Murray J. Rossant

1

Wenn ihr Mann eine Predigt vorbereitete, war Miriam stets sorgsam bedacht, ihm nicht über den Weg zu laufen – nicht, weil sie fürchtete, ihn in seinen Gedankengängen zu stören, sondern weil sie ihm keinen Vorwand für die Unterbrechung seiner Arbeit liefern wollte. Denn für David Small, den Rabbi der Konservativen Synagoge von Barnard's Crossing, war weder die Vorbercitung noch das Halten einer Predigt ein besonderes Vergnügen. Er hatte wie üblich damit begonnen, sich Papier zurechtzulegen, Bleistifte zu spitzen, die Lampe näher zu rücken – alles, um das Ringen um den Anfang hinauszuzögern. Er war mager und bleich, und wie er da an seinem Schreibtisch saß, hielt er die Schultern gebeugt, wie es für Gelehrte typisch ist. Sein schütteres Haar, das an den Schläfen bereits ergraute, machte ihn nur älter, nicht distinguierter. Er schrieb ein paar Worte, dann betrachtete er sie kurzsichtig durch seine dicke Brille. Er strich sie aus, klopfte mit dem Bleistift auf die Schreibtischplatte und begann zu stricheln, bis er die Predigt vergaß und sich ganz und gar darauf konzentrierte, ein kompliziertes Muster aus geraden und geschwungenen Linien, von Kreisen und Quadraten, verbunden durch eine Querschraffierung, auszuarbeiten. Als es an der Haustür klingelte, war es für ihn eine Erleichterung. «Ich mache auf!», rief er aus seinem Studierzimmer.

Miriam, die aus der Küche kam, entgegnete: «Lass nur. Das ist wahrscheinlich nur der Junge, der das Zeitungsgeld kassieren will.» Doch als sie öffnete, sah sie das freundliche, frische Gesicht von Hugh Lanigan, dem Polizeichef von Barnard's Crossing, vor sich.

Der Rabbi, hinter ihr, begrüßte ihn freudig. «Nur herein! Nur herein, Chief! Miriam wollte gerade Kaffee machen. Nicht wahr, Liebes?»

Pflichtgetreu erwiderte Miriam: «Ja, ich habe das Wasser schon aufgesetzt. Bitte, kommen Sie herein.» Aber sie konnte es sich nicht verkneifen und setzte hinzu: «David arbeitet an einer Predigt, und ich weiß, dass er nach einem Grund zum Aufhören sucht.»

Lanigan lächelte. «Was ist los, David? Haben Sie Schwierigkeiten damit?»

«David hat mit all seinen Predigten Schwierigkeiten», behauptete Miriam spitz. Sie war klein und hätte in ihrem Pullover, dem Rock und den Mokassins wie ein Teenager ausgesehen, hätten die Gesichtszüge mit dem spitzen Kinn nicht Reife und Entschlossenheit verraten. Ihr dichtes, blondes Haar, auf dem Kopf aufgetürmt, als wolle sie es lediglich aus dem Weg haben, schien fast zu schwer für die kleine, schlanke Figur.

«Ach, wirklich? Ich hätte gedacht, so was macht Ihnen Spaß», sagte Lanigan. «Sie können die Leute runterputzen, und die dürfen nicht antworten. Zuhörer, die wahrhaft gefesselt sind.»

Der Rabbi grinste. «Es liegt mir nicht sehr, die Leute runterzuputzen, vor allem nicht, da ich mir meiner eigenen Unzulänglichkeit nur allzu bewusst bin. Außerdem würde es nichts bringen. Die Predigt ist nichts weiter als eine Art Unterhaltung, die der Rabbi liefert, damit der langweilige Gottesdienst schneller vorbeigeht. Sie gehört im Grunde sogar überhaupt nicht zur Tradition. Früher haben die Rabbis nie gepredigt.»

«Sie meinen, wenn eine Synagoge einen Rabbi engagierte, erwartete man nicht von ihm, dass er predigte?»

Der Rabbi schüttelte den Kopf. «Nicht die Synagoge engagierte den Rabbi, sondern die Stadt oder Gemeinde. Und sie engagierten ihn ausschließlich als Schiedsrichter, der Rechtsfragen löste, die eventuell auftauchten. Ansonsten erwartete man von ihm, dass er sich seinen Studien widmete.»

«Er wurde bezahlt, damit er studierte?»

«Warum denn nicht? Die Universitäten subventionieren doch auch Wissenschaftler. Warum also nicht eine Gemeinde?»

«Nun ja, vermutlich. Und er brauchte überhaupt nicht zu predigen?»

«Sein Vertrag schrieb ihm zwei Predigten pro Jahr vor, am Sabbat vor dem Passah-Fest und am Sabbat vor dem Versöhnungstag. Aber das waren keine Predigten in Ihrem Sinn. Es waren gelehrte Vorträge wie die Vorlesungen eines Juraprofessors. Er hat die Gemeinde nicht ermahnt. Die Predigten, wie Sie sie gewöhnt sind, die gegen die Sünde, die wurden gewöhnlich von einem Wanderprediger gehalten, einem *megid*. Heutzutage erwartet man natürlich, dass der Rabbi, genau wie der Pastor und der Pfarrer, jede Woche eine Predigt hält. Manche Rabbis tun das gern. Wahrscheinlich, weil es ihnen besonders liegt. Der ärmste Student meines Jahrgangs im Seminar hat aufgrund dessen jetzt eines der angesehensten Rabbinate im Bezirk New York. Er besitzt eine wunderschöne Baritonstimme, und wenn er nur das Alphabet aufsagt, kommen den meisten Leuten schon die Tränen. Wir nannten ihn immer ‹die Stimme›.»

«Reuben Levy?», erkundigte sich Miriam. «Der mit den Gleichnissen?»

Der Rabbi lachte vergnügt. «Genau der.» An Lanigan gewandt, erklärte er: «Einmal haben wir, ein paar Seminaristen mit ihren Frauen, uns über das Predigen unterhalten, weil wir damals zum Sabbat in kleinere Gemeinden geschickt wurden. Levy erklärte, bei der Ausarbeitung einer Predigt suche er nicht etwa nach Beispielen und Gleichnissen, um etwas zu verdeutlichen, sondern mache es umgekehrt. Wenn er eine gute Story höre, merke er sie sich und baue dann eine Predigt drum herum.»

«Ach so! Wie der Bursche, der als Scharfschütze galt, weil er zuerst schoss und dann eine Zielscheibe um das Einschussloch malte?» fragte Lanigan.

«Genau!», antwortete der Rabbi.

Als Miriam in die Küche ging, um den Kaffee zu holen, fuhr der Rabbi fort: «Meine eigenen Predigten sind auch immer eher wissenschaftliche Vorträge. Wissen Sie, dreimal die Woche lesen wir Teile aus dem Pentateuch, also verbinde ich meine Predigten mit den jeweiligen Zitaten.»

«Dann leiden Sie ja nie Mangel an Themen», meinte Lanigan. «Also dürfte es Ihnen nicht schwer fallen.»

«Gewiss, aber nach so vielen Jahren befürchte ich, dass ich mich möglicherweise wiederhole.»

«Ach was!», sagte Lanigan, der von Miriam seine Kaffeetasse entgegennahm. «Ist Ihnen je der Gedanke gekommen, dass ihre Gemeinde Ihnen gar nicht zuhört?»

Der Rabbi lächelte säuerlich. «Vielen Dank.»

«Nein, aber im Ernst: Wie lange sind Sie jetzt hier – zehn Jahre?»

«Zwölf.»

«Wenn Sie also jetzt einige von Ihren alten Predigten wiederholten, von denen, die Sie ganz am Anfang gehalten haben – wer würde das schon bemerken?»

«Ich», sagte der Rabbi.

«Aber hören Sie mal, Sie sagen, Ihre Predigten ähneln den Vorlesungen von Professoren. Also, die halten jahraus, jahrein dieselben Vorlesungen, nicht wahr? Ich meine, es kommt immer wieder ein neuer Jahrgang, und mit denen muss er doch jedes Mal dasselbe durchkauen. Also, ich wette, dass in den zwölf Jahren, die Sie jetzt hier sind, ein ziemlich großer Teil Ihrer ursprünglichen Gemeinde ausgeschieden ist – gestorben, weggezogen, nach Florida gegangen, um sich zur Ruhe zu setzen. Dafür sind viele neue Leute hergekommen. Wenn das, was Sie Ihrer damaligen Gemeinde gesagt haben, für die Leute wichtig war, dann wäre es doch sicher genauso wichtig für die neuen, nicht wahr?»

Der Rabbi nickte. «Das stimmt. Es geschieht ganz allmählich, sodass man es kaum bemerkt, aber es stimmt. Von den ursprünglichen Mitgliedern sind nicht mehr viele übrig.»

«Und sehr viel mehr neue Leute sind hierhergezogen», ergänzte Lanigan.

«Wir haben jetzt fast dreihundert Familien», sagte Miriam.

«Dreihundert?» Lanigan war erstaunt. «Ich dachte, es wären weit mehr hier in der Stadt.»

«O ja, in der Stadt schon», bestätigte der Rabbi. «Ungefähr noch weitere zweihundert, aber die sind keine Gemeindemitglieder.» Er lächelte. «Wenn es nach Henry Maltzman, unserem Vorsitzenden, ginge, dann würden alle der Gemeinde beitreten. Er ist sehr dafür, die Mitgliederzahl zu erhöhen.» Er lachte. «Ewig redet er davon, man müsste nur den richtigen Trick anwenden.»

«Ja, aber *warum* sind sie keine Mitglieder? Wenn von unserer Kirche jemand hier zuzieht, wird er sofort vom Pfarrer oder von einem seiner Kaplane aufgesucht. Und wenn er nicht in die Kirche kommt, versuchen sie's weiter. Ich möchte wetten, dass es hier in der Stadt kaum ein Dutzend Katholiken gibt, die nicht so oder so mit der Kirche in Verbindung stehen.»

«Ihre Religion ist kirchenorientiert», wandte der Rabbi ein. «Sie dreht sich um Messen, Kommunion und Beichte, und dazu gehört ein Priester in der Kirche. Unsere Religion wird hauptsächlich zu Hause ausgeübt. Der Sabbat wird zu Hause gefeiert. Das Passah-Fest findet zu Hause statt. Außerdem ist auch die Finanzstruktur anders. Die unsere stützt sich auf die Mitgliedschaft, und die jährlichen Beiträge belaufen sich auf mehrere hundert Dollar pro Jahr. Das ist viel für ein junges Ehepaar, und das sind die meisten neu Zugezogenen. Die nur gekommen sind, weil sie Jobs in den Forschungslabors und den vollautomatisierten Fabriken an der Route 128 ergattert haben.»

«Und viele davon reduzieren jetzt», warf Miriam ein, «und einige schließen vielleicht ganz.»

«Meinen Sie die Rohrbough Corporation?», erkundigte sich Lanigan.

«Es wurde davon gesprochen», bestätigte Miriam. «Einige Frauen machen sich Sorgen.»

«Ich habe einen Artikel in der Sonntagszeitung gelesen», sagte ihr Mann. «Es heißt, eine große Firma aus Chicago wolle das Werk übernehmen.»

«Die Segal-Gruppe?» Lanigan schüttelte den Kopf. «Die werden bestimmt keine Hilfe sein. Der Artikel wurde gestern Abend bei der Magistratssitzung erwähnt, und Al Megrim, ein Börsenmakler, der es eigentlich wissen muss, sagte, das wäre eine Finanzgruppe, keine Herstellungsfirma. Die tauschen Konzerne wie Kinder Baseballbilder. Sie übernehmen eine Firma, melken sie trocken, manipulieren die Aktien, während sie liquidieren, und verschwinden wieder. Was übrig bleibt, sind ausgeschlachtete Gebäude.» Er stellte seine Tasse hin und lehnte sich bequem zurück. «Haben Sie schon von dieser Sitzung gehört?»

Der Rabbi schüttelte den Kopf. Lanigan rutschte voll Unbehagen hin und her. Er räusperte sich und sagte dann: «Nun ja, es wurde dafür gestimmt, über das Aufstellen von Verkehrsampeln bei der Synagoge erneut zu beraten.»

«Aber letzte Woche ist der Antrag doch einstimmig angenommen worden», sagte Miriam bestürzt.

«Nach wochenlangen Diskussionen», ergänzte ihr Mann. «Ist denn inzwischen irgendwas passiert, das die Situation verändert hat? Es kommen jeden Nachmittag Kinder zur Religionsschule, und …»

«Ich weiß, David. Ich weiß. Wahrscheinlich nur eine Routinefrage», erwiderte Lanigan.

«Ist das üblich, eine Maßnahme in der einen Woche zu beschließen und in der nächsten den Beschluss zu widerrufen?»

«Nun ja, Ellsworth Jordon – kennen Sie ihn?»

Der Rabbi schüttelte den Kopf.

«Dem gehören ein paar Grundstücke da unten. Mein Gott, dem gehören Grundstücke in der ganzen Stadt. Dadurch ist er ein Anlieger. Er schrieb dem Magistrat, er sei nicht benachrichtigt worden. Deswegen schlug Megrim erneute Beratung vor, und das übrige Gremium hat ihm aus Höflichkeit zugestimmt.»

«Und was geschieht nun?», fragte Miriam.

«Der Punkt kommt nächste Woche noch einmal auf die Tagesordnung», suchte Lanigan sie zu beruhigen. «Und wahrscheinlich wird dafür gestimmt. Aber ich würde lieber hingehen.»

«Wie wär's mit einer Delegation?», fragte Miriam.

Lanigan zögerte. «N-nein, lieber nicht. Dann hätten sie womöglich das Gefühl, dass Druck ausgeübt werden soll, und das würde sie verärgern. Schließlich sind wir in New England, und der Magistrat besteht aus lauter konservativen Yankees. Die können furchtbar stur werden gegen Druck. Aber das ist nur meine persönliche Meinung.»

Fragend sah Miriam ihren Ehemann an.

«Ich glaube, der Chief hat Recht», meinte der Rabbi. «Trotzdem werde ich mit Henry Maltzman sprechen. Er kommt heute Abend.»

Als Miriam den Tisch abräumte, begleitete der Rabbi den

Gast zur Tür. «Was steckt wirklich hinter diesem Beschluss zu erneuter Beratung?», fragte er. «Ist dieser Jordon tatsächlich nur verärgert, weil der Magistrat ihn nicht benachrichtigt hat?»

Lanigan blieb auf der Türschwelle stehen. «In einer so kleinen Stadt hört man alle möglichen Dinge über alle möglichen Leute. Und ich höre aufmerksam zu, weil es mir manchmal bei meiner Arbeit zustatten kommt. Also, ich habe das Gefühl, er hat nur Protest erhoben, weil er Ihre Leute nicht mag.»

«Er mag keine ...»

«Juden.»

2

Henry Maltzman war ein großer, kräftiger Mann. Zwar hatte er seit der Zeit, da er im Koreakrieg Captain bei den Marines gewesen war, einen kleinen Bauch entwickelt, trug aber den Kopf immer noch erhoben, das Kinn eingezogen und die Schultern gestrafft wie bei einer Parade. Obwohl das bei seinen fünfzig Jahren ein wenig unnatürlich wirkte – wie ein Dicker, der beim Anblick eines hübschen Mädchens am Strand den Bauch einzieht –, war man allgemein der Ansicht, dass er mit seinen roten Wangen und dem kurz geschorenen, krausen Haar eine gute Figur machte, ja sogar ein gut aussehender Mann war. Es hieß, er habe ein Auge für die Weiblichkeit, und umgekehrt. Und vielleicht war die Tatsache, dass er zum Vorsitzenden gewählt worden war, ein Beweis für seine Anziehungskraft. Denn er war ein krasser Außenseiter in der Organisation der Synagoge gewesen, hatte nur eine Periode im Vorstand gesessen, als er sich um den Posten des Präsidenten bewarb, nachdem die Statuten dahingehend geändert worden waren, dass es nunmehr auch den Frauen gestattet wurde, zu wählen und ein Amt zu bekleiden.

Groß und mächtig stand Maltzman da, als er auf die Smalls hinabblickte. Er hatte kleine, blaue Augen, die gewöhnlich freundlich, aber auch stählern blitzen konnten, wenn man ihm in die Quere kam, und die weit aus den Höhlen traten, sobald er sich ärgerte. Als er dem Rabbi jetzt die Hand reichte, blickten sie jedoch freundlich drein, und Miriam schenkte er, als sie ihm den Mantel abnahm und ihn in den Garderobenschrank hängte, das herzliche Lächeln, das er automatisch für jede Frau bereit hatte. Er nahm den Sessel, den der Rabbi ihm anbot, erhob sich jedoch sofort wieder, als Miriam aus dem Flur hereinkam.

«Sie werden sicher Synagogenangelegenheiten zu besprechen haben», sagte sie. «Ich lasse Sie sofort allein.»

«Es wäre mir lieber, wenn Sie hier bleiben, Mrs. Small», entgegnete er. «Natürlich geht es um die Synagoge, aber es betrifft auch Sie. Wenigstens glaube ich das. Ich möchte mit Ihnen über den Platz der Frauen beim Gottesdienst sprechen, Rabbi.»

«Hätten Sie gern einen Tee oder Kaffee?», erkundigte sich Miriam.

«Keins von beiden, danke.»

«David?»

«Für mich auch nicht, Miriam.»

Maltzman wartete, bis sie Platz genommen hatte; dann erst setzte auch er sich wieder.

«Da wir nun Frauen im Vorstand haben», begann er, «verlangen sie jetzt ziemlich energisch die volle Gleichberechtigung beim Gottesdienst. Aber so etwas kann man natürlich nicht durch einfache Stimmenmehrheit beim Vorstand beschließen. Über so etwas Grundlegendes müsste ein Referendum oder eine Generalversammlung entscheiden.»

«Sie haben Recht», antwortete der Rabbi. «Der Vorstand allein sollte über eine derartige Frage nicht entscheiden. Also warum nicht eine Generalversammlung einberufen?»

«Weil die Gegenseite die Abstimmung nicht gelten lassen würde», sagte Maltzman ärgerlich. «Kaplan, der Vertreter der orthodoxen Richtung, hat mir praktisch angedroht, wenn wir zuließen, dass Frauen einen Teil des *minjen* bilden und sie zum Vorbeten zulassen und so, werde er austreten. Dann würde er mit seiner ganzen Gruppe die Synagoge verlassen.»

Der Rabbi nickte. «Das hatte ich erwartet. Ich weiß nicht, wie viele mitgehen würden, doch wenn es genug sind, um eine neue Synagoge zu gründen, kann ich mir vorstellen, dass andere nachfolgen.»

«Das meine ich auch», stimmte ihm Maltzman zu. «Deswegen finde ich, wir müssten jetzt mal energisch werden. Wenn also der Rabbi der Gemeinde für die Gleichberechtigung stimmen, wenn er darüber predigen würde ...»

«Mit mir dürfen Sie nicht rechnen, Mr. Maltzman», unterbrach ihn der Rabbi schnell.

«Wollen Sie sagen, Sie sind dagegen? Aber warum?» Maltzman war aufrichtig erstaunt.

Der Rabbi lächelte. «Nennen Sie es Festhalten an der Tradition, wenn Sie wollen. Wenn wir eine so drastische Veränderung vornehmen, zieht das andere Auswirkungen nach sich, unvorhergesehene Auswirkungen, und einige davon nicht wünschenswert. Es ist ein elementares soziologisches Gesetz, dass es unmöglich ist, nur *eine* Sache zu verändern.»

«Dann sind Sie überhaupt gegen jede Veränderung?»

«Nein, nicht gegen jede. Aber gegen unnötige. Mir scheint, dass diese spezielle Veränderung auf dem Boden der Women's Lib-Bewegung gewachsen ist, und wie immer, in den Anfangsstadien einer Bewegung, kommt es zu allen möglichen übertriebenen Reaktionen. Ein Herrenclub muss Frauen aufnehmen, sonst ist er sexistisch. Es heißt nicht mehr, ‹man hat›, sondern ‹mensch hat›. Bei einem Vortrag, den ich mir anhörte, benutzte der Redner den Ausdruck ‹jeder für sich›. Eine Frau im Publikum stand auf und behauptete, er müsse sagen, ‹jeder oder jede für sich›. Lächerlich! Wir sind eine Jahrtausende alte Institution. Sollen wir uns ändern, nur weil sich die Mode plötzlich geändert hat? Sollen wir den traditionellen Kol-Nidre-Gesang ändern, weil in der Musik gerade Rock 'n' Roll Mode ist?»

«Aber es *hat* Veränderungen gegeben, Rabbi.»

«Gewiss, sobald es praktisch und notwendig war. Hillels *prosbul* änderte die Gesetze des Sabbatjahrs, als es erforderlich wurde, den Handel weiterzuführen, der sich damals entwickelt hatte, Rabbi Gershom änderte die Ehe- und Scheidungsgesetze. Ganz zu schweigen von den vielen Gesetzen, die wir änderten, als sie durch die Zerstörung des Tempels in Jerusalem hinfällig wurden. Unsere eigene Konservative Bewegung wurde gegründet und ausgebaut, um der amerikanischen Herausforderung zu begegnen. Wann immer es nötig war, wurden Änderungen vorgenommen. Aber auch *nur*, wenn sie nötig waren.»

Der Rabbi hielt inne; als Maltzman jedoch nichts erwiderte, fuhr er mit erhobener Stimme fort: «Sie wollen Teil des *minjen* sein dürfen? Warum? Der *minjen* ist eine Voraussetzung für das allgemeine Gebet. Er erfordert ein Minimum von zehn erwachsenen Männern. Wenn andere daran teilnehmen wollen, Männer oder Frauen, sind sie herzlich willkommen. Aber wir bringen jeden Morgen gerade eben zehn Männer zusammen, und das auch nur dank Kaplan und seiner orthodoxen Gruppe. Ganz gleich, was ich oder der Vorstand beschließen, wenn die keine zehn erwachsenen Männer sehen, erkennen sie den *minjen* nicht an und nehmen nicht am Gottesdienst teil.

Und was die Ehre betrifft, zum Vorbeten ausgewählt zu werden, nun, es ist eben ganz genau das: eine Ehre. Bei jedem Gottesdienst werden nur einige Männer aufgerufen. Bedeutet das etwa, dass die anderen Gemeindemitglieder diskriminiert werden? Es handelt sich doch wirklich mehr um eine gesellschaftliche als um eine religiöse Ehrung, und es gibt Leute, die in ihrem ganzen Leben nicht zum Vorbeten aufgerufen worden sind.»

«Und wenn die Gemeinde dafür stimmt?», fragte ihn Maltzman.

«Ah, das ist etwas anderes. Wenn eine beträchtliche Mehrheit der Gemeinde danach verlangt, so ist das ein Zeichen dafür, dass in der Gemeinschaft eine tief greifende soziologische Veränderung stattgefunden hat und dass diese Entscheidung der Ausdruck dafür ist.»

Unsicher blickte Maltzman vom Rabbi zu dessen Frau. «Was meinen Sie denn dazu, Mrs. Small?»

Miriam lachte. «Ehrlich gesagt, Mr. Maltzman, es hat oft genug ganz scheußlich kalte, verschneite Wintertage gegeben, an denen David in aller Frühe aufstehen und zur Synagoge gehen musste, damit ein *minjen* gewährleistet war. Ich weiß noch genau, wie glücklich ich mich tiefer ins Bett gekuschelt und Gott dafür gedankt habe, dass ich keine solchen Verpflichtungen hatte.»

Maltzman grinste. «Kann ich mir vorstellen. Na schön, Rabbi, ich werde den anderen Ihren Standpunkt darlegen.» Sein Grinsen wurde breiter. «Und den Ihren, Mrs. Small. Damit ist die Sache zwar noch nicht abgeschlossen ...»

«Ich weiß», fiel ihm der Rabbi ins Wort. «In meinem Terminkalender ist ein Treffen mit einer Abordnung der Schwesternschaft eingetragen.» Er wandte sich an Miriam. «Vielleicht möchte Mr. Maltzman jetzt eine Tasse Tee. Ich jedenfalls hätte jetzt gern eine.»

Sofort verließ Miriam das Zimmer, und Maltzman sagte: «Wissen Sie, Rabbi, ich bin da anderer Meinung. Ich kann Ihnen in dieser Angelegenheit gar nicht zustimmen. Bei anderen Gemeinden, sogar bei Konservativen Gemeinden, nehmen Frauen aktiv am Gottesdienst teil. Die haben auch Rabbis, also muss es doch irgendwelche Argumente *dafür* geben, rabbinische Argumente, meine ich.»

«Es kommt eben darauf an, auf was man das Hauptgewicht legt», gab Rabbi Small liebenswürdig zu.

«Nun ja, für mich liegt das Hauptgewicht auf der Mitgliederzahl», entgegnete Maltzman. «Ich sehe hier in der Stadt viele von unseren Leuten, die keine Mitglieder der Synagoge sind. Und dies könnte nun gerade der Trick sein, mit dem wir sie ködern.»

«Würden wir mehr Mitglieder dazubekommen als orthodoxe verlieren?», fragte der Rabbi.

«Eine gute Frage», erwiderte Maltzman.

Miriam kam mit dem Tee. Als sie Maltzman seine Tasse reichte, fragte sie ihn: «Haben Sie schon gehört, was gestern auf der Magistratssitzung vorgefallen ist? Hat man es Ihnen berichtet?»

Er lauschte aufmerksam, als der Rabbi von Lanigans Besuch erzählte.

«Verdammt dieser Scheißkerl, dieser gemeine, antisemitische Scheißkerl – o Verzeihung, Mrs. Small, aber …»

«Meinen Sie Megrim, das Magistratsmitglied?», erkundigte sich Rabbi Small.

«Nein, nein, Megrim ist schon in Ordnung. Ich meinte diesen Ellsworth Jordon.»

«Warum sagen Sie, er sei Antisemit?», fragte der Rabbi.

Maltzmans Miene war wütend. «Was für einen anderen Grund hätte er denn, gegen die Verkehrsampeln zu opponieren? Er ist dagegen, weil wir dafür sind. Ich will Ihnen was sagen über Jordon, Rabbi. Er besitzt Grundstücke in der ganzen Stadt, und ich bin Immobilienmakler, also habe ich einen gewissen Kontakt mit ihm. Aber kein einziges Mal habe ich einen Abschluss mit ihm machen können. Die Grundstücke laufen unter verschiedenen Firmennamen: Jordon Realty, Ellsworth Estates, E. J. Land Corporation …»

«E. J. Land Corporation?», wiederholte Miriam.

Maltzman nickte. «Ganz recht, die Firma, der das Grundstück bei der Synagoge gehört, das wir für die neue Religionsschule erwerben wollten. Ich habe an die E. J. Land Corporation geschrieben und mich nach dem Preis des Grundstücks erkundigt. Aber eine Antwort habe ich nicht bekommen. Nach einer Weile habe ich deshalb meinen guten Freund Larry Gore von der Barnard's Crossing Trust gefragt, weil man an die E. J. Land Corporation per Adresse dieser Bank schreiben muss. Ich habe ihn gefragt, was los ist. Und er sagt mir, das Grundstück ist nicht zu verkaufen. Wozu hat er es dann aber? Ist Jordon so wild drauf, Steuern zu bezahlen? Will er's vielleicht beackern?»

«Vielleicht will er bauen», meinte der Rabbi gutmütig.

«Praktisch unmittelbar neben der Synagoge? Nein. Er ist zwar verrückt, aber nicht so verrückt. Außerdem hat er seit zwanzig Jahren nichts mehr gebaut. Damals hat er ein paar Häuser gebaut – er ist Architekt oder irgendein Ingenieur –, und die hat er genau zum richtigen Zeitpunkt verkauft. Dann hat er 'ne Menge Grundstücke gekauft, auf denen er 'ne Menge Häuser bauen wollte, riesige Apartment-Gebäude. Aber dann wurde er krank und machte nicht weiter. Na, und ungefähr zu der Zeit hat der Grundstückswert angefangen zu steigen. Die Brücke und der Tunnel waren gebaut worden, man konnte innerhalb von dreißig, vierzig Minuten in Boston sein, und die Stadt wurde ein Wohnort fürs ganze Jahr statt lediglich ein Sommererholungsort für die Reichen. Die Grundstückspreise stiegen weiter, und er hatte ja endlos viele davon. Manche könnten jetzt für den zehnfachen Preis weiterverkauft werden. Er ist ein Spinner und ein Verrückter, aber ...»

«Es klingt aber nicht, als ob er verrückt wäre», bemerkte Miriam.

«O ja, in Geldangelegenheiten ist er clever. Aber verrückt ist er trotzdem.» Maltzman lachte. «Letztes Jahr, als wir für den United Appeal sammelten, zog ich seinen Namen. Er wohnt in dieser alten Arche von Haus, wo die Fenster vernagelt sind ...»

«Auf einem Hügel?», fragte Miriam.

«Ganz recht. Ein riesiges Grundstück mit einem Eisenzaun rings herum.»

«Die Kinder behaupten, dass es dort spukt», sagte Miriam. «Weißt du noch, David, wie wir da vorbeigefahren sind? Aber es ist doch alles mit Brettern vernagelt. Ich dachte, es wohnt niemand mehr dort.»

Maltzman nickte. «Das kommt von den Bäumen, aber wenn man die Einfahrt raufkommt, sieht man, dass nur die beiden oberen Stockwerke vernagelt sind. Ich fuhr also hin und klingelte. Von drinnen rief jemand: ‹Herein, herein!› Ich stieß die Tür auf und kam in einen riesigen Raum, beleuchtet nur von einer Deckenlampe mit einer Fünfundzwanzig-Watt-Birne. Eine Stimme fragt: ‹Was ist, junger Mann? Was wollen Sie? Raus damit, junger Mann! Was wollen Sie von mir?› Na ja, ich sah mich um, konnte aber niemanden entdecken, und einen Moment lang dachte ich, die Stimme wäre aus einem Lautsprecher gekommen, wie in diesen Spionagefilmen. Aber dann sah ich zwei Füße in der Luft, und das war er. Er stand in der Zimmerecke auf dem Kopf! Also, wenn das nicht verrückt ist – ich weiß wirklich nicht!»

«Lebt er allein?», fragte der Rabbi.

«Hm-hm. Er hat wahrscheinlich eine Frau, die jeden Tag kommt und für ihn kocht und putzt.»

«Er hat keine Familie?»

Maltzman schüttelte den Kopf. «Soweit ich gehört habe, nein.»

«Da haben wir's», sagte der Rabbi. «Er hat niemand, dem er Rechenschaft schuldig ist, also braucht er nicht zu fürchten, dass er jemanden in Verlegenheit bringt. Er kann sagen, was er will, er kann tragen, was er will, und kann auf dem Kopf stehen, wann er will. Armer Kerl! Er tut mir Leid.»

«Aber wenn er ein Antisemit ist, David …», meinte Miriam.

«Was soll das?», höhnte Maltzman. «Wollen Sie ihm die andere Wange reichen?»

«Ganz und gar nicht», erwiderte der Rabbi. «Wenn es sich um Antisemitismus handelt, ist es irrational, und manchmal, wenn niemand da ist, der ihm widerspricht oder dem er es erklären muss, setzt sich ein irrationaler Gedanke in einem Menschen fest, und dann ist es, als wäre er vom Teufel besessen. Ein Mensch sollte nie ganz allein leben. Jawohl, ich würde sagen, er verdient Mitleid.»

«Sie meinen, wenn er Frau oder Kinder hätte, müsste er sich anständig benehmen? Mag sein. Aber ich habe immer die Erfahrung gemacht, ein Antisemit ist ein Antisemit. Der einzige Unterschied ist, dass der mit Frau und Kindern seine Familie auch noch damit ansteckt. Aber jetzt geht es um die Verkehrsampeln.»

«Vielleicht könnte ich diesen Jordon mal aufsuchen», schlug der Rabbi vor.

«Nein! Jordon, den übernehme ich, und das ist ein Befehl!»

Bei diesem Kommandoton errötete der Rabbi, und Miriam schlug vor mitfühlender Verlegenheit die Augen nieder. Maltzman, der das bemerkte, versuchte sofort einzulenken. «Ich meine nur, um mit einem Mann wie Jordon fertigzuwerden, muss man ein Mann sein wie ich. Das heißt, da es sich um eine politische Angelegenheit handelt, braucht man politische Erfahrung dazu. Außerdem bin ich Vorsitzender der Synagoge, und darum ist das mein Baby.»

Als Maltzman fort war, sagte Miriam: «Ich glaube, David, der mag dich nicht.»

«Meinst du? Meinst du wirklich, er kann mich nicht leiden?»

Sie nickte.

«Aber er war doch ganz freundlich.» Er errötete wieder und lächelte. «Das heißt, bis zum Schluss, als er mir diesen Befehl geben wollte. Aber das war wohl nur so eine Redensart von ihm. Ich glaube kaum, dass er es ernst gemeint hat.»

«O ja, respektvoll war er – so, wie alle Army-Offiziere respektvoll waren, wenn sie mit den Feldkaplanen sprachen. Er hält sich für einen richtig männlichen Mann. Du bist Gelehrter, davon versteht er nichts, und deshalb ist er dir gegenüber misstrauisch – und feindselig.»

«Nun ja, das ist nichts Ungewöhnliches – diese Feindseligkeit, meine ich», entgegnete er philosophisch. «Die bin ich von den früheren Vorsitzenden gewöhnt und auch von anderen Gemeindemitgliedern. Ärzten, Anwälten, erfolgreichen Geschäftsleuten. Wahrscheinlich fragen die sich, warum ein Mann überhaupt Rabbi wird. ‹Ist das ein Job für einen jüdischen Jungen?›» Er lachte. «Und vielleicht haben sie Recht damit.»

«Er könnte dir Schwierigkeiten machen», stellte sie fest.

«Natürlich kann er das. Das haben andere Vorsitzende auch schon getan. Vom ersten Jahr an. Aber das ist jetzt zwölf Jahre her, und ich bin immer noch hier.»

«Aber diesmal ist es anders, David.»

«Warum anders?»

«Weil es jetzt neue Regeln gibt. Der Vorstand besteht nur noch aus fünfzehn Mitgliedern. Das ist wie ein Verwaltungsrat. Acht Stimmen genügen, um dich auszuschalten, und das geht einfach so.» Sie schnippte mit den Fingern. «Weil du nur einen Einjahresvertrag hast.»

«Aber so habe ich es selbst gewollt», antwortete er stur. «Ich möchte auf keinen Fall länger bleiben, als ich erwünscht bin.»

«Ich weiß, und ich verstehe dich, aber das macht das Vorausplanen ziemlich schwer.»

3

Tief in seinen Lehnsessel hineingerutscht, das eine lange Bein in den weißen Jeans über das andere geschlagen, einen abgelatschten Turnschuh lässig auf dem großen Zeh seines knochigen Fußes balancierend, las Ellsworth Jordon voller Genugtuung noch einmal den Bericht der Lokalzeitung über die Magistratssitzung.

«Aber werde ich es durchsetzen können?», fragte er in das leere Zimmer hinein. «Oder werden sie bei der nächsten Sitzung darüber abstimmen? Vielleicht kriege ich Al Megrim dazu, dass er die Stellung hält. Wenn ich ihn das nächste Mal im Club erwische, werde ich mit ihm sprechen. Aber das ist schließlich nur eine Stimme.» Er warf die Zeitung zu Boden und stützte die Fingerkuppen der beiden Hände gegeneinander. «Überlegen wir mal: Da ist Sturgis, der stimmt gegen nahezu alles, was die Stadt Geld kostet. Genauso, wie Blair und Mitchener dafür stimmen werden», setzte er verärgert hinzu. Er stand auf und begann auf und ab zu gehen.

«Bleibt also Cunningham. Der könnte den Ausschlag geben.» Er nahm vor einem Wandspiegel Aufstellung. «Der ist das Zünglein an der Waage. Das ist dir doch klar, oder? Na also.» Zufrieden darüber, dass er sein Spiegelbild überzeugt hatte, nahm er seine Wanderung wieder auf. «Was wissen wir über Cunningham? Er hat sich zur Ruhe gesetzt, aber gelegentlich bekommt er noch mal einen Auftrag als Agent für die Steerite Boat Company von Long Island. Und der Präsident dieser Firma war im letzten Sommer hier und ganz wild darauf, mein Grundstück auf dem Point zu kaufen.» Wieder blieb er vor dem Spiegel stehen und musterte sein Abbild durchdringend. «Wie wär's, wenn ich nach New York fahren, ganz zufällig bei ihm vorbeischauen und beiläufig erwähnen würde, ich wäre vielleicht bereit, ihm das Grundstück zu verkaufen, wenn ich mich nicht so sehr über seinen Mr. Cunningham ärgerte, der für ein paar überflüssige Verkehrsampeln stimmen will … Was meinst du, wie der darauf reagieren würde?»

Das runzlige Gesicht mit dem dürren Hals im Spiegel lächelte ihm zu. Dann, als er daran dachte, was so eine Reise alles mit sich brachte, verengten sich die blassblauen Augen. Er würde einen Anzug anziehen müssen – mit Krawatte! Und Schuhe. Er würde einen Koffer packen und zum Flughafen hinausfahren müssen, es sei denn, Billy konnte sich den Vormittag in der Bank freinehmen. Aber dann musste er dafür sorgen, dass er bei seiner Rückkehr wieder abgeholt wurde. Und was sollte er in New York anfangen, nachdem er bei diesem Mann gewesen war – wie hieß er noch gleich? Leicester? Ja, was würde er anfangen, nachdem er Mr. Leicester seinen Besuch abgestattet hatte?

Das Übliche kam nicht in Frage, denn Hester war gerade in Europa. Er würde also im Hotelzimmer sitzen und fernsehen müssen. Verdammt, fernsehen konnte er auch zu Hause. Außerdem war Leicester vielleicht gar nicht zu Hause. «Es lohnt sich nicht», verkündete er laut, setzte sich wieder in den Lehnsessel und langte nach der Zeitung. «Vielleicht rede ich einfach mit Cunningham», sagte er.

Seit einigen Jahren flog Ellsworth Jordon nicht mehr allzu häufig nach New York, doch wenn er es tat, versuchte er es so einzurichten, dass er einige Zeit mit Hester Grimes verbringen konnte, die er in den fünfziger Jahren kennen gelernt hatte, als sie zweiundzwanzig war und an der Actors' School studierte. Damals arbeitete er bei dem bekannten Architektenbüro Sloan, Cavendish and Sullivan und war, obwohl nahezu vierzig, noch immer nicht in leitender Stellung. In jenen Tagen hieß sie noch Esther Green, war schlank, mit pechschwarzem Haar und großen, dunklen Augen, intensiv, ernsthaft und entschlossen, eines Tages die großen dramatischen Frauenrollen zu spielen – die Nora, die Lady Macbeth, die Jungfrau von Orléans.

Er selbst war hoch gewachsen, blond und gut aussehend, obwohl sein Haar bereits schütter wurde und er das für Männer mittleren Alters typische Gewicht angesetzt hatte. Er behandelte sie mit einer ausgesuchten Ritterlichkeit, die sie um so attraktiver fand, als sie in den Bohème-Kreisen, in denen sie verkehrte, so etwas ganz und gar nicht gewöhnt war.

Trotz des großen Altersunterschiedes waren sie sehr verliebt gewesen. Die sechs Monate, die ihre Affäre dauerte, waren hektisch gewesen, mit häufigen, heftigen Auseinandersetzungen, gefolgt von tränenreichen Versöhnungen. Dann kam seine große Chance. Man wollte ihn nach Berlin schicken, an ein großes Bauprojekt, das mehrere Jahre in Anspruch nehmen würde. Er wollte, dass sie ihn begleitete.

Sie erhob Einwände. Sie müsse an ihre eigene Karriere denken. Und außerdem war ihr die Vorstellung, in Deutschland zu leben, einfach widerwärtig, obwohl sie nicht religiös und mit der jüdischen Gemeinde lediglich durch den Zufall ihrer Geburt verbunden war. Die Diskussion steigerte sich rasch zum Wortwechsel und dann, wie so oft, zum ausgewachsenen Krach. Verärgert über ihre Weigerung, ließ er sich hinreißen, ihre Ambitionen lächerlich zu machen und dann sogar die Schauspielerei selbst als ernsthafte Kunst in Zweifel zu ziehen. «Ich gebe zwar zu, dass sie eine legitime Art des Brotverdienens sein mag», erklärte er von oben herab, «im Grunde aber ist es doch nur ein kindisches Bedürfnis, sich selbst zur Schau zu stellen.» Und was ihre Weigerung angehe, in Deutschland zu leben, so sei er der Ansicht, es beweise, dass sie noch immer an der Paranoia ihrer Rasse leide und dass sie noch immer mit einer ethnischen Engstirnigkeit behaftet sei.

Es endete, wie so viele ihrer Auseinandersetzungen, damit, dass beide einsahen, sie passten nicht zueinander, und dass er, ebenfalls wie immer, davonging – angeblich, um nie wiederzukommen. Kurz nachdem er ins Ausland gegangen war, entdeckte sie, dass sie schwanger war.

Wäre er noch in New York gewesen, hätte sie es ganz zweifellos so eingerichtet, dass er davon erfuhr, auch wenn sie selbst ihn nicht angerufen hätte. Und dann wäre er natürlich gekommen, und dann hätte es natürlich eine Versöhnung gegeben, und dann … Aber er war nicht in New York; er war dreitausend Meilen entfernt. Hätte sie eine Familie gehabt oder wären ihre Freunde und Bekannten Angehörige der Mittelklasse gewesen, in der sie aufgewachsen war, hätte sie vermutlich eine Abtreibung machen lassen, obwohl das bedeutete, zu einem Quacksalber in einem anrüchigen Viertel zu gehen. Oder sie wäre einfach verreist, hätte ihr Kind heimlich zur Welt gebracht und es zur Adoption freigegeben. Doch ihre Bekannten waren alle Bohèmiens und hatte große Ideale, vor allem, wenn es darum ging, dass andere nach ihnen lebten. Als sie andeutete, sie habe erwogen, das Kind auszutragen und selbst großzuziehen, waren sie sofort begeistert von der Idee und beglückwünschten sie zu ihrem Entschluss. Zwar änderte sie ihren Namen in Hester Grimes, aber das geschah aus rein beruflichen Gründen.

Es vergingen beinahe zwei Jahre, bis Ellsworth Jordon sie wieder sah, und dann auch nur auf dem Fernsehschirm. Er war gerade aus Berlin zurückgekehrt und sah sich in seinem New Yorker Hotelzimmer spätabends die Damon Parker Talk Show an, als sie in einem tief ausgeschnittenen, hautengen Abendkleid auftrat und mit tiefer, kehliger Stimme einen Blues zu singen begann. Anschließend bot sie dem Gastgeber die Wange zum Kuss und nahm bei den anderen Gästen auf dem Podium Platz, um den Rest der Stunde mit belanglosem Geplauder zu verbringen. Aus Damon Parkers Fragen nach den Fortschritten ihrer Karriere ließ sich ersehen, dass sie zwar kein regelmäßiger Gast seiner Sendung, aber doch mehrmals schon bei ihm aufgetreten war. Später erzählte sie noch eine lustige Geschichte von der Party, die sie am ersten Geburtstag ihres Sohnes gegeben hatte. Sie so auf dem Fernsehschirm zu beobachten, hatte Jordon zwar in Erregung versetzt, aber er sagte sich energisch, er müsse die Vergangenheit hinter sich lassen und dürfe keinen Versuch machen, sie zu sehen. Die Story von der Geburtstagsparty jedoch stimmte ihn um. Nach Adam Riese musste der Junge sein Kind sein!

Obwohl sie sich einverstanden erklärte, sich mit ihm zu treffen, tat sie das nicht, weil sie ihn sehen, sondern weil sie sich selbst testen wollte. Und als er in ihrer Wohnung erschien, stellte sie unbeteiligt fest, dass er körperlich weit weniger attraktiv war, als sie ihn in Erinnerung hatte. Die Haut an seiner Kehle schlug Falten, und er wirkte alt.

«Du hast abgenommen, nicht wahr?», bemerkte sie.

«Ganz recht. Ich war krank; eine leichte Herzattacke. Der Arzt wollte, dass ich abnehme und Anstrengungen vermeide.»

«Das tut mir Leid.» Sie war nicht eigentlich besorgt um ihn, sondern nur höflich.

«Der Junge, das ist doch meiner, nicht wahr?», fragte er eifrig.

«Nein, Ellsworth. Er ist meiner.»

«Du weißt schon, wie ich das meine»

«Ja, natürlich.»

«Warum hast du mir das nicht mitgeteilt? Warum hast du dich nicht mit mir in Verbindung gesetzt? Du hättest dir hier im Büro meine Adresse geben lassen können.»

«Wozu, Ell?» Sie lachte. «Damit du heimkommen, mich heiraten und dem Kind einen Namen geben konntest? Oder hättest du verlangt, dass ich zu dir nach Deutschland ziehe, das Kind da zur Welt bringe oder es dort abtreiben lasse?»

«Verdammt noch mal, Esther …»

«Es ist nicht so leicht, ein Kind zu bekommen, Ell – vor allem, wenn man ganz allein ist. Aber wenn man's durchgestanden hat, ist es nicht mehr so schlimm. Nach allem, was ich von einigen meiner Freundinnen höre, spricht eine ganze Menge dafür, ein Kind ohne die Einmischung eines Vaters großzuziehen.»

Er glaubte, sie wolle ihm wehtun, und meinte, er müsse es ihr heimzahlen. «Das ist doch nur die Jüdin in dir», sagte er giftig. «Ihr leidet freudig, weil es euch Spaß macht, wenn wir uns schuldig fühlen.»

Falls seine Worte trafen, so zeigte sie es nicht. Sie schüttelte den Kopf. «Nein, du irrst dich. Leiden müssen ist nicht schön. Jedenfalls für mich nicht. Aber es dauert ja nicht ewig.» Sie lächelte. «Und wie es sich so ergab: dass ich Billy ganz allein bekommen habe, hat mir zu meiner Karriere verholfen.»

«Das vermittelte dir vermutlich eine ganz neue Gefühlstiefe», höhnte er.

Sie lachte. «Nein, aber seinetwegen bekam ich meine erste Chance. Ich hatte einen Job in einem kleinen Nightclub. Die Gage war nicht hoch, aber ich war auch nicht besonders gut. Ich sang ein bisschen, erzählte ein paar Witze und gab ein paar Parodien zum Besten. Eines Abends dann kam Damon Parker mit einer ganzen Gesellschaft. Nach meinem Auftritt forderte er mich auf, mich zu ihnen zu setzen, aber ich antwortete, ich müsse heim, um Billy zu füttern. Er ist ein sehr gefühlvoller Mensch und war gerührt, als ich ihm erzählte, dass ich das Kind ganz allein großziehe. Er sah in mir ein Musterbeispiel – die Neue Frau. Und lud mich zu einem Auftritt in seiner Sendung ein. Na ja, und damit hatte ich meinen Start.»

«Dann waren ich und das Kind nur Stufen für deinen Aufstieg.»

«So ungefähr.»

«Na schön, aber was ist jetzt? Und in der Zukunft?»

«Was soll da sein?»

«Ich habe schließlich auch Anteil an dem Kind. Billy ist genauso mein Sohn wie deiner.»

«Nein, Ell, du hast überhaupt keinen Anteil an ihm. Was willst du denn? Zu seinem Unterhalt beitragen? Das brauche ich nicht.»

«Ich möchte mithelfen, bei seiner Erziehung, seiner Ausbildung. Ein Junge braucht einen Mann, zu dem er aufsehen kann, ein Vorbild. Darin sind die Psychologen sich einig.»

«Wahrscheinlich nur die männlichen Psychologen», entgegnete sie.

«Selbst wenn wir nicht heiraten, könntest du mit ihm nach Barnard's Crossing kommen und mich besuchen. Und wenn er älter wird, kann er mich in den Sommerferien besuchen.»

«Nein, Ell. Ich will nicht, dass er erfährt, dass du sein Vater bist.»

«Aber früher oder später wirst du es ihm sagen müssen. Er wird Fragen stellen.»

«Selbstverständlich, aber ich habe mich darauf vorbereitet. Ich habe mir einen wunderbaren Vater für ihn ausgedacht, einen Idealisten, einen Soldaten, der in den Krieg gezogen ist …»

«In welchen Krieg?»

«Tja, das war natürlich schwierig, weil es in letzter Zeit keine Kriege mehr gegeben hat. Wenigstens keine, in die wir verwickelt waren. Sicher, es gibt immer irgendwelche Militäraktionen, an denen Söldner teilnehmen. Aber das wollte ich nicht. Und dann dachte ich an das Suez-Unternehmen der Engländer, Franzosen und Israelis. Das war zwar vorüber, bevor Billy geboren – sogar gezeugt – wurde, aber im Mittelosten gibt es doch ständig inoffizielle Kämpfe. Also erfand ich einen jungen Israeli, der zum Studium nach New York gekommen war. Wir lernten uns kennen und verliebten uns ineinander. Dann musste er nach Israel zurück. Ich sollte nachkommen, und wir wollten dort unten heiraten.»

«Aber er fiel bei einer Kampfhandlung?»

«Genau. Deswegen blieb ich hier und brachte mein Kind hier zur Welt.»

Wenn er später darüber nachdachte – und in seiner Einsamkeit in Barnard's Crossing tat er das oft –, schien es ihm manchmal, dass sie keineswegs gleichgültig und desinteressiert gewesen sei; dass sie im Gegenteil rachsüchtig gewirkt und sich die größte Mühe gegeben hatte, ihm wehzutun. Und er neigte dazu, ihre Haltung als Hinweis darauf zu interpretieren, dass sie im tiefsten Innern immer noch ein Gefühl für ihn hegte, dass sie womöglich hoffte, ihn provozieren zu können, damit sie Versöhnung feiern konnten. Als er das nächste Mal nach New York kam und sich mit ihr verabredete, war dieser Gedanke immer präsent. Und wich auch nicht völlig bei all den weiteren Begegnungen im Laufe der Jahre.

Es gab allerdings auch Zeiten, da er über ihre Kälte, ihren Mangel an Gefühl grübelte. Dann war er der Meinung, sie versuche sich zu rächen und sei nur deswegen einverstanden, sich mit ihm zu treffen, wenn er in New York war, damit sie voller Genugtuung erleben konnte, wie er litt.

Andererseits freute sich Billy offenbar, wenn er kam. Gewiss, er brachte ihm immer Geschenke mit, aber er war überzeugt, dass der Junge ihn aufrichtig gern hatte.

Immer, wenn er versuchte, sich in Billys Erziehung einzumischen, wies sie ihn schroff zurück und weigerte sich, seine Ratschläge anzunehmen oder auch nur seine Besorgnis anzuerkennen. Und das tat weh. Sie berichtete von den Fortschritten des Jungen in der Schule oder von Problemen, die auftauchten, aber sie tat das, als hätte sie einen flüchtigen Bekannten vor sich, und nicht einen Mann, der ein ganz persönliches Interesse daran hatte.

Bei Jordons jüngstem Besuch jedoch schien sie geneigt, ihm einen Anteil an ihrem Sohn zuzugestehen. Anscheinend war es zu einer Krise gekommen, und ihr Vertrauen in ihre Fähigkeit, allein damit fertigzuwerden, war schwer erschüttert.

«Er will nicht aufs College!», klagte sie voller Verzweiflung.

«Was ist denn daran so tragisch?», entgegnete er. «Was will er denn stattdessen tun?»

«Gar nichts. Er hat keine Pläne. Er interessiert sich für nichts. Er liest nicht. Er tut überhaupt nichts. Er hängt nur rum.»

«Wahrscheinlich hat er die Nase voll von der Schule und vom Lernen. Vielleicht hast du ihn zu energisch angetrieben, damit er gute Noten bekommt und in einem guten College aufgenommen wird, und er hat die Bücher gründlich satt. Warum lässt du ihn nicht ein Jahr pausieren?»

«Und was soll er in diesem Jahr tun?», begehrte sie auf.

«Arbeiten. Soll er sich einen Job suchen.»

«Was kann er denn? Er hat nichts gelernt.»

«Nun ja, es braucht nicht unbedingt eine leitende Stellung zu sein. Alles ist recht, solange es ihn beschäftigt und er sich dabei ein bisschen Geld verdient.»

«Und wenn er ein paar Wochen arbeitet und dann wieder aufhört?»

«Musst du darauf bestehen, dass er sich eine andere Arbeit sucht.»

«Aber ich bin gar nicht hier! Mein Agent hat eine Europatournee für mich arrangiert.»

«Ach so! Also, du brauchst jemand, der auf ihn aufpasst. Weißt du was? Schick ihn doch eine Zeit lang zu mir!»

Sofort erwachte ihr altes Misstrauen. «Damit du ihm sagen kannst, du bist sein Vater, und ihn mir entfremdest?»

Er lachte. «O Gott, nein! So dumm bin ich nicht, dass ich mir zutraue, mit einem israelischen Kriegshelden konkurrieren zu können!»

«Warum willst du ihn aber dann bei dir haben?»

«Weil ich sein Vater bin, weil ich mich für ihn verantwortlich fühle und weil es möglicherweise schön ist, einen jungen Menschen um sich zu haben. Letztes Jahr hatte ich wieder eine Herzattacke. Nichts Ernstes, aber es wäre wohl gut, wenn ich am Abend und in der Nacht jemanden bei mir im Haus hätte. Die Haushälterin geht, sobald sie das Abendbrotgeschirr gespült hat.»

«Du meinst, du brauchst jemanden, der sich um dich kümmert?»

«O nein, so weit ist es noch nicht! Es wäre nur schön, zu

wissen, dass jemand in der Nacht bei mir im Haus ist. Falls mir etwas zustoßen sollte, könnte er einen Arzt rufen.»

«Und was soll er tagsüber tun?»

«Arbeiten, natürlich. Ich besorge ihm irgendeinen Job. Ich bin ziemlich bekannt in der Stadt. Wie alt ist er jetzt – achtzehn, neunzehn?»

«Achtzehn.»

«Ich hab's!», sagte er triumphierend. «Ich besorge ihm einen Job bei der Bank. Den Gefallen tut mir Larry Gore. Das ist der Präsident von einer Bank in Barnard's Crossing. Er kümmert sich um meine Investitionen und ist ein entfernter Verwandter – der einzige, den ich habe. Außerdem würde er es auf jeden Fall tun, wenn ich ihn darum bäte.»

Sie musterte ihn zweifelnd. «Aber ... Ich weiß nicht. Vielleicht will Billy das gar nicht, obwohl er nichts sagt. Er ist so sensibel. Es wäre furchtbar, wenn ich denken müsste, er wäre unglücklich und ...»

«Hör mal», unterbrach er sie energisch, «ich werde dafür sorgen, dass er dir regelmäßig schreibt. Jede Woche bekommst du einen Brief von ihm, das verspreche ich dir. Wenn ihm was nicht passt, würde er es dir bestimmt mitteilen, vor allem brieflich. Und dann könntest du mich anrufen oder mir schreiben, und ich würde ihn sofort heimschicken. Morgen Vormittag fliege ich zurück. Du brauchst nur ein Wort zu sagen, und ich setze alle Hebel in Bewegung.»

Sie besprachen alles ausgiebig. Sie war unsicher und erhob eine Menge Einwände, die er geschickt konterte, indem er das Hauptgewicht von ihren Interessen auf Billys und dann auf seine eigenen verlagerte. «O nein, stören würde er mich überhaupt nicht. Im Gegenteil. Es wäre schön, jemanden zu haben, mit dem man sich beim Abendessen unterhalten kann. Und mir ist viel wohler, wenn ich weiß, dass bei Nacht jemand im Haus ist.»

Als Billy heimkam, erklärte sie ihm alles.

«Mr. Jordon hat dich eingeladen, bei ihm zu wohnen, während ich in Europa bin.»

«Die ganze Zeit?»

«Ganz recht», bestätigte Jordon. «Und noch länger, bis du dich entschließt, zum College zu gehen, falls du das wirklich willst.»

«Also, Mann, das ist 'ne Kleinstadt, wo Sie wohnen, nicht wahr?»

«Ja, es ist eine Kleinstadt», antwortete Jordon, «aber es ist eine nette Stadt, direkt am Meer. Man kann schwimmen und segeln. Und es ist nur eine halbe Stunde nach Boston.»

«Aber was soll ich den ganzen Tag da machen?»

«Du könntest arbeiten», entgegnete Jordon prompt.

«Was für eine Arbeit?», erkundigte sich der junge Mann vorsichtig.

«Vielleicht in einer Bank.»

«He, Mann, das wäre toll!»

Obwohl es so spät geworden war, ging Jordon lieber zu Fuß in sein Hotel zurück, als ein Taxi zu nehmen. Er sonnte sich in der Vorstellung, dass sein Sohn bei ihm wohnen würde. Er war ein Junge, aber er würde einen Mann aus ihm machen.

Er hörte, wie ein Schlüssel in der Haustür gedreht wurde. Laut rief er: «Bist du das, Billy? Komm rein, komm rein, Junge! Es ist nicht abgeschlossen.» Er rieb sich die Hände und lächelte, als der junge Mann eintrat. «Wie war's denn heute in der Bank? Alles in Ordnung? Ist irgendetwas Ungewöhnliches passiert?»

«Etwas Ungewöhnliches? Nein, Sir.»

«Nun, so ist es wohl am besten. Alles wie immer. Ach ja, falls ich es vergessen sollte: Wenn du morgen reinfährst, würdest du wohl das Konto von Johnny Cunningham überprüfen und mir sagen, wie es da aussieht?»

4

«Ach Ben, wie schön! Wie wunderschön!» Mimi Segal wirbelte herum wie eine Ballerina, die eine Pirouette dreht, die Arme ausgestreckt, den Kopf hoch erhoben, das blonde Haar im frischen Herbstwind wehend. Sie kniff vor dem Sonnengefunkel auf den tanzenden Wellen die Augen zu. «Da am Strand steht ein Schild mit der Aufschrift ‹Privat›. Heißt das, dies ist wirklich ein Privatstrand?»

«Das nehme ich an», antwortete ihr Mann. «Das Grundstück reicht bis an den Strand hinunter, also muss der Strand wohl dazugehören. Die Häuser rechts und links haben jeweils einen Weg, der zu den kleinen Anlegestellen hinunterführt, daher vermute ich, dass der anschließende Strandabschnitt auch Teil des Grundstücks ist.»

«Wie hast du es bloß gefunden? Und woher weißt du, dass es zu verkaufen ist?»

Er lächelte ihr liebevoll zu. «Während du in Boston einkaufen warst, habe ich mir hier die Gegend angesehen.» Er war ein ganzes Stück älter als sie, fünfzig gegenüber ihren achtunddreißig, deswegen lag eine Andeutung von Väterlichkeit in seiner Zuneigung zu ihr. «Dieses Grundstück habe ich gestern entdeckt, als ich zum Leuchtturm rauswanderte.»

«Aber woher weißt du, dass es zu verkaufen ist?», fragte sie hartnäckig.

«Alles ist zu verkaufen, wenn man genügend dafür bietet.» Er wandte sich zu ihrem geparkten Wagen um und rief zu dem Chauffeur hinauf: «He, wissen Sie, wem dieses Grundstück gehört?»

Der Chauffeur, den ihm die Rohrbough Corporation zusammen mit dem Wagen zur Verfügung gestellt hatte, schüttelte den Kopf. «Keine Ahnung, Sir.»

«Na, in der Stadt wird es wohl jemandem bekannt sein», wandte Segal sich wieder an Mimi. «Komm, wir gehen den Strand entlang und sehen es uns einmal an.» Er legte ihr den Arm um die Taille, und weil sie größer war als er und stets befürchtete, das könnte ihm peinlich sein, legte sie ihren Kopf auf seine Schulter. Er war nur mittelgroß, sie aber war groß für eine Frau, groß wie ein Mannequin. Dies war ihre zweite Ehe, und sie hatte ihn kennen gelernt, nachdem sie sich von einem Alkoholiker-Ehemann hatte scheiden lassen. Als er andeutete, er wolle sie heiraten, hatte sie zunächst ihre Zweifel gehabt, vor allem, weil er mit siebenundvierzig Jahren immer noch Junggeselle war. Stimmte etwas nicht mit ihm? Warum hatte noch immer keine Frau sich ihn geschnappt? Er sah nicht schlecht aus. Im Gegenteil, sie liebte sein scharf geschnittenes, empfindsames Gesicht mit dem sensiblen Mund und der langen, schmalen Nase. Mit seinem stahlgrauen, dichten Haar fand sie ihn sogar sehr distinguiert. Also hatte sie zugestimmt – und es bisher nicht bereut.

«Bist du auch sicher, dass du es willst, Ben?», erkundigte sie sich besorgt.

«Was denn – hier ein Haus bauen?»

«Ja, das – und, na ja, alles: Chicago verlassen, die Geldgeschäfte aufgeben, in die Herstellung gehen …»

Er blieb stehen, um es ihr besser erklären zu können. «Man plant und manövriert, und dann zieht man es durch und verdient eine Menge Geld. Aber die Hauptsache ist die große Genugtuung, die man dabei empfindet. Beim zweiten Mal empfindet man ebenfalls noch Genugtuung, aber so großartig ist es schon nicht mehr. Und dann, nach einer Weile, ist es nur noch ein Geschäft wie jedes andere. Weil man jetzt nämlich weiß, wie es gemacht wird. Es wird zur Routine. Gewiss, man kann viel Geld damit verdienen, aber das ist auch alles.»

«Die meisten Leute würden sagen, das reicht.»

Er nickte. «Sicher. Aber wenn du es nur benutzt, um noch mehr Geld damit zu verdienen, liegt doch wirklich kein Sinn mehr darin. Ich könnte es nicht ausgeben; das habe ich nie gelernt, jedenfalls nicht die Menge Geld, die ich verdient habe. Deswegen habe ich es dazu benutzt, weitere Geschäfte zu machen …»

«Aber was machen andere Geschäftsleute denn?», erkundigte sie sich.

«Manche stellen Waren her, andere transportieren sie, wieder andere verteilen sie, damit sie unter die Leute kommen. Das scheint mir weitaus lohnender zu sein.»

«Du machst aber dasselbe wie Bert Richardson, und den hast du immer sehr bewundert.»

«Allerdings. Und weißt du, was er mir gesagt hat? Dass er

genauso empfindet wie ich. Aber was ihn bei der Stange hält, das sind seine drei Söhne, und er hofft, dass sie eine bessere Verwendung für sein Geld finden als er. Daraufhin habe ich nachgedacht und festgestellt, dass es eines gibt, was ich mir mit meinem Geld kaufen kann: ein neues Leben. In meinem Alter haben viele Männer den gleichen Wunsch. Ärzte wollen Geschäftsleute werden, Anwälte wollen College-Professoren werden, Geschäftsleute wollen Maler oder Schauspieler werden. Aber nur wenige realisieren diesen Wunschtraum. Die meisten meinen, es sich nicht leisten zu können, oder sie scheuen das Risiko. Aber ich habe eine Menge Geld und habe es satt, immer nur Geldgeschäfte abzuwickeln. Warum sollte ich nicht mal was anderes ausprobieren? Also habe ich mich umgesehen, und als diese Rohrbough-Möglichkeit auftauchte, dachte ich mir, die würde ich gern übernehmen.»

«Ich bin froh, dass du mir das gesagt hast, Ben», erwiderte sie. «Ich fürchtete schon, du tätest es nur für mich, weil ich mal was gesagt habe, dass ich ein normales Leben führen und Mitglied einer Gemeinschaft sein wollte.»

«Dann macht es dir also nichts aus?», fragte er.

«Ob es mir was ausmacht? Aber Ben, ich finde es wunderbar!»

«Und du wirst deine Freunde in Chicago nicht vermissen?»

«Wir haben keine Freunde in Chicago, Ben. Nur Geschäftsbekannte. Wenn man in einem Hotel lebt, sogar in einer großen Suite, in einem Wohnhotel, kann man keinen Freundeskreis aufbauen. Dann ist man immer nur ein Durchreisender. Ach Ben, ich bin ja so glücklich! Komm, das müssen wir unbedingt feiern!»

«Recht hast du», entgegnete er. «Aber hör zu, ich hatte vor, einer der ortsansässigen Banken einen Besuch abzustatten. Sie sind für die Rohrbough-Lohngelder zuständig, und ich möchte mir sie mal ansehen. Der Chauffeur kann mich dort absetzen, und du fährst schon zurück ins Hotel. Gegen Mittag bin ich wieder da.»

«Wie willst du feststellen, wem das Grundstück gehört?»

«Kein Problem. Ich werde mich bei einem der einheimischen Grundstücksmakler erkundigen. Oder bei der Bank. Hör zu, Baby, ich werde dich anschließend abholen, und dann fahren wir die Küste entlang und essen irgendwo in einem Restaurant, wo es frischen Fisch und Meeresfrüchte gibt. Darauf habe ich schon lange Appetit. Was meinst du dazu, Baby?»

«Herrlich. Aber der Wagen ist doch dann im Hotel, darum wär's doch bestimmt viel besser, wenn *ich* dich abhole, oder?»

«Ich rufe dich an.»

5

Lawrence Gore, Präsident der Barnard's Crossing Trust Company, lächelte anerkennend, als Molly Mandell, seine Sekretärin – oder Direktionssekretärin, wie er es nannte –, mit einigen Papieren in der Hand sein Büro betrat. Sie war so tüchtig und energisch, interessiert und arbeitswillig, mitfühlend und verständnisvoll, dass es ein Vergnügen war, sie um sich zu haben.

Als attraktive Frau von dreißig Jahren sah sie in ihrem marineblauen Kostüm sauber und ordentlich aus. Das wellige, braune Haar trug sie kurz geschnitten und aus der hohen Stirn gekämmt. Die großen, dunklen Augen blickten lebhaft und aufmerksam drein. Sie hatte einen ernsten Mund und ein rundes Kinn, das das Oval ihres Gesichtes vervollständigte. Und sie war klein. Er mochte kleine Frauen, weil er selber so entsetzlich klein war. Wenn er hinter dem Schreibtisch saß, wo nur sein Oberkörper zu sehen war, wirkte er groß. Der lange, schmale Schädel mit dem dichten blonden Haar und den leuchtend blauen Augen saß auf einem muskulösen Hals über breiten Schultern. Es war ein gewisser Schock, wenn er aufstand und man entdeckte, dass er nur wenige Fingerbreit über einsfünfzig groß war.

Sein Blick richtete sich auf die große, runde Plakette, die sie an ihre Bluse gesteckt hatte. Sie trug in kräftigen Lettern die Aufschrift ‹Women's Lib›.

«Ein neuer Modeschmuck, Molly?»

Flüchtiger Blick auf ihren Busen hinab. «Ach, die Staatslegislative debattiert gerade über das Gleichberechtigungs-Amendment, und wir Mädchen tragen diese Plaketten, um nicht zu vergessen, wofür wir stimmen müssen.» Sie legte die Papiere vor ihn auf den Schreibtisch, setzte sich in den Besuchersessel und sah zu, wie er die Briefe las, die sie aufgesetzt und für ihn zur Unterschrift getippt hatte.

Sanft in seinem Drehsessel schaukelnd las er jeden einzelnen sorgfältig durch und sagte dann, als er zur Feder griff: «Sie sind alle absolut perfekt, Molly. Sie haben genau den richtigen Ton getroffen.»

«Sie meinen die im Zusammenhang mit dem Silber? Nun, ich verstehe natürlich nicht so viel von Peter-Archer-Silber wie Sie, aber ich finde die Idee einer Ausstellung im Boston

Art Museum großartig und bin überzeugt, dass sie sich auch für die Bank positiv auswirken wird.»

«Meinen Sie? Was ist eigentlich mit der Ausstellung vorn?», erkundigte er sich. «Nehmen die Leute davon Notiz?»

«O ja! Sie erregt viel Interesse.» Sie blätterte in ihrem Notizblock. «Ein Mr. Dalrymple fragte mich, ob Sie sich wohl ein Essigfläschchen ansehen würden, das sich in seinem Besitz befindet. Er ist kein Bankkunde. Er kam nur herein, weil er hörte, in der Bank würden einige Stücke ausgestellt.»

«Ein Essigfläschchen? Tja … Bis jetzt haben wir schon etwa ein halbes Dutzend, aber wenn er ein wirklich gutes hat, möchte ich es mir doch ansehen.»

«Ich werde es ihm mitteilen. Und Mrs. Gore hat angerufen. Sie lässt fragen, ob sie ihren Scheck diesen Monat etwas eher bekommen könnte. Sie will nach Florida, ihren Bruder besuchen. Ich habe gesagt, das ginge wahrscheinlich in Ordnung.»

Er nickte knapp.

«Nancy fragte mich, ob sie am Freitag frei haben kann. Ich habe geantwortet, wir hätten ohnehin wenig Leute, weil Pauline erst am Montag zurück sein wird.»

«Ganz richtig.»

«Sie war ein bisschen sauer.»

«Sie wird's überleben.»

Sie klappte ihr Notizbuch zu. «Henry Maltzman war da, um eine Einzahlung zu leisten; er fragte mich, was wir im Hinblick auf seinen Darlehensantrag zu unternehmen gedächten.»

«Was haben Sie ihm geantwortet?», fragte er rasch.

«Dass ich mit Ihnen sprechen würde.»

Er trommelte mit den Fingern auf der Schreibtischplatte. «Graham meint, es ist zu hoch für sein Konto.»

«Graham ist Schotte», entgegnete sie verächtlich. «Der findet jedes Darlehen zu hoch. Wenn wir auf ihn hören würden, dürften wir nie Kredite geben.»

Er lachte. «Da haben Sie recht.»

«Und Henry Maltzman hat sich als guter Freund unserer Bank erwiesen. Er hat uns gute Geschäfte gebracht», fuhr sie fort.

«Das stimmt», sagte er. «Eine Hand wäscht die andere. Wenn er heute noch einmal kommen sollte, sagen Sie ihm, Sie glaubten, es gehe in Ordnung. Verraten Sie nicht, dass ich das gesagt habe; ich möchte nicht, dass er es für offiziell hält, für den Fall, dass der Darlehensausschuss dagegen stimmt. Aber Sie können Andeutungen machen … Na ja, Sie wissen schon, was Sie ihm sagen können und was nicht.»

«Ich werd's schon schaffen», sagte sie zuversichtlich.

«Davon bin ich überzeugt. Sonst noch was?»

«Ich sollte Sie an den Jordon-Bericht erinnern», sagte sie kalt.

Die Veränderung in ihrem Ton entging ihm nicht, und er glaubte den Grund dafür zu kennen. Sie hatte sein Mitgefühl. «Hat er etwas – äh – Hässliches zu Ihnen gesagt?»

«Oh, es geht nicht um das, was er sagt. Aber er ist … er ist ein schmutziger alter Mann!»

Er war schockiert. «Soll das heißen, er hat … äh … er hat sich Ihnen genähert?»

«Das soll heißen, er streift mich, er berührt mich – ganz ‹zufällig›. Ist er sehr wichtig für die Bank?»

«Er hat das größte Konto und ist Aufsichtsratsmitglied.»

«Nun ja, eines Tages werden Sie ihn verlieren – oder mich.»

«Wenn ich mal mit ihm reden würde …»

Sie lachte. «Lohnt sich nicht. Ich werde schon mit ihm fertig. Ich hab Schlimmeres erlebt, als ich in Boston arbeitete und jeden Tag mit der Subway fuhr.»

Er grinste. «Kann ich mir vorstellen. Na, gehen Sie ihm aus dem Weg. Und jetzt, was ist mit dem Cavendish-Bericht?»

«Ich wollte morgen den ganzen Tag daran arbeiten.»

«Hm.» Mit den Fingerspitzen schlug er einen schnellen Trommelwirbel auf der Schreibtischplatte. «Er hat vorhin angerufen und gesagt, er käme morgen gegen Mittag, ob er ihn dann beim Lunch mit mir durchgehen könnte.»

«Ich kann ihn ja mit nach Hause nehmen und heute Abend daran arbeiten», meinte sie.

«Ach, wirklich? Das wäre großartig! Hat Ihr Mann auch nichts dagegen? Übrigens, wie geht's ihm denn?»

«Herb geht's gut. Der hat nichts dagegen. Er muss ohnehin morgen Abend zu einer Vorstandssitzung der Tempelbruderschaft.» Sie lachte. «Wer was dagegen haben wird, das ist meine Schwiegermutter.»

«Wirklich? Warum sollte die was dagegen haben?»

«Ach, die hat was gegen alles, was ich mache», antwortete sie leichthin. «Nach ihrer Meinung gehört meine gesamte Freizeit ihrem kostbaren Sohn, selbst wenn er nicht da ist.» Sie lehnte sich zurück und fuhr im Gesprächston fort: «Was sie aber wirklich wild macht, das ist, wenn sie zusehen muss, wie Herb den Tisch deckt und mit dem Kochen anfängt. Aber er kommt schon um drei aus der Schule nach Hause, während ich erst zwei Stunden später komme. Ihm macht's nichts aus, aber sie wird wild.»

«Sicher hat er noch Arbeiten zu korrigieren und Lektionen vorzubereiten?»

«Das macht er alles in seinen Freistunden. Es geht schon.»

«Nun, ich bin Ihnen jedenfalls sehr dankbar. Und Sie können sich dafür natürlich freinehmen, wann Sie wollen.»

«Oh, das ist wirklich nicht nötig.» Sie zögerte. «Das heißt, nächsten Mittwoch haben wir eine Sitzung, und …»

«Und Sie möchten hin. Planen Sie's ruhig ein. Nehmen Sie sich den Nachmittag frei. Wenn Sie wollen, nehmen Sie den ganzen Tag frei.»

Von der Tür her ertönte ein schüchternes Klopfen.

«Herein!», rief er laut, und die Empfangsdame trat ein, ein junges Mädchen mit Pferdeschwanz und großen, unschuldigen Augen.

«Ach, Mr. Gore, da draußen treibt sich dauernd ein Mann herum. Ich habe gefragt, ob ich etwas für ihn tun kann, aber er hat nein gesagt, er wolle sich bloß mal umsehen. Ich meine, in einer Bank gibt's doch überhaupt nichts zu sehen …»

«Vielleicht wollte er sich das Peter-Archer-Silber ansehen», meinte Gore.

«Nein, dafür hatte er nur einen flüchtigen Blick.»

«Vielleicht ist er ein Händler, Elsie. Die wollen nicht, dass man merkt, wie interessiert sie sind.»

«Na ja, aber ich dachte, drüben in Scoville, da war doch dieser Bankraub, neulich …»

«Sie dachten, er wollte die Bank ausbaldowern?» Er lachte laut. «Wie sieht er denn aus?»

«Na ja, er ist schon älter. Ich meine, sein Haar ist praktisch grau …»

Molly war aufgestanden, hatte die Tür geöffnet und reckte den Hals, um in die Halle hinausspähen zu können. Als sie zurückkam, sagte sie mit unterdrückter Erregung: «Ich glaube, ich weiß, wer das ist, Larry. Neulich war ein Bild von ihm in der *Boston Jewish News*, die meine Mutter abonniert hat. Es ist Ben Segal von der Segal-Gruppe aus Chicago, die die Rohrbough Corporation übernehmen will.»

«Meinen Sie?» Er kam hinter dem Schreibtisch hervor und ging zur Tür. Über die Schulter sagte er: «Vor einem oder anderthalb Monaten hat auch die *Business Week* ein Foto von ihm gebracht. Sehen Sie mal zu, ob Sie's finden, in dem Stapel da auf dem Tisch.»

Molly blätterte in den Zeitschriften und rief beinahe sofort: «Ich hab's!»

Er kam zurück und betrachtete das Foto. «Ja, das ist er.» Zu der Empfangsdame sagte er: «Sie sind ein gutes Kind, Elsie.» Dann ging er in die Halle hinaus auf Segal zu und sagte: «Herzlich willkommen in Barnard's Crossing, Mr. Segal.»

Segal drehte sich verwundert um. «Sie kennen mich?»

«Nur von Ihrem Bild in der *Business Week*.» Er streckte die Hand aus.

«Aber das war vor einem Monat», entgegnete Segal.

«Sicher, aber es war die Rede von Ihrem Interesse an der Rohrbough Corporation, und alles, was mit Rohrbough zu tun hat, geht uns was an. Ich bin Lawrence Gore, der Präsident unserer Bank. Wir bearbeiten die Lohnliste von Rohrbough.»

«Ich weiß.»

«Dann würde ich gern mal mit Ihnen darüber sprechen, wenn Sie Zeit haben. Hören Sie, es ist gleich Mittag. Wie wär's, wenn wir uns beim Lunch darüber unterhielten?»

«Tja, ich habe Mrs. Segal versprochen, mit ihr in ein schönes Fischrestaurant zu gehen.»

«Wunderbar! Wir könnten sie abholen, und dann fahre ich mit Ihnen ins *Agathon*, das beste Fischrestaurant an der Nordküste. Was meinen Sie?»

«Klingt gut», antwortete Segal. Er nickte zu den Vitrinen mit dem ausgestellten Silber hinüber. «Verkaufen Sie das?»

«Das Peter-Archer-Silber? Sind Sie Sammler? Verstehen Sie was von Silber? Nein? Nun, Peter Archer war ein Silberschmied aus der Kolonialzeit, der seine Werkstatt hier in Barnard's Crossing hatte. Er ist weitgehend unbekannt – bis auf die Sammler, natürlich. Die Leute kennen alle nur Paul Revere. Aber einige von uns finden – *ich* finde –, dass Archer der bessere Handwerker war und dass Reveres Ruhm nur auf seine Verbindung mit der Revolution zurückzuführen ist, Paul Reveres Ritt durch die Nacht und so weiter. Daher dachten wir –», er lächelte schüchtern –, «na ja, *ich* dachte, wir müssten was für ihn tun. Ich habe mich an die Leute vom Boston Art Museum gewandt, und die erklärten sich mit einer Peter-Archer-Ausstellung einverstanden, wenn ich eine entsprechend repräsentative Übersicht über sein Werk zusammenbekäme. Die Stücke hier in der Bank sind Leihgaben von Leuten überall in dieser Gegend. Im Sinne der Zweihundertjahrfeier. Aber wir hier oben sind natürlich hartnäckige Yankees, deswegen gelang es mir, so viele Stücke aufzutreiben, und es kommen immer noch mehr, weil wir die Besitzer darauf hinweisen, dass die Stücke durch die Ausstellung im Boston Art Museum an Wert gewinnen.»

«Klingt wie ein gutes Geschäft, Mr. Gore. Mrs. Segal wartet im Hotel auf mich. Am besten rufe ich sie an und sage ihr, dass wir sie abholen.»

«Aber sicher. Hier bitte, das Telefon.» Gore schob ihm den Apparat des Empfangstisches hinüber.

«Wie hieß das noch, wo wir hingehen wollen, Mr. Gore?», erkundigte sich Segal, als er den Hörer abnahm.

«In den *Agathon Yacht Club*.»

«In einen Yachtclub? Klingt furchtbar vornehm.»

«Dies ist ein Seglerparadies, Mr. Segal, und die ‹Yachten› sind zum größten Teil kleine Segelboote. Es ist der älteste Club an der Nordküste und hat sich im Verlauf der Jahre ganz schön entwickelt. Außer den üblichen Liegeplätzen haben wir Tennisplätze, die einzigen der ganzen Gegend für Rasentennis. Die Instandhaltung kostet ein Vermögen, aber es lohnt sich. Und eine Autorennstrecke und eine Schießanlage. Aber das Schönste ist der Speisesaal. Der liegt auf dem Wasser. Auf Stützpfeilern. Man hört die Wellen unter dem Fußboden, als diniere man an Bord eines Schiffes.»

«Klingt hübsch. Und wird Mrs. Segal sicher gefallen.»

6

«Aber das ist ja wie auf dem Wasser!», rief Mimi erfreut aus, als sie sich an dem Fenstertisch niederließen, den Lawrence Gore ausgesucht hatte.

Ihr Ehemann sagte beifällig: «Hübsch.»

Gore strahlte. «Jetzt, wo wir Flut haben, sind Sie auch direkt auf dem Wasser. Dieser Raum ragt frei über das Wasser hinaus, aber nur, solange Flut ist.» Er lachte. «Bei Ebbe müsste er mindestens hundert Meter lang sein.»

«Und da liegen so viele Boote!», sagte Mimi.

«Nicht halb so viel wie während der Regattawoche», antwortete Gore. «Dann ist der Hafen wirklich überfüllt. Man kann ihn fast zu Fuß überqueren, indem man von einem Deck zum anderen springt.»

«Sehr hübsch», sagte Segal. «Haben alle Mitglieder Boote? Interessieren sie sich alle fürs Segeln?»

«O nein! Manche hatten ein Boot und gaben es auf. Wenn man ein Boot besitzt, kostet das eine Menge Arbeit und eine Menge Geld. Einige haben noch nie eins gehabt, segeln aber manchmal bei Freunden als Besatzungsmitglieder mit. Und dann gibt es auch solche, die sich überhaupt nicht dafür interessieren.»

«Und Sie?»

«Ich war mal ein ziemlich begeisterter Segler. Aber jetzt benutze ich nur noch die Schießanlage.» Er lächelte bescheiden. «Ich bin der Club-Champion.»

«Pistolenschießen? Ich glaube, ich habe noch nie mit einer geschossen.»

«Oh, aber es macht wirklich viel Spaß. Wollen Sie's nicht auch mal versuchen – nachher, nach dem Lunch?»

«Nein, danke. Ich glaube, ich lasse es lieber bleiben», gab Segal lächelnd zurück.

Der Kellner kam, und sie bestellten. Es waren nicht viele Gäste anwesend, daher wurden sie schnell bedient: Fischsuppe und gegrillte Makrele. Sie aßen langsam; Segal genoss die Speisen eindeutig. «Das ist alles wirklich sehr gut hier», sagte er anerkennend. «Dieser Fisch und die Suppe – exzellent!»

«Köstlich», murmelte Mimi zustimmend.

«Tja, wir haben einen guten Koch. Und der Fisch ist wahrscheinlich heute Morgen erst gefangen worden. Das ist der Vorteil, wenn man an der Küste lebt.»

«Ich mag Fisch», erklärte Segal. «Dürfen hier nur Mitglieder essen?»

«Und natürlich deren Gäste», berichtigte Gore.

«Was muss man tun, um Mitglied zu werden?»

«Das Übliche», antwortete Gore. «Ein Mitglied schlägt Sie vor. Ihr Name wird ausgehängt, und dann stimmt der Ausschuss darüber ab. Sie bezahlen den Beitrag, und damit hat sich's.»

«Ach Ben, wär's nicht schön, wenn wir immer zum Essen herkommen könnten, wenn wir Appetit auf Fisch haben?», drängte Mimi.

«Ja. Bringen Sie meinen Namen doch bitte zum Vorschlag», sagte Segal lässig.

«Aber mit Freuden!», versicherte Gore. «Übrigens könnte ich Ihnen auch jedes Mal, wenn Sie hier sind, eine Gastmitgliedskarte besorgen, die jeweils für ein paar Tage gilt.»

«Danke, aber wir werden wohl länger hier bleiben als nur gelegentlich ein paar Tage. Wir erwägen, uns hier ganz niederzulassen.»

«Direkt hier, in Barnard's Crossing? Das freut mich aber! Es wird Ihnen hier gefallen. Es ist eine wunderschöne, alte Stadt.» Er zögerte. «Heißt das, dass Sie Rohrbough behalten wollen?»

«Ganz recht. Ich werde das Werk persönlich leiten. Aber das ist noch vertraulich.»

Gore lächelte verschlagen. «Soll das heißen, ich soll's niemand weitersagen, oder soll ich's diskret durchblicken lassen?»

Segal starrte ihn verständnislos an. Dann stieß er ein kurzes, explosives Lachen aus. «Ha. Sie sind in Ordnung, junger Mann! Aber im Grunde sollte es überhaupt nichts heißen. Es war nur so eine Redensart. Wir besitzen einen führenden Anteil an der Firma, und ich denke, dass gute Möglichkeiten darin stecken. Kein Grund, so was geheim zu halten.»

«Und Sie wollen hier wohnen? Haben Sie schon ein Haus gefunden?»

«Wir werden wohl bauen. Übrigens, Mimi und ich, wir haben uns schon mal ein bisschen umgesehen. Wissen Sie einen guten Immobilienmakler?»

Da er vorhin gerade mit Molly Mandell über ihn gesprochen hatte, und auch, weil er meinte, Segal werde einen Juden bevorzugen, antwortete er: «Henry Maltzman ist ein guter Makler. Er hat sein Büro in der Nähe der Bank und kennt alle Grundstücke der Umgebung, die zu verkaufen sind.»

«Aber wir haben bereits ein Grundstück gefunden», wandte Mrs. Segal ein.

Segal verriet ein wenig Ärger. «Das stimmt», gab er zu, «aber es macht mir nichts aus, Maklergebühren zu bezahlen. Wenn der Mann gut ist, lohnt sich das.»

«Vollkommen richtig», bestätigte Gore. «Es gibt eine Menge gemeindliche Verfügungen, und in einem alten Gemeinwesen wie diesem bestehen komplizierte Wegerechte, über die man Bescheid wissen muss, bevor man kauft. Ein einheimischer Makler kann Ihnen da viel Ärger ersparen.»

«Ich habe es mir zum Prinzip gemacht, mich stets an einheimische Firmen zu wenden.»

Der Kellner brachte den Kaffee, und Segal steckte sich eine Zigarre an.

«Das freut mich», antwortete Gore, «denn wir gehören ja auch zu den Einheimischen. Die Bank, meine ich. Rohrbough hat bei uns angefangen, und wir haben sämtliche Bankgeschäfte für die Firma geführt, bis sie sich in eine AG verwandelten, für uns zu groß wurden und nach Boston gehen mussten. Aber den Kontakt mit uns haben sie nicht aufgegeben: Wir bearbeiten immer noch die Lohngelder. Ich muss zugeben, dass ich die nicht gern verlieren würde. Es ist so bequem für die Leute, die bei Rohrbough arbeiten, und wir möchten unseren Freunden und Nachbarn gern zu Diensten sein.»

Segal warf dem Jüngeren einen schrägen Seitenblick zu. «Aber Sie ziehen doch sicher noch mehr Gewinn daraus, außer der Chance, Ihren Freunden und Nachbarn zu Diensten zu sein, wie?»

Gore lachte verlegen. «Nun ja, natürlich, da ist unser Entgelt für die Buchführung, und es kommen auch sehr viel mehr Leute in die Bank, bei denen wir für den Christmas Club, für persönliche Kredite, Autokredite und gelegentlich auch eine Hypothek werben können.»

Segal lächelte. «Ganz zu schweigen vom Umsatz etwa einer Viertel- bis einer halben Million Dollar pro Woche.»

Gore grinste unschuldig. «Ganz zu schweigen davon. Aber so hoch wird die Summe selten, vor allem heutzutage. Und während manche ihre Schecks an ihre eigene Bank einreichen, sodass alles verzögert wird, weil sie in Boston durchs Clearing gehen müssen, und andere sie vielleicht im Supermarkt einlösen, von wo aus sie ebenfalls über Boston gehen, lösen eine ganze Menge die Schecks jedoch sofort, noch am Zahltag, bei unserer Bank ein.»

«Na schön», sagte Segal, «ich werd's mir überlegen. Und vergessen Sie das mit der Mitgliedschaft nicht, ja?»

«Ich werde mich sofort darum kümmern.»

7

«Warum wollten Sie am *minjen* teilnehmen?», fragte Rabbi Small verdrießlich. Kurzsichtig blickte er von einer der drei Frauen, die ihm in seinem Arbeitszimmer gegenübersaßen, zur anderen. «Sie sind von dem Gebot des morgendlichen Gebets befreit. Warum wollen Sie eine unnötige Bürde auf sich nehmen?»

«Etwa so, wie wir von der Bürde des Wählens befreit waren?», fuhr Molly Mandell ihn mit blitzenden dunklen Augen an. «Oder von der Bürde, Besitz zu haben?» Sie gab sich sehr selbstsicher, und es war deutlich, dass sie nicht die Absicht hegte, sich dem Kommando Mrs. Froelichs zu unterwerfen, der Vorsitzenden der Schwesternschaft, die diese Delegation anführte. Molly trug einen eleganten, anthrazitfarbenen Hosenanzug. Am Jackenaufschlag prangte ihre große Women's Lib-Plakette.

Rabbi Small war sowohl über die Frage als auch über den Ton erschüttert, in dem sie gestellt worden war. Es war nicht nur ein sarkastischer, es war ein offen feindseliger Ton. Langsam schüttelte er den Kopf.

«Nein, Mrs. Mandell. So ist es nicht, ganz und gar nicht», sagte er ernst. «Passen Sie auf, Sie wissen doch, was eine Sünde ist. Also, was ist das Gegenteil? Was ist das Antonym für Sünde?»

«Tugend?», fragte Mrs. Froelich.

«Eine gute Tat», meinte Mrs. Allen.

Der Rabbi nickte. «Auf Englisch ist es beides, auf Hebräisch aber haben wir ein einziges, spezifisches Wort dafür. Das Wort ist *mitzwe* und bedeutet Gebot. Wenn wir das tun, was uns geboten worden ist, dann ist das eine *mitzwe*. Wichtig ist dabei, dass ein Gebot sich zumeist auf etwas bezieht, was man normalerweise von selbst nicht tut. Wir tun es, weil es uns geboten wird. Der Grund für einige dieser Gebote ist klar. Das Gebot, den Sabbat als einen Ruhetag zu heiligen, können wir leicht verstehen, ein Ruhetag pro Woche, das ist vernünftig. Den würde man auch ohne Gebot einhalten. Doch dieses Gebot auch auf unsere Dienstboten auszudehnen, dazu wären wir nicht so willig bereit. Daher also das Gebot. Das Gebot dagegen, was das Vermischen von Leinen und Wolle bei der Bekleidung untersagt, *schatnes*, ist schwerer zu verstehen, doch fromme Juden befolgen es, obwohl sie keinen Grund dafür sehen. Weil es uns so geboten wird.»

Er hielt inne, sah eine nach der anderen an und fuhr dann fort: «Wichtig ist auch, nicht zu vergessen, dass wir zwar befolgen müssen, was uns geboten wird, dass wir aber keine Extrapluspunkte für das bekommen, was nicht geboten ist. Das Gebot lautet, dreimal am Tag zu beten, doch wenn wir die Gebete sechsmal am Tag sprechen, liegt darin kein besonderes Verdienst. Beim Christentum ist das anders. Da schreibt der Priester vielleicht ein Dutzend Ave Marias als Buße vor. Es gibt auch Mönchs- und Nonnenorden, die gelobt haben, den ganzen Tag zu beten. Während ein frommer Christ einen beträchtlichen Teil seiner Zeit im Gebet verbringen soll, ist es bei uns ganz anders. Mit Studien, ja, aber nicht mit Gebeten. Vergessen Sie das nicht. Es ist wichtig. Wenn Sie den Segen über den Wein oder das Brot sprechen und dann keinen Wein trinken und kein Stück Brot essen, ist das keine *mitzwe*, sondern das Gegenteil. Das klassische Beispiel ist das von dem Mann, der weit entfernt von seinem Haus ist, die Sirene der Feuerwehr hört und betet, es möge nicht sein Haus sein, das brennt. Ein solches Gebet gilt aus zwei Gründen als sündhaft: weil es den Wunsch beinhaltet, das Haus eines anderen möge brennen, und weil man um etwas Unmögliches bittet, dass nämlich etwas nicht geschieht, was bereits geschehen ist. Verstehen Sie das?» Durch seine dicken Brillengläser musterte er sie aufmerksam.

«Sie meinen», begann Mrs. Froelich unsicher, während sie bemüht war, ihre Gedanken in Worte zu fassen, «dass … Also, den ersten Grund verstehe ich, aber …»

«Ich will versuchen, mich etwas klarer auszudrücken», sagte der Rabbi. «Ich habe einen Verwandten, meinen Vetter Simcha. Simcha, der Apicorus, nennen wir ihn in der Familie. Ein Apicorus ist ein Agnostiker, nach Epicurus, dem griechischen Philosophen, und einer fehlerhaften Auslegung seiner Doktrin. Obwohl Simcha in der Tat ein frommer und praktizierender Jude ist, hegt er eine merkwürdige Auffassung von einigen Geboten. Für ihn ist Huhn zum Beispiel kein Fleisch im Sinne der Speiseregeln. Er behauptet, da wir in übergenauer Befolgung des Gebotes ‹Ihr sollt das Fleisch des Zickleins nicht in der Milch der Mutter zubereiten› Milchprodukte nicht mit Fleischprodukten mischen, treffe das auf die Hühner nicht zu, da diese keine Milch geben.»

«He, das ist schlau», sagte Mrs. Allen bewundernd.

Der Rabbi lächelte. «Er weigerte sich auch, eine *mesusa* an seinem Türrahmen zu befestigen, mit der Begründung, das Gebot laute, man solle sie ‹an die Türpfosten eures Hauses› schreiben, und er behauptete, dies sei nicht sein Haus, es sei nur gemietet. Also, ich versichere Ihnen, das ist *pilpul*, Haarspalterei, und außerdem ziemlich extrem, aber es vermittelt ihnen wohl die grundlegende Idee, dass ein Gebot eine Verpflichtung ist – nicht unbedingt eine willkommene –, die man befolgt, weil sie uns geboten wird. Im gleichen Sinne hat ein berühmter Rabbi einmal gesagt, man solle von den Speisen, die uns verboten sind – Schweinefleisch, Schalentieren und den anderen –, nicht sagen, dass wir sie nicht essen, weil sie widerlich und unbekömmlich sind, sondern vielmehr, dass sie sehr wohlschmeckend, ja köstlich sind, dass wir sie aber nicht essen, weil ein Gebot es uns verbietet. Haben Sie das begriffen? Also Frauen sind von jenen Geboten befreit, die zu einer bestimmten Zeit befolgt werden müssen, zum Beispiel von der Teilnahme am *minjen* für die Morgen- und Abendandacht.»

«Aber warum sind wir von diesen Geboten befreit?», wollte Mrs. Froelich wissen.

«Weil die Befolgung dieser Gebote sie an der weit wichtigeren Arbeit für Haus und Familie hindern würde.»

«Selbstverständlich!», sagte Molly Mandell sarkastisch. «Wir sollen möglichst viel Arbeit aufgehalst kriegen.»

«Nein.» Der Rabbi schüttelte den Kopf. «Nein, Mrs. Mandell. Sondern weil bei uns die Synagoge oder, wie wir sagen, der Tempel nicht der Mittelpunkt der Religionsausübung ist, sondern das Heim. Dort wird der Sabbat gefeiert, dort wird das Passahfest zelebriert, die wichtigste liturgische Zeremonie unserer Religion, dort wird der Succah gebaut. Andererseits, Mrs. Mandell, kann ich mir gut vorstellen, dass ein Ehemann, übereifrig darauf bedacht, den Kaddisch für einen toten Vater zu beten, darauf besteht, dass ihn seine Frau zum *minjen* begleitet, damit die notwendigen zehn Betenden beisammen sind, selbst wenn das bedeutet, dass sie es versäumt, das Frühstück für die Kinder zuzubereiten.»

Mrs. Froelich nickte heftig. «Als Harveys Vater starb, ist er jeden Tag losgezogen, morgens und abends, um den Kaddisch zu beten – ein ganzes Jahr lang. Vorher ist er nie zum täglichen *minjen* gegangen, und später auch nicht mehr. Aber in jenem Jahr, da war er wirklich fromm. Und wissen Sie was? Er hat seinem Vater nicht mal nahe gestanden. Sie konnten sich nie richtig vertragen.»

«Sicher hatte er ein schlechtes Gewissen», meinte Mrs. Allen.

«Wie Sie es schildern, Rabbi», sagte Molly Mandell, «ist die ganze jüdische Religion praktisch nur darauf bedacht, den Frauen das Leben zu erleichtern. Es klingt sehr schön, aber es ist einfach lächerlich. Denn die täglichen Gebete, die Sie sprechen, fangen stets damit an, dass Sie sich bei Gott dafür bedanken, dass Sie als Mann geboren sind.»

Die anderen waren schockiert über ihre Heftigkeit und beobachteten den Rabbi, weil sie sehen wollten, wie er reagierte. Er war errötet, brachte aber ein Lächeln zustande. «Ich wüsste nicht, warum Sie dagegen Einwände haben sollten, denn schließlich stimmt diese Passage doch hundertprozentig mit der Einstellung Ihrer Frauenbewegung überein.»

«Wie bitte?»

«Nun ja, Ihre Women's Lib-Bewegung behauptet, dass der

Mann ein leichteres Leben hat als die Frau, nicht wahr?», fragte er.

«Ja, sicher. Aber …»

«Warum sollten wir dann aber Gott nicht dafür danken? Und ist es so unrecht, wenn die Männer versuchen, diesen Unterschied ein bisschen auszugleichen, indem sie den Frauen Sonderprivilegien einräumen?»

8

Laura Maltzman war keine hübsche Frau; ja, sie war sogar recht unansehnlich. Sie war groß und eckig, mit breiten Schultern. Sie hatte ein langes Gesicht mit eckigem Kinn, das ein wenig schief zu stehen schien, als hätte sie einen Kinnhaken eingesteckt oder wolle gerade den Kopf drehen. Doch ihre Augen waren groß, freundlich und verständnisvoll. Als ihr Mann, der sich zufrieden die Hände rieb, aus dem Flur, wo er telefoniert hatte, ins Wohnzimmer kam, blickte sie ihm fragend entgegen.

«Gerade habe ich Nachricht bekommen», verkündete er. «Es klappt mit dem Darlehen. Jedenfalls so gut wie sicher.»

«Ach ja? Wer hat angerufen?»

«Molly Mandell. Sie hat mit Gore gesprochen und glaubt, er wird einverstanden sein. Und fand, das müsste sie mir mitteilen.» Er ging im Zimmer auf und ab, bis er vor ihr stehen blieb. «Hör mal, dieses Dinner, das du geben willst – sollten wir nicht die Mandells anrufen und sie ebenfalls einladen?»

«Aber die sind so viel jünger als die anderen», wandte sie ein.

«Na und? Ich möchte ihr – ihnen – zeigen, wie dankbar ich bin.»

«Du hast Herb Mandell letzte Woche in den Vorstand geholt.»

«Ja, aber er arbeitet aktiv in der Bruderschaft, deswegen denken sie vielleicht, das wäre der Grund. Nein, ich möchte ihr meinen Dank erweisen. Verstehst du? Sie hat großen Einfluss in der Bank. Und sie ist immer freundlich zu mir, wie mit diesem Anruf heute Abend. Das kann ziemlich wichtig sein, jemanden in der Bank zu haben, auf den man sich verlassen kann. Ich möchte ihr also beweisen …»

Laura senkte den Blick auf das Strickzeug in ihrem Schoß. «Findest du sie hübsch?»

Sofort war er auf der Hut. «Nun ja, eine Schönheit ist sie nicht, aber doch, ich finde sie recht niedlich. Sie ist eifrig und lebendig und frisch …»

«Frech, meinst du wohl! Lillian Allen hat mir erzählt, dass sie zu der Gruppe gehörte, die beim Rabbi war, und dass sie sich ihm gegenüber ziemlich herausfordernd benommen hat.»

«Ach, Lillian Allen! Was hat sie gesagt?»

«Dass Molly erklärt hat, die ganze jüdische Religion sei sexistisch, und dass sie den Rabbi praktisch als männliches Chauvinistenschwein bezeichnet hat.»

«Wirklich?» Er kicherte. «Also, so hätte ich ihn nun wirklich nicht gesehen. Ich halte ihn mehr für einen weichlichen Typ. Ich meine, ein richtiger Mann wäre doch niemals Rabbi geworden, um sein ganzes Leben mit Beten zu verbringen. Ich kenne diese Burschen. Man könnte meinen, sie würden kein Wässerchen trüben, aber auf ihre eigene, ganz stille Art werfen sie dann Sand ins Getriebe. Erwarte also nicht von mir, dass ich mich aufrege, weil Molly Mandell ihm die Leviten gelesen hat. Das werde ich selbst auch einmal tun, wenn er mir in die Quere kommt. Die Synagoge gehört den Gemeindemitgliedern, und unsere Mitglieder haben mich und den Vorstand gewählt, damit wir die Geschäfte führen. Der Rabbi ist lediglich ein Angestellter, der seine Pflichten zu erfüllen hat, und je eher er das einsieht, umso besser. Also, wirst du nun Molly Mandell anrufen und sie einladen, oder nicht?»

«Wenn du unbedingt darauf bestehst …»

Er wurde puterrot im Gesicht, und seine Augen traten fast aus den Höhlen. «Verdammt nochmal, ja! Ich bestehe darauf!»

9

Ellsworth Jordon ging unruhig im Wohnzimmer seines alten viktorianischen Hauses auf und ab und sah jedes Mal finster auf die Uhr, wenn er am Kaminsims vorüberkam. Billy war noch immer nicht zu Hause, und er machte sich Sorgen. Und ärgerte sich darüber, dass er sich Sorgen machte. Als er ihn endlich die lange Einfahrt heraufhasten sah, war der Ärger über sich selbst zu Zorn auf den jungen Mann geworden.

«Wo hast du so lange gesteckt?», fuhr er ihn an. «Deine Bürozeit ist längst vorbei.»

Billy zeigte sich zerknirscht. «Tut mir Leid, Sir. Ich habe den Bus verpasst und wollte lieber zu Fuß gehen, als auf den nächsten warten. Es war so schön draußen.»

«Weißt du nicht, dass Martha heute Abend eine Verabredung hat und zeitiger gehen muss? Sie hat es uns heute Morgen gesagt.»

«Ach, das hatte ich ganz vergessen.»

«Und ich muss gleich zum *Agathon*.»

«Tut mir wirklich Leid. Aber Martha kann ruhig schon gehen. Ich spüle nachher das Geschirr.»

«Nun ja, wir werden sehen. Jetzt wasch dich, und dann wollen wir Martha nicht länger warten lassen.»

Sie aßen schweigend. Normalerweise hätte Billy von seinem Tag in der Bank erzählt, da er jedoch so unwirsch empfangen worden war, hatte er keine Lust zum Reden. Jordon warf dem Jungen hier und da einen verstohlenen Blick zu und wunderte sich über diese Verstocktheit. Gewiss, er hatte ihm Vorwürfe gemacht, weil er zu spät gekommen war, aber das war sein gutes Recht – und seine Pflicht. Doch als er ihm aufgetragen hatte, sich waschen zu gehen, hätte Billy merken müssen, dass damit Erklärung und Entschuldigung akzeptiert worden waren. Warum also sagte er nichts? Erwartete er vielleicht, dass er, der um so vieles ältere, den ersten Schritt machte?

Obwohl er weiterhin finster auf seinen Teller blickte, überlegte sich Jordon nach einer Weile philosophisch, dass jungen Leuten von Natur aus die Feinfühligkeit fehlte, dass Billy sich in den paar Monaten, die er jetzt hier war, sehr gut eingelebt hatte, und dass er an den Abenden und Wochenenden, die sie zusammen verbrachten, ein guter Gesellschafter gewesen war, wenn auch auf eine linkische, unbeholfene Art, wie man sie bei jungen Männern erwarten konnte. Gewiss, der Bengel war unhöflich und unsicher, aber das waren vermutlich alle in seinem Alter. Er sah einem nicht in die Augen, er hielt sich krumm und kleidete sich nachlässig. Die Brille rutschte ihm ständig auf die Nase, und einer der Bügel war mit einem Stück Draht repariert. Andererseits war er gehorsam, sogar fügsam, und hatte Gott sei Dank keine Pickel im Gesicht. Außerdem – ein absolutes Plus – schien er Freude an seinem Job in der Bank zu haben, wo er als Kassierer arbeitete. Gore hatte ihm sogar mitgeteilt, die Kunden schienen ihn zu mögen.

Es war kein Problem gewesen, ihm diese Stellung zu besorgen. «Ich habe da einen jungen Burschen, Larry, der eine Zeit lang bei mir wohnen wird. Ich kenne seine Familie seit Jahren. Deswegen wäre ich Ihnen dankbar, wenn Sie ihm einen Job in Ihrer Bank verschaffen könnten, für die Zeit, die er hier verbringt.»

«Und wie lange wird das sein?»

«Mehrere Monate, vielleicht ein Jahr. Möglicherweise auch noch länger. Ich hielt es für besser, wenn während der nächsten Zeit jemand bei mir im Haus schläft.»

Lawrence Gore lächelte verständnisinnig und nickte.

Jordon runzelte die Stirn. Er stand in dem Ruf, ein Geizhals zu sein, und wusste genau, was Gore dachte: dass es ihm lieber war, Billy gegen Kost und Logis bei sich aufzunehmen, als einen Gesellschafter einzustellen. Aber er hielt eine Erklärung für überflüssig. «Und Sie täten mir einen besonderen Gefallen, Larry», fuhr er fort, «wenn Sie ein wenig nett zu ihm wären. Ich meine nicht, dass Sie ihm Sonderprivilegien einräumen sollen, aber Sie wissen schon, ein freundliches, ermunterndes Wort hier und da wirkt oft Wunder. Ich finde, er ist eine Art Muttersöhnchen und besitzt nicht genügend Selbstvertrauen …»

«Gewiss, ich verstehe, Ellsworth. Ich will Ihnen was sagen. Ich beginne gerade einen Ausbildungskurs im Pistolenschießen. Er kann daran teilnehmen und schießen lernen.»

«Verdammt, Larry, wir sind nicht im Wilden Westen. Benutzen Sie Ihren Verstand! Das Pistolenschießen wird auch keinen Mann aus ihm machen ...»

«Das ist ein Irrtum», entgegnete Gore ernst. «In der High School war ich immer der Kleinste in meiner Klasse. Die meisten Mädchen waren sogar größer als ich. Einmal, bei einer Party, da haben sie es so eingerichtet, dass ich mit Florence Richardson tanzen musste, einem besonders großen, dicken Mädchen. Meine Augen befanden sich ungefähr in ihrer Brusthöhe. Gott, war das peinlich!»

Der Ältere grinste lüstern. «Ihre Nase direkt vor ihren Titten, was? War vielleicht gar nicht mal so schlecht.»

Gore grinste ebenfalls. «Ja, heute würde mich das nicht mehr stören, aber damals fand ich es grässlich.» Er schüttelte nachdenklich den Kopf. «Aber es war nicht nur bei den Mädchen. Klein zu sein, macht manche Männer selbstbewusst, aber die meisten werden scheu, misstrauisch und in sich gekehrt. Na ja, im College musste man sich für irgendeine Sportart entscheiden, und ich wählte Pistolenschießen, weil ich dachte, da spielt es keine Rolle, dass ich klein bin. Und wissen Sie was? Als ich lernte, mit der Waffe umzugehen, wurde ich größer.»

Der Ältere blickte auf ihn herab. «Nun, davon merkt man aber nichts.»

«Doch, man merkt es. Ich bin zwar nicht richtiggehend gewachsen, aber der geschickte Umgang mit einer Faustfeuerwaffe hat mein Selbstvertrauen gestärkt. Er verleiht einem ein gewisses Machtgefühl, eine gewisse Sicherheit. Und als ich College-Regionalsieger wurde, war ich ein Riese. Überlassen Sie den Jungen nur mir, Ellsworth. Ich werde einen Mann aus ihm machen.»

Erst als Martha den Hauptgang auftrug, brach Jordon das Schweigen, und dann auch nur, um sich an die Haushälterin zu wenden. «Großer Abend, heute, Martha? Jemand besonderes?», fragte er scherzhaft.

«Nein, einfach eine Verabredung», antwortete sie.

«Jemand, den ich kenne?»

«Ich glaube kaum. Ein Bursche aus Lynn, den ich neulich abends beim Bowling kennen gelernt habe.»

«Nun, keine Sorge. Sie werden rechtzeitig gehen können. Lassen Sie das Geschirr ruhig stehen, das wird Billy nachher spülen.» So, dachte er, jetzt habe ich seinen Namen ausgesprochen. Das sollte ihm zeigen, dass ich ihm nicht mehr böse bin. Aber der Junge begriff den Hinweis nicht, hob den Blick nicht vom Teller und blieb stumm.

Als Martha ihnen den Kaffee servierte, war sie bereits zum Ausgehen fertig. «Ich gehe jetzt», verkündete sie. «Das Geschirr habe ich zusammengestellt, Spülmittel und Küchentücher sind auf dem Ablaufbrett.»

«Okay, Martha. Und viel Vergnügen.» Verstimmt, geistesabwesend trank Jordon seinen Kaffee. Als er fertig war, stand er ohne ein Wort vom Tisch auf und ging ins Wohnzimmer. Gleich darauf kam auch Billy herein. Jordon blickte von seiner Zeitung auf. «Geschirr gespült?», fragte er.

«Jawohl, Sir.»

«Und weggeräumt?»

«Jawohl, Sir.»

«Nun, das ist gut. Wunderbar. Hast du deiner Mutter schon geschrieben?»

«Das wollte ich morgen tun.»

Jordons Gesicht wurde dunkel vor Zorn. «Ich habe deiner Mutter versprochen, dass sie jede Woche einen Brief von dir bekommt. Ich wünsche, dass du ihr jetzt sofort schreibst!»

«Aber ich habe Mr. Gore gesagt, dass ich rüberkomme und ihm mit den Fotos von der Silbersammlung helfe.»

Seine Antwort erzürnte den Alten noch mehr. «Deine Mutter geht vor. Du gehst jetzt in dein Zimmer und schreibst.»

«Ach, verdammt!», murmelte Billy, machte aber gehorsam kehrt, ging in sein Zimmer und machte die Tür hinter sich zu.

Jordon folgte ihm auf dem Fuß. «Und du wirst eingeschlossen, bis du fertig bist», rief er hinter ihm her und drehte den Schlüssel im Schloss herum.

Durch die Tür rief er dann noch: «Und du bleibst da drin, bis der Brief fertig ist. Ich werde jetzt meine Meditation halten, bitte störe mich also während der nächsten zwanzig Minuten nicht. Anschließend kannst du klopfen, falls du schon fertig bist, und ich lasse dich raus. Solltest du aber noch nicht fertig sein, fahre ich in den Club, und du kannst warten, bis ich zurück bin.»

Er lauschte einen Augenblick, das Ohr an die Tür gedrückt, aber von Billy kam keine Antwort. Für die transzendentale Meditation, die seiner Überzeugung nach gut für sein Herz war, setzte er sich in den Lehnsessel. Als die zwanzig Minuten um waren, stand er auf und schlich auf Zehenspitzen zu Billys Zimmertür. Er lauschte, aber er hörte nichts.

Nun gut, dachte er. Wenn dies eine Kraftprobe sein soll, werden wir sehen, wer hier der Stärkere ist. Er ging zur Haustür, öffnete sie und warf sie hinter sich laut ins Schloss. Dann öffnete er sie noch einmal und lauschte. Als er nichts hörte, schloss er sie lautlos und bestieg seinen Wagen, der in der Einfahrt stand.

10

Der Anruf kam am Spätnachmittag. «Mr. Maltzman? Hier Ben Segal. Ich bin am Kauf eines Grundstücks interessiert. Mr. Gore von der Bank schlug vor, dass ich Sie anrufe. Vielleicht könnten wir uns mal zusammensetzen …»

Ben Segal? Kannte er einen Ben Segal? Dann fiel der Groschen. Das musste der Ben Segal aus Chicago sein. Er hatte gehört, dass er in der Stadt sein sollte. Er holte tief Luft. «Von wo aus rufen Sie an, Mr. Segal?», fragte er ruhig.

«Aus Ihrem Hotel hier, dem *Arlington Arms*. Wir sind dort abgestiegen.»

Sekundenlang überlegte Maltzman, ob er sehr beschäftigt tun sollte, entschied sich dann aber dagegen.

«Wenn Sie jetzt Zeit hätten», sagte er, «könnte ich gleich rüberkommen.»

Sie saßen im pompösen, überladenen Salon der einzigen Suite, die das *Arlington Arms* zu bieten hatte und die hauptsächlich für Geschäftsbesprechungen gedacht war. Die Segals saßen auf dem schweren Brokatsofa, Maltzman auf der Kante eines Ledersessels; er balancierte unsicher eine Kaffeetasse und die Petit Fours auf den Knien, nach denen Mrs. Segal geläutet hatte, als er eintraf.

«Ich interessiere mich für ein Grundstück», erklärte Segal. Er suchte in seiner Jackentasche und zog ein Streichholzbriefchen heraus, auf dem er sich den Straßennamen notiert hatte. «Es liegt draußen auf dem Point, so nennt man es, glaube ich hier, an der Crossland Avenue, gleich hinter der Porter Street.»

«Ja, das kenne ich», antwortete Maltzman stirnrunzelnd. «Aber da draußen ist ein reines Wohngebiet, und unsere Bauvorschriften sind ziemlich streng.»

«Selbstverständlich, das verstehe ich.» Er lächelte. «Ich wollte dort auch weder eine Fabrik noch ein Lagerhaus errichten.»

«Ich meine, es sind dort nur Einfamilienhäuser zugelassen. Sie könnten kein Haus bauen, das ausschließlich für Sitzungen und Geschäftsessen und eventuell als Gästehaus benutzt wird. Es muss regulär von einer Familie bewohnt werden. Verstehen Sie mich?»

«O ja, ich verstehe Sie», antwortete Segal. «Und dies soll auch ein ganz normales Einfamilienhaus werden …»

«Wir wollen uns hier nämlich niederlassen, Mr. Maltzman», erklärte Mrs. Segal. «Wir wollen selber in dem Haus wohnen.»

«Ganz recht», bestätigte ihr Mann. «Ich werde die Rohrbough Corporation persönlich leiten.»

Mimi beugte sich eifrig vor. «Sehen Sie, Mr. Maltzman, wir haben beide unser Leben lang immer in Großstädten gewohnt. Und außerdem noch in Hotels. Sicher, wir haben eine große Wohnung in Chicago, aber es ist und bleibt doch ein Hotel. Und wir haben genug von den Großstädten. Mit all dem Lärm und dem Schmutz und der Kriminalität – man wagt ja abends nicht mal mehr einen Spaziergang zu machen. Deswegen wollen wir hierher umziehen. Unseren ganzen Lebensstil ändern, Mitglieder einer Gemeinschaft werden. Das ist es, wonach wir uns sehnen. Und deswegen hat sich Ben auch wohl entschlossen, die Rohrbough selbst zu übernehmen.»

«Ganz recht», sagte ihr Mann. «Heute beim Lunch hat uns Gore von der Magistratssitzung erzählt, zu der alle Leute gehen. Nun ja, wir würden ebenfalls gern hingehen. Und zu dem Freudenfeuer am 4. Juli und zum Kunstfestival, das Sie in der Stadthalle veranstalten.»

Maltzman nickte langsam. Eine Idee begann in seinen Gedanken Gestalt anzunehmen. Er richtete den Blick auf Ben Segal. «Sagen Sie, Mr. Segal, sind Sie immer noch Jude? Ich meine, sind Sie vielleicht konvertiert oder so?»

Segal zuckte die Achseln. «Ich praktiziere nicht, aber ich habe auch meinen Glauben nie verleugnet.»

Mimi ergänzte: «Sein Bruder hat seinen Namen in Sears verändert und wollte, dass Ben das ebenfalls tut, aber Ben dachte gar nicht daran.»

«Das ist gut», sagte Maltzman. «Aber in einer Kleinstadt wie Barnard's Crossing wollen die Leute genau wissen, wo Sie stehen. Wenn Sie respektiert und akzeptiert werden wollen, müssen Sie der Gruppe angehören, mit der man Sie assoziiert. Und hier bedeutet das, dass Sie Mitglied der Synagoge werden müssen. Bereit sein müssen, aufzustehen und sich zählen zu lassen.»

«Aber ich bin nicht im Geringsten religiös!», protestierte Segal.

«Na und? Das sind die meisten Mitglieder nicht. Beim

Gottesdienst am Freitagabend sind wir fast immer nur höchstens hundert. Ich gehe immer hin, weil ich Vorsitzender der Synagoge bin. Die Mitgliedschaft in der Gemeinde ist nicht so sehr eine Frage der Religion als eine Chance, zu zeigen, wohin man gefühlsmäßig gehört.»

«Aber bei mir ist das etwas anderes», entgegnete Segal. «Ich glaube wirklich nicht, dass ich das Recht habe, Mitglied einer Synagoge zu sein. Denn sehen Sie, ich habe nie eine Bar Mitzwa gehabt. Meine Familie war furchtbar arm, als ich noch klein war, und sie konnten es sich damals einfach nicht leisten.»

«Ach Ben, Liebling, das hast du mir ja nie gesagt!» Mimi war ganz Mitgefühl. «Aber ich glaube, eine Bar Mitzwa kann man jederzeit nachholen, nicht wahr, Mr. Maltzman? Ich glaube, ich habe neulich im Fernsehen einen Bericht über einen Siebzigjährigen in Kalifornien gesehen, der selbst gerade erst seine Bar Mitzwa gefeiert hat. Seine Familie hatte es sich auch nicht leisten können, als er ein Junge war.»

«Ja, daran erinnere ich mich!», erklärte Maltzman. «Und im *Hadassah Journal* gab es eine Story über eine ganze Gruppe von Männern, einen Club, oder aus derselben Synagoge, erwachsenen Männern, die nach Israel reisten und an der Klagemauer gemeinsam ihre Bar Mitzwa feierten. Hören Sie, Mr. Segal, wenn es Sie interessiert, werde ich mit dem Rabbi sprechen und alles organisieren.» Dann fiel er ihm ein – der Trick. «Ich will Ihnen was sagen: Ich trage die Angelegenheit dem Vorstand vor, und wenn die meiner Meinung sind, wird die Synagoge die Patenschaft übernehmen.»

«Ja, aber das ist doch eine ziemlich große Zeremonie, nicht

wahr? Ich meine, es geht doch nicht nur um eine Party. Wenn ich mich recht erinnere, mussten die Jungen in meinem Alter eine Menge dafür lernen. Spezielle Gebete, die sie auswendig vortragen mussten, und …»

«Kleine Fische, Mr. Segal», wehrte Maltzman beruhigend ab. «Sie werden zum Lesen der Tora aufgerufen und sprechen einen Segen. Die Bar-Mitzwa-Jungen singen auf Hebräisch. Aber Sie brauchen ihn nicht zu singen. Das heißt, wenn Sie das wollen, könnte ich dafür sorgen, dass Sie es beim Kantor lernen. Und wenn Sie kein Hebräisch lesen können, werden wir es ins Englische transkribieren. Ja, Sie könnten den Text sogar auf Englisch sprechen. Wenn dann der Text gelesen ist, sprechen Sie noch einmal einen Segen, und das machen wir dann genauso, und das ist schon alles. Gewiss, normalerweise singt der Bar-Mitzwa-Junge den Text aus den Propheten auch. Mein Gott, einige von ihnen übernehmen das gesamte Vorbeten. Ein bisschen Angabe, würde ich sagen. Aber das ist gar nicht notwendig. Glauben Sie mir, das Ganze ist ein Kinderspiel.»

«Ist Ihre Synagoge die einzige hier in der Stadt, Mr. Maltzman?», erkundigte sich Mimi.

«Das ist sie, Mrs. Segal, und alle Juden in der Stadt gehören zu uns, alle, die hier schon einige Zeit leben. Gewiss, manche Familien sind neu und vielleicht noch nicht hundertprozentig sicher, ob sie hier bleiben werden – wegen der Jobs –, aber alle, die sich hier fest niedergelassen haben, ja, praktisch alle davon sind Mitglieder. Sie brauchen es nur zu sagen, dann arrangiere ich alles mit dem Rabbi.»

Ben Segal sah seine Frau zweifelnd an, doch als sie ihm strahlend zunickte, sagte er: «Na schön. Ich mach's.»

«Wunderbar!», antwortete Maltzman. «Und um das Grundstück auf dem Point werde ich mich sofort kümmern.»

11

Im Speisesaal des *Agathon Yacht Club* konnte man zwar einen Cocktail bestellen, aber stets nur zum Dinner. Und man konnte zwar anschließend bei Kaffee und Brandy noch sitzen bleiben, aber die Clubleitung hatte es nicht gern, wenn man zu lange sitzen blieb. Während der Segelsaison war im Speisesaal immer viel zu tun, und es warteten fast immer Gäste auf einen Tisch. Und außerhalb der Saison wollten die Kellner nicht zu lange warten müssen, bis sie endlich abräumen konnten.

Es gab natürlich eine Halle, aber die glich eher einem feinen Salon: ein Raum, dessen hohe Fenster schwere Samtvorhänge besaßen, ein Raum mit Läufern und Teppichen, mit Sofas und Lehnsesseln aus Seide und Brokat, mit auf Hochglanz polierten Mahagonitischen und Seidenschirmen auf den Lampen. Hier erwartete man seine Gäste und plauderte ein paar Minuten – eben lange genug, um Eindruck auf sie zu machen –, bevor man mit ihnen in den Speisesaal oder zum Bootssteg hinunterging. Hier saßen zumeist Damen herum und ließen sich Tee oder Kaffee bringen.

Zum ernsthaften Trinken und für die langen, ziellosen Gespräche, mit denen man einen Abend totschlug, gab es die Bar, und das war ein rein männliches Territorium. Zwar war den Damen nicht der Zutritt verboten, aufgrund einer stillschweigenden Übereinkunft aber betraten sie sie nie. Die

Bar war ein kahler Raum mit greller Deckenbeleuchtung, die ihr Licht auf das nackte, graue Linoleum des Fußbodens warf. Die Einrichtung bestand aus einem halben Dutzend runder, mit Brandflecken von Zigaretten genarbter Tische, umgeben von mehreren unbequemen Lehnstühlen. An der Wand befand sich eine kleine Bar, kaum mehr als eine hohe Theke, mit Flaschenregalen, einem kleinen Kühlschrank und einem Spülbecken dahinter.

Diese Ausstattung, oder vielmehr das Fehlen einer solchen, stammte noch aus der Zeit der Prohibition. Damals hatte man das Gefühl gehabt, es sei zwar nicht nötig, heimlich zu trinken, aber es sei doch ein wenig unverschämt, es in bequemer, luxuriöser Umgebung zu tun. Bei der Aufhebung der Prohibition und später auch von Zeit zu Zeit hatte es Vorschläge gegeben, den Raum neu zu gestalten, etwa mit Ledersesseln, Täfelung und Sport- oder Segeldrucken auszustatten, aber die Mitglieder, die ihn am regelmäßigsten benutzten, leisteten hartnäckigen Widerstand, vielleicht, weil sie fürchteten, eine Renovierung oder hübschere Einrichtung könne attraktiv auf die Damen wirken.

Kellner gab es nicht, nur den Barmann. Wenn er nichts weiter zu tun hatte, brachte er auf ein Nicken hin möglicherweise eine Bestellung an den Tisch, gewöhnlich aber holte man sich seinen Drink an der Bar und trug ihn selber an seinen Platz. Der Donnerstag war gewöhnlich ein ruhiger Abend in der Bar, und das war der Grund, warum Jordon ihn sich für seinen allwöchentlichen Besuch ausgewählt hatte. Er mochte keine überfüllten Bars mit dem ungezügelten Lärm reichlich angeheiterter Kumpanei. Er bevorzugte die Gesellschaft seiner alten Freunde, Männer, an die er sich gewöhnt hatte, mit denen er vernünftig, ja sogar ernsthaft und philosophisch reden konnte oder, falls ihnen danach zumute war, ein angenehm-einverständliches Schweigen pflegte.

Bis jetzt war nur ein einziger Tisch besetzt – die anderen würden zweifellos später noch kommen –, und als er auf seinen Drink wartete, stellte Jordon zufrieden fest, dass von den vier Herren, die dort saßen, zwei zu den Donnerstags-Stammgästen gehörten. Der eine war der alte Dr. Springhurst, ehemaliger Rektor der St.-Andrew's-Episkopalkirche, sehr würdig mit dem silberweißen Haar, dem Priesterkragen und dem grauen Flanellanzug. Als eingeschworener Atheist hatte Jordon seine besondere Freude daran, sich mit ihm über Religionsfragen zu unterhalten. Der andere war Albert Megrim, Börsenmakler und Magistratsmitglied, mit dem er gern über Politik diskutierte. Megrim war ein untersetzter Mann mit rundem Gesicht und schütterem, genau in der Mitte gescheiteltem Haar. Er trug stets dunkle, konservative Straßenanzüge mit weißem Hemd und Fliege – selbst an den heißesten Sommerabenden.

Die anderen beiden an diesem Tisch kannte Jordon eigentlich nur flüchtig. Jason Walter, Syndikus, war ein hoch gewachsener, robuster Mann, der den Kraftsport liebte und fanatisch darauf bedacht war, sich fit zu halten. Wie Jordon sah, trug er einen Trainingsanzug und Turnschuhe und wollte den Abend vermutlich mit einem schnellen Spiel Squash beschließen. Der vierte, bei weitem der Jüngste dieser Runde, noch nicht einmal vierzig, war Don Burkhardt, Gesellschafter einer Firma namens Creative Engineers Incorporated, die so unterschiedliche Aufgaben übernahm wie das Entwerfen von Büromöbeln und -einrichtungen, das Erstellen von Arbeitsablaufsanalysen und sogar das Anfertigen von graphischen Darstellungen für den Jahresbericht von Konzernen. Ihn musterte Jordon, der an der Bar stand und auf seinen Drink wartete, voll tiefem Missfallen. Er nahm Anstoß an seiner gut geschnittenen Eisenhower-Jacke und den sorgfältig gebleichten Jeans. Er nahm Anstoß an seiner blonden Afro-Frisur, einem lockigen Heiligenschein, der sein schmales Gesicht rahmte. Und vor allem nahm er Anstoß an dem, was er als seine radikalen Ideen bezeichnete, womit er meinte, dass Burkhardt kein Geheimnis daraus machte, dass er demokratisch gewählt hatte und sich überdies für einen liberalen Demokraten hielt.

Als sie Jordon mit seinem Drink in der Hand kommen sahen, rückten alle vier ein bisschen zur Seite, um Platz für einen weiteren Stuhl zu machen.

«Na, wie geht's Ihnen, Ellsworth?», erkundigte sich Dr. Springhurst.

«Einigermaßen, Padre, einigermaßen.»

«Gore ist wohl unten in der Schießanlage, wie?», fragte Albert Megrim.

«Nein, ich bin heute allein gekommen», antwortete Jordon. «Larry ist mit den Vorbereitungen für seine Peter-Archer-Silberausstellung beschäftigt. Warum?»

«Wir hätten gern Näheres über dieses neue Mitglied gewusst, das er vorgeschlagen hat. Ist der Mann Segler? Hat er ein Boot?»

«Wie bitte? Ein neues Mitglied? Ich gehöre dem Ausschuss an, aber ich weiß nichts von einem neuen Mitglied.»

«Sein Name war ausgehängt, Ellsworth», entgegnete Jason Walters. «Segal heißt er.»

«Ben Segal aus Chicago», ergänzte Megrim. «Derjenige, der die Rohrbough Corporation übernimmt.»

«Segal? Ein Jude?», fragte Jordon.

Megrim lächelte ironisch. «Das weiß man heutzutage nie so genau. Er ist jedenfalls nicht das, was ich einen Juden nennen würde. Ich meine, er ist Finanzier, Ellsworth. Die *Business Week* hat neulich einen langen Artikel über ihn gebracht. Ein solcher Mann ist nie Jude.»

«Ich weiß genau, was sie meinen», sagte Walters. «In New York gibt's eine Privatbank, mit der unsere Firma seit Jahren zusammenarbeitet, Treuhandfonds und was nicht alles. Na ja, eines Tages wollte ich mit dem Präsidenten sprechen, aber man sagte mir, er sei nicht da. Also bat ich, mit dem Leiter der Treuhandabteilung verbunden zu werden, aber der war auch nicht da. Also fragte ich, eigentlich nur als Scherz, was für ein Feiertag denn in New York begangen werde. Und die Vermittlung antwortete, es sei Jen … Jom …»

«Jom Kippur», half ihm Don Burkhardt weiter.

«Ja, richtig, Jom Kippur. Das ist ein ganz besonders hoher Feiertag für die.» Er wandte sich an den Jüngeren. «Woher wissen Sie denn das?»

«Mein Partner ist Jude, und ich habe viele jüdische Freunde.»

«Ach so! Na, wie dem auch sei, ich wollte damit sagen, in all den Jahren, die ich mit denen zu tun hatte, war ich nie auf den Gedanken gekommen, sie könnten Juden sein. Aber das waren sie – die ganze Firma. Jedenfalls die oberen Ränge. Was sagen Sie dazu?» Verwundert schüttelte er den Kopf.

«Ihr macht mich krank!» Burkhardt stieß seinen Stuhl

vom Tisch zurück, als wolle er seinem Abscheu dadurch Ausdruck verleihen. «Ihr redet wie die vom Ku Klux Klan.»

«Meinen Sie etwa mich?» Jason Walters war gekränkt. «Aus mir können Sie keinen Rassisten machen. Unser Hausarzt ist Dr. Goldstein, und wir halten große Stücke auf ihn.»

«Und wenn Sie mich meinen, Don», erklärte Megrim, «haben Sie sich auch geirrt. Im letzten Collegejahr war ein Jude mein Zimmergenosse. Er wohnt jetzt in Detroit, und jedes Mal, wenn ich geschäftlich rüber muss, ist er der Erste, den ich anrufe. Wir gehen essen und dann vielleicht ins Kino und anschließend eventuell noch in eine Bar und reden. Mein Gott, ich erzähle ihm manchmal Dinge, die ich nicht mal meinem Bruder erzählen würde oder auch meiner Frau. Er steht mir vermutlich näher als ...»

«Und ich möchte darauf hinweisen», unterbrach Jason Walters ihn von oben herab, «dass Grace und ich vor zwei Jahren, statt wie üblich im Winterurlaub auf die Bermudas oder nach Palm Beach zu fahren, ins Heilige Land geflogen sind, und ich habe überall deutlich erklärt, was für großartige Arbeit sie da geleistet haben. Gewiss, sie müssten was wegen der palästinensischen Flüchtlinge unternehmen, aber im Ganzen gesehen, haben sie Wunder gewirkt, und das betone ich, so oft ich dazu Gelegenheit habe.»

«Sie müssen verstehen, Don», sagte Albert Megrim beruhigend, «dies ist ein Gesellschaftsclub. Ein Ort, wo man mit anderen Leuten zusammenkommt. Und da zieht man es natürlich vor, mit seinen eigenen Leuten zusammenzukommen, weil man sich unter ihnen wohler fühlt.»

«Ganz recht», bestätigte Walters ernst. «Sehen Sie, meine

Töchter kommen hierher zum Tanzen. Na ja, und da möchte ich natürlich, dass sie mit Leuten von unserer Art zusammen sind. Das heißt aber nicht, dass ich Vorurteile hege.»

«Natürlich nicht», entgegnete Burkhardt verächtlich. «Jeder bestreitet, ein Antisemit zu sein, aber …»

«Ich nicht», fiel Ellsworth Jordon ihm ins Wort.

«Sie nicht?» Der junge Mann starrte ihn verwundert an. «Sie wollen sagen, Sie sind tatsächlich ein Antisemit?»

«Gewiss. Das sind wir alle. Sie auch, Burkhardt. Sie schämen sich nur, es zuzugeben, weil Sie einen Haufen verrückte liberale Ideen haben und meinen, nur die Ungebildeten seien mit Vorurteilen behaftet. Aber Sie sind trotzdem einer. Dass Sie einen Juden als Geschäftspartner oder als bevorzugten Hausarzt oder als besten Freund haben, beweist überhaupt nichts. Oder vielmehr, für einen Juden wäre es der beste Beweis dafür, dass Sie Antisemit sind. Das ist so eine Art Familienscherz bei denen. Jedes Mal, wenn jemand sagt, seine besten Freunde seien Juden, wissen sie, dass da ein Antisemit gesprochen hat.» Er grinste breit. «Ich muss es wissen, denn früher einmal waren meine besten Freunde Juden.»

«Aber Sie sagten doch gerade …» Don Burkhardt sah ihn verständnislos an.

«O ja, ich kann das zugeben, weil ich weiß, warum wir Antisemiten sind.»

«Das wissen Sie? Also, warum denn?»

«Weil sie uns Unbehagen bereiten.»

«Weshalb sollten sie uns Unbehagen bereiten?»

«Weil sie besser sind als wir», antwortete Jordon schlicht.

Sie starrten ihn an.

«Unsinn! Was soll das heißen, besser als wir?», fragte Megrim.

«Moralisch, ethisch», antwortete Jordon. «Ich glaube, sie sind einfach zivilisierter als wir. Und das bereitet uns Unbehagen, und deswegen mögen wir sie nicht.» Er lachte laut. «Der größte Witz aber dabei ist, dass diese Idioten keine Ahnung haben, warum wir sie nicht mögen – keinen Schimmer! Sie begreifen das psychologische Motiv einfach nicht. Sie weisen darauf hin, dass sie gute und loyale Bürger sind, mit einer geringen Scheidungs- und Kriminalitätsrate, dass sie nüchtern, fleißig und ehrgeizig sind. Sie arbeiten aktiv bei allen möglichen Bewegungen und Reformen mit und stehen gewöhnlich auf der Seite des Unterdrückten. Aber damit gewinnt man keine Freunde, wissen Sie. Im Gegenteil. So waren sie zum Beispiel die Ersten, die den Schwarzen geholfen haben, und infolgedessen werden sie von den Schwarzen am meisten gehasst.»

«Ja, aber sie haben den Schwarzen nur geholfen, weil sie beide Angehörige einer Minderheit waren», meinte Megrim. «Nehmen Sie dagegen mal Israel, wo sie in der Mehrzahl sind …»

«Da machen sie denselben Fehler», behauptete Jordon prompt. «Sie gründen ein kleines Land auf einem winzigen Gebiet, und was tun sie dann als Erstes? Sie holen all ihre Glaubensgenossen aus sämtlichen arabischen Ländern herein, die alten und die kranken, und alle ohne einen Penny. Und sie ernähren sie, obwohl sie selbst kaum einen Pisspott haben. Damals gab es fast genauso viele Flüchtlinge im Land wie ursprüngliche Einwohner.»

Jordon trank einen Schluck und fuhr dann fort: «Andererseits konnte die gesamte arabische Welt, ungefähr achtzig Millionen Menschen auf Gott weiß wie vielen Millionen Quadratmeilen Land, keinen Platz für zweitausend ihrer eigenen Brüder finden und ließ sie in Flüchtlingslagern verrotten. Und dann sagen Leute wie Jason Walters hier, die Israelis müssten etwas für die palästinensischen Flüchtlinge tun – die Israelis, verstehen Sie? Nicht die Araber!»

«Ja, für ihre eigenen Leute sorgen sie», entgegnete Megrim. «Das weiß schließlich jeder. Aber heutzutage …»

«Heutzutage haben sie den ‹Barmherzigen Zaun› an der libanesischen Grenze», unterbrach ihn Burkhardt. «Und diejenigen, die sie da kostenlos ärztlich behandeln, sind nicht ihre eigenen Leute. Jeder Araber, der an den Zaun kommt, ob Christ oder Moslem, bekommt Hilfe, wenn er sie braucht.»

«Na, was sagen Sie dazu, Padre?», höhnte Jordon. «Die da unten umgebracht werden, das sind Christen, aber in der ganzen christlichen Welt macht keiner einen Finger für sie krumm, ja, es protestiert nicht mal einer, weder der Papst noch Ihr Weltkirchenrat, noch die christlichen Länder. Nur diese verdammten Juden. Es ist schlichtweg beschämend. Kein Wunder, dass niemand sie in der UNO unterstützt. Darauf wollte ich hinaus. Sie bereiten allen Unbehagen, also stimmen alle gegen sie.»

«Die Vereinigten Staaten sind da aber kaum besser dran», wandte Jason Walters ein. «Und wenn man's recht bedenkt, so hassen uns die meisten Länder ebenfalls.»

Jordon kicherte. «Gewiss tun sie es, und aus genau demselben Grund. Weil wir nämlich auch ein bisschen so sind.»

«Unsinn! Sie hassen uns, weil wir reich und mächtig sind», behauptete Megrim.

«Das ist nicht wahr», widersprach Jordon. «Wenn man mächtig ist, wird man gefürchtet. Sicher, man mag auch gehasst werden, aber nur so lange, wie es einen Grund dafür gibt, Angst zu haben. Im Zweiten Weltkrieg hassten wir die Japaner und die Deutschen, weil wir Angst vor ihnen hatten. Die Italiener hassten wir nicht, weil wir keine Angst vor ihnen hatten. Und sobald der Krieg aus war, hörten wir auch auf, die Japaner und die Deutschen zu hassen. Wollen Sie wissen, warum Amerika heutzutage gehasst wird? Warum es überall diese ‹Ami-Go-Home›-Propaganda gibt? Weil wir uns einer erschreckend guten Tat schuldig gemacht haben: des Marshall-Plans. Niemals zuvor in der Weltgeschichte hat es eine Siegernation unternommen, die besiegten Länder wieder aufzubauen. Millionen haben wir verschenkt, ohne Bedingungen daran zu knüpfen, und seit jener Zeit hasst man uns. Und man wird uns weiter hassen, bis die Erinnerung an jene ungeheure moralische Tat verblasst ist.»

«Das ist doch barer Unsinn, Ellsworth», protestierte Megrim. «Wir werden gehasst, weil wir überheblich und aufdringlich waren, wenn wir in ihre Länder kamen. Vielleicht kam das daher, dass wir so weit von zu Hause weg waren oder weil wir die Sprache nicht verstanden oder ihre Bräuche, deswegen fühlten wir uns ein bisschen unsicher und kaschierten das, indem wir, nun ja, uns anmaßend benahmen. Und deswegen neigen wir auch dazu, die Juden nicht zu mögen – weil sie aufdringlich sind.»

«Aufdringlich würde ich sie nicht nennen», meinte Burkhardt. Nun, da das Gespräch auf philosophischem Niveau weiterging, gelang es ihm, ruhig zu bleiben. «Ich glaube, sie sind einfach ein bisschen eifriger als wir. Mehr nicht. Mein

Partner, zum Beispiel, wenn der sich auf ein neues Projekt stürzt, tut er, als hinge die Welt davon ab. Genauso, wenn er versucht, sich zu entspannen, und Golf spielt. Er hetzt regelrecht über den Platz. Es ist, als täte er alles ein bisschen im Übermaß, als lebe er mit einer höheren Körpertemperatur, falls Sie verstehen, was ich meine. Dasselbe habe ich bei anderen beobachtet. Vielleicht liegt es an ihren Genen. Wäre logisch, bei all dem Elend, das sie durchgemacht haben, Pogrome und so, müssen die, die jetzt noch leben, eine echte Auslese sein.»

«Durchaus nicht! Es liegt an ihrer Religion», behauptete Jordon energisch.

«Aber sie haben keine Religion!», widersprach Dr. Springhurst, zum ersten Mal am Thema interessiert.

«Ach was, Padre! Die haben sie doch erfunden – die moderne jedenfalls», behauptete Jordon.

«Das ist richtig. Und eine Zeit lang *waren* sie auch ein sehr religiöses Volk. In jenen Tagen war ihnen der Herr nahe und zeigte sich ihnen in zahlreichen Wundern.» Der alte Pastor schüttelte betrübt den Kopf. «Aber je mehr er sich ihnen zeigte, desto mehr entfernten sie sich von ihm. Man stelle sich vor: Nach einem Wunder wie der Teilung des Roten Meeres machten sie sich das goldene Kalb! Dennoch aber blieben sie ein religiöses Volk. Der große Wandel kam erst zu Lebzeiten unseres Herrn Jesus. Der erkannte das und versuchte es zu verhindern. Das war seine Mission, die Pharisäer und Schriftgelehrten daran zu hindern, dass sie die wahre Religion zu einer Art praktischer, ethischer Kulturgesellschaft herabwürdigten. Sie haben keinen Gott, jedenfalls keinen, von dem sie Erlösung erwarten dürfen. Ihr Gott, bitte schön, kann nicht *erkannt* werden. Man kann ihn nicht sehen. Man kann ihn sich nicht einmal vorstellen. Er ist wie das X in der Algebra. Das ermöglicht es ihnen, alle Regeln und Gesetze zu rechtfertigen, die sie einführen wollen: ‹Tut dies, denn der Herr befiehlt es.› Glauben wird nicht verlangt. Sie kennen nicht die Hoffnung auf den Himmel, nicht die Angst vor der Hölle, sondern lediglich ein paar Verhaltensregeln, begründet mit einem: ‹So spricht der Herr.› Auf diese Weise brauchen sie nichts zu beweisen. Sie brauchen ihre Leute nicht davon zu überzeugen, dass dies oder jenes richtig oder lohnend oder klug oder praktisch ist. Es gibt keine Diskussion über andere oder bessere Möglichkeiten. Es heißt nur, dies ist Gesetz, weil der Herr es befiehlt. Sicher, sie haben einige gute Gesetze geschaffen – genau wie es jede andere regierende Körperschaft tun würde –, aber auch ein paar verdammt törichte. Nur, das ist alles ebenso wenig Religion, wie die amerikanische Verfassung Religion ist oder der Code Napoléon. Dagegen hat unser Herr Jesus gekämpft. Das war etwas ganz anderes als der Ausrutscher, mit dem Moses es zu tun hatte, als sie sich vom Gott Israels ab- und anderen Göttern zuwandten. Denn das war eine Abwendung vom Grundkonzept der Religion als Bindeglied zwischen Mensch und Gott. Deswegen mag sie niemand, Ellsworth. Weil sie das einzige gottlose Volk sind.»

«Und damit wären sie Angehörige Ihrer Kirche, Ellsworth», sagte Megrim grinsend. «Nach unserem guten Doktor zu urteilen, sind sie ein Haufen von Atheisten.»

«O nein!» Mit einer weit ausholenden Geste wies Ellsworth Jordon diese Behauptung von sich. «Sie irren sich, Padre. Wir haben nichts gegen sie, weil sie gottlos sind! Vor allem ich würde sie deswegen nicht ablehnen. Mag sein, dass sie ihre Religion gegen eine ethische Kulturgesellschaft eingetauscht haben. Aber damit nicht zufrieden, mussten sie uns anderen auch noch Jesus aufhalsen. Erinnern Sie sich? Er ist einer von ihren Leuten. Uns haben sie ihn angehängt, aber sie haben sich aus der Affäre gezogen. Uns haben sie eine Religion verpasst, der niemand gerecht werden kann – halte die andere Backe hin, und so weiter –, während sie ein System, von mir aus auch einen Gesetzescode entwickelt haben, nach dem die Menschen leben können. Das ärgert uns nämlich, dass sie uns in eine Religion hineinmanövriert haben, die in uns ständig Schuldgefühle wachruft.»

«Aber Sie üben diese Religion doch nicht aus», wandte Megrim ein. «Sie behaupten, Atheist zu sein, also wüsste ich nicht, wieso Sie das berührt.»

«Natürlich berührt es mich», entgegnete Jordon. «Ich bin schließlich damit aufgewachsen, oder? Wenn man einem Einfluss so intensiv ausgesetzt wird, kann man ihn nie wieder ganz ablegen. Das ist es ja, was die Juden befähigt, so erfolgreich zu sein, in … na ja, allen möglichen Dingen. Sie können frei denken. Sie haben keinen Schuldkomplex. Sie werden nicht von Aberglauben behindert. Ihre Mathematiker, ihre Ärzte, ihre Physiker – nichts von dem, woran sie glauben, steht im Gegensatz zu ihren Wissenschaften. Sie brauchen nicht, wie wir, einen Teil ihrer Gedanken in einem Winkel abgeschlossen zu halten. Deswegen sind sie uns gegenüber ungeheuer im Vorteil. Sie können wirksamer arbeiten, deswegen scheint es, als lebten sie mit einer höheren Körpertemperatur.

Das Christentum, das sie uns oktroyierten, besteht aus

Konzeptionen, die nicht mal ein Heiliger nachleben kann – und ich habe mich oft gefragt, wie *deren* Träume wohl ausgesehen haben. All dieses Zeug wie ‹die andere Wange reichen› oder ‹liebet eure Feinde› oder ‹wenn dich dein Auge ärgert, reiße es aus› übersteigt die Möglichkeiten eines normalen menschlichen Wesens.

Die Juden dagegen haben sich eine Religion gegeben – oder einen Moralkodex, wenn Sie so wollen –, nach der sich ein normaler Mensch richten kann, etwa, dass man einander helfen soll, einander respektieren soll, das Leben genießen soll, indem man isst, trinkt und Kinder zeugt. Und was ist das Ergebnis? Wir befolgen unsere Regeln nicht, weil sie unsere Kraft übersteigen, und behalten nur das Irrationale und die abergläubischen Elemente – die Angst vor der Hölle, das Schuldbewusstsein, wenn unser Gehirn seine normale Funktion erfüllt und das Unmögliche in Frage stellt. Während die Juden sich an ihre Prinzipien halten, weil sie innerhalb der menschlichen Grenzen liegen. Und manchmal gelingt es ihnen sogar, die christlichen Regeln zu befolgen – wenn es zupass kommt oder geschäftlich günstig oder vernünftig ist – wie bei diesem ‹Barmherzigen Zaun›. Aber das ist schon wieder ‹liebet eure Feinde› und ‹reiche die andere Wange›.»

Plötzlich kam ihm ein Gedanke. «He, wisst ihr was? Die sind ja überhaupt die einzige christliche Nation der heutigen Welt! Was sagen Sie dazu, Padre? Ihre Kirche versucht seit Hunderten von Jahren, sie zu bekehren, aber inzwischen haben sie sich selbst bekehrt, und Sie haben es nicht mal gemerkt.»

«Nun gut, Ellsworth, da Sie jetzt bewiesen haben, dass Juden eigentlich Christen sind, denken Sie da anders über die

Mitgliedschaft von diesem Segal?», erkundigte sich Megrim grinsend.

«Verdammt noch mal – nein!», antwortete Jordon. «Ich werde trotzdem gegen diesen Scheißkerl stimmen.»

«Ich … Das verstehe ich einfach nicht», gestand Burkhardt.

«Was verstehen Sie nicht?», fragte Jordon.

«Einerseits behaupten Sie, Segal sei ein besserer Mensch als Sie, andererseits aber erklären Sie, dass Sie gegen ihn stimmen werden.»

«Na und? Angenommen, Sie sind ganz verrückt nach einer Frau, aber Sie wissen, dass sie gemein und primitiv und absolut eklig ist. Heißt das, dass Sie sie nicht mehr begehren? Verlangen, Abneigung oder die anderen Gefühle besitzen eine ganz eigene Logik.» Er grinste den Jüngeren an. «Wenn man jung ist, ist man vorsichtig mit dem, was man denkt. Man hat Ideen, aber wenn es nicht die richtigen Ideen sind, schiebt man sie beiseite. Entweder das, oder man verdreht sie so lange, bis sie akzeptabel sind. Man fürchtet, die Familie, den Chef, einen wichtigen Kunden oder Klienten zu verärgern. Wenn man aber so alt ist wie ich, vor allem, wenn man keine Familie, keinen Chef und keine wichtigen Kunden hat, besonders, wenn man, wie ich, bereits von den Schwingen des Todesengels gestreift worden ist, braucht man sich wegen der merkwürdigen Ideen, die einem in den Kopf kommen, keine Sorgen mehr zu machen. Man kann sie akzeptieren, sie bis zu Ende durchdenken und dann hingehen und tun, was einem passt.»

«Und es stört Sie nicht, wenn Sie inkonsequent sind?», fragte Burkhardt.

Jordon lächelte breit. «Einen Dreck kümmert es mich! Deswegen kann ich behaupten, dass der Jude ein besserer Mensch ist als ich, und trotzdem sagen, dass ich ihn nicht um mich haben will.»

«Wissen Sie was, Ellsworth?», sinnierte Megrim, den Blick zur Decke gerichtet. «Dieser junge Bursche, der da bei ihnen wohnt – den hat meine Frau gestern in der Bank gesehen, und sie sagt, sie fände, er sähe jüdisch aus.»

Jordon starrte ihn verständnislos an. «Großer Gott, an Billy hab ich ja überhaupt nicht mehr gedacht! Ich muss sofort los!» Hastig erhob er sich und verließ die Bar.

Obwohl Jordon sehr viel von Disziplin hielt, war er kein Zuchtmeister. Er hatte sich immer gehütet, Billy gegenüber allzu streng zu sein. Denn schließlich war er nicht der Erziehungsberechtigte. Außerdem wollte er, dass Billy ihn gern hatte.

Hätte er nur geahnt, dass der Junge so dickköpfig sein würde, er hätte ihn überhaupt nicht erst eingeschlossen. Er hatte erwartet, Billy würde nachgeben, bevor er zum *Agathon* aufbrach. Als er das nicht tat, musste er seine Drohung natürlich wahr machen, aber er hatte im Club höchstens auf einen Drink bleiben und spätestens nach einer halben Stunde zurück sein wollen. Sich in eine Diskussion verwickeln zu lassen, hatte er wirklich nicht beabsichtigt, und ganz bestimmt nicht in eine, die so lange dauerte wie diese.

Er schlug die Haustür hörbar hinter sich zu und erwartete nun, dass der Junge nach ihm rief, damit er ihn aus dem Zimmer lasse. Aber es kam nichts. Ein bisschen beunruhigt ging er zur Zimmertür des Jungen und klopfte. Dann legte er das Ohr an die Tür und lauschte angestrengt. Da er immer noch nichts hörte, schloss er auf und öffnete die Tür. Das Zimmer war leer!

Sofort war ihm klar, was geschehen sein musste: Der Junge war aus dem Fenster geklettert – kein großes Kunststück, da sich das Zimmer praktisch in Bodenhöhe befand. Das Fenster stand einen Spalt offen, anscheinend, damit er es bei seiner Rückkehr mühelos wieder hochschieben konnte. Trotzdem machte er den Wandschrank auf und sah erleichtert, dass Billys Sachen alle noch da waren. Jordon kicherte vor sich hin. Dann klatschte er sich auf den Oberschenkel und brüllte vor Lachen. Er ging hinaus und verschloss die Tür wieder von außen. Der Junge hatte Unternehmungsgeist bewiesen, und das gefiel ihm. Mehr noch, er hatte seinen Willen durchgesetzt, ohne zu jammern oder zu streiten. Das bedeutete, dass keiner von ihnen das Gesicht verloren hatte. Er musste zugeben, dass er sich über diese Lösung freute.

Auf einmal kam ihm ein Gedanke; er griff nach dem Telefon und wählte Lawrence Gores Nummer.

«Larry? Ist Billy bei Ihnen?», erkundigte er sich.

«Nein, Ellsworth. Er ist gerade fort. Ist es was Wichtiges? Ich könnte ihn vom Fenster aus noch schnell zurückrufen.»

«Nein, und sagen Sie ihm auch bitte nicht, dass ich angerufen habe.» Er lachte. «Wir sehen uns morgen in der Bank, dann erzähle ich Ihnen alles. Übrigens, wann ist er bei Ihnen angekommen? … Gegen acht? Na, so was!»

Der Junge musste wenige Minuten nachdem er ihn eingeschlossen hatte verschwunden sein. Zufrieden rieb er sich die Hände. Großartig!

12

In Hut und Mantel blickte Henry Maltzman sich noch einmal schnell im Büro um, knipste das Licht aus und wollte gehen. Da schrillte das Telefon. Es war natürlich Laura. Sie schaffte es jedes Mal, ihn vor dem Gehen abzufangen.

«Henry? Würdest du bitte auf dem Heimweg beim Supermarkt vorbeifahren? Ich brauche noch ein paar Sachen.»

«Tut mir Leid, Laura. Ich komme heute nicht direkt nach Hause. Ich muss zuerst noch zu Rabbi Small. Es ist wichtig.»

«Könntest du nicht zuerst diese Sachen holen und dann …»

«Geht nicht. Im Supermarkt werde ich bestimmt aufgehalten, und bis ich dann beim Rabbi bin, muss er schon fort zur Abendandacht.»

«Dann vielleicht später, nach dem Besuch beim Rabbi …»

«Dann ist der Supermarkt schon zu. Nein, Laura, du musst die Sachen schon selbst holen oder eben ohne sie auskommen.»

«Aber wir haben heute Abend Besuch! Das weißt du doch.»

«Ja, das weiß ich. Aber ich kann dir nicht helfen. Ruf den Supermarkt doch an. In Notfällen liefern die manchmal ins Haus.»

Eine halbe Stunde später, im Wohnzimmer des Rabbi, berichtete Maltzman von seinem Coup. «Wissen Sie, was das für die Synagoge bedeutet, einen Mann wie Ben Segal als Mitglied zu haben?»

«Nun, was denn?»

«Weitere Mitglieder», antwortete Maltzman prompt. «Jeder ist gern Mitglied einer Vereinigung – eines Clubs, einer Loge, einer Synagoge oder so –, zu der auch ein Prominenter gehört. So ist der Mensch nun mal. Wenn es sich um einen großen, erfolgreichen Geschäftsmann wie Ben Segal handelt, bilden sie sich womöglich ein, sein Erfolg würde auf sie abfärben. Oder sie hoffen vielleicht, Geschäfte mit ihm machen zu können oder einen guten Rat hinsichtlich ihrer Investitionen zu bekommen. Doch meistens geht es darum, dass sie so ganz nebenbei seinen Namen erwähnen können. ‹Wie ich neulich zu Ben Segal sagte – wissen Sie, der von der Rohrbough Corporation; er ist Mitglied unserer Synagoge …› Und so weiter.»

«Nun, ich könnte mir bessere Gründe für die Mitgliedschaft in einer Synagoge vorstellen, aber ich bin nicht kleinlich», sagte der Rabbi gutmütig.

Maltzman grinste. «Sonst hätten wir wohl auch nicht genügend Mitglieder für einen *minjen*.»

Der Rabbi grinste ebenfalls. «Na schön. Also haben Sie ihn für uns gewonnen?»

«Tja, da gibt es allerdings einen kleinen Haken – nach seiner Meinung.»

«Was für einen Haken?»

«Tja, sehen Sie, als er ein Junge war, war seine Familie furchtbar arm. Sie hatten einen kleinen Laden, in dem er nach der Schule mitarbeitete. Darum konnten sie es sich damals, als er dreizehn wurde, nicht leisten, ihm eine Bar Mitzwa-Feier zu geben.»

Der Rabbi lächelte. «Und?»

«Das stört ihn. Er meint, er wäre kein richtiger Jude. So ist er nun mal, furchtbar gewissenhaft. All die vielen verschiedenen Städte, in denen sie gewohnt haben – wissen Sie, sie sind so viel umgezogen, weil er, sagen wir, in Detroit eine Firma übernahm und sie dorthin umziehen mussten, und dann tauschte er die etwa für eine Firma in Dallas ein, und sie mussten wieder nach dort ziehen und wohnten die ganze Zeit immer nur in Hotels –, in all diesen Städten jedenfalls sind sie nie einer Synagoge beigetreten, hauptsächlich, glaube ich, weil sie nie richtig dazu kamen und nicht vor hatten, lange zu bleiben, aber auch, weil er das Gefühl hatte, er sei kein richtiger Jude, weil er eben keine Bar Mitzwa gehabt hatte.»

«Aber Sie haben ihm doch sicher erklärt …»

«Aber hier will er sich endgültig niederlassen», fuhr Maltzman rasch fort. «Rohrbough will er nicht wieder abstoßen. Er will das Werk selber leiten und sich ein Haus bauen und hier wohnen. Er möchte Einwohner von Barnard's Crossing werden. Als er das sagte, habe ich ihm vorgeschlagen, unserer Synagoge beizutreten, und da hat er mir das mit der Bar Mitzwa gestanden. Ich wollte ihm gerade sagen, das spiele keine Rolle, da erzählt seine Frau, sie habe von einem alten Mann in Kalifornien gehört, der seine Bar Mitzwa noch mit siebzig Jahren gefeiert hat, ob er denn das nicht auch tun könnte. Und da hatte ich ihn dann – den Trick!»

«Den Trick?»

«Ganz recht. Seit dem Tag, an dem ich Vorstandsvorsitzender wurde, und sogar schon vorher, habe ich nach einem Trick gesucht, nach einem Trick, der die Synagoge attraktiv macht. Wenn man jemandem etwas verkaufen will, braucht man einen bestimmten Trick. In meiner Branche, als ich anfing, Häuser zu verkaufen, waren es gekachelte Bäder mit Duschnischentüren aus Glas. Wenn man ein Haus an der Hand hatte, das solide gebaut war, mit schönen, sonnigen Zimmern in guter Lage, dann war das alles nicht attraktiv genug, wenn es kein gekacheltes Bad hatte. Das war der Blickfang. Hatte es kein gekacheltes Bad, war das Ding nicht an den Mann zu bringen. Na ja, nach einiger Zeit hatten alle Häuser gekachelte Bäder, also musste man mit einem anderen Trick winken. Da kamen die gekachelten Küchen auf. Und dann die Küchen mit Holzschränken. Und dann Hobbyräume. Dann eingerichtete Kellerräume mit Bar. Verstehen Sie? Als ich dann Vorstandsvorsitzender der Synagoge wurde und feststellte, dass wir mehr Mitglieder brauchten, überlegte ich mir, was für ein Trick sie wohl für uns gewinnen würde. Ich hab mir ständig den Kopf zerbrochen. Und dann erzählt Mrs. Segal von diesem alten Mann mit seiner Bar Mitzwa, und ihr Mann ist interessiert, und da habe ich meinen Trick.

Er will eine Bar Mitzwa? Na wunderbar, wir geben ihm eine. Wir laden alle Juden der ganzen Stadt ein, ob sie Gemeindemitglieder sind oder nicht. ‹Sie sind herzlichst eingeladen zum Gottesdienst und der Bar Mitzwa von Benjamin Segal.› Wir könnten's in Braun machen. Er würde die üblichen Worte sprechen …»

«Heute bin ich ein Mann?»

Maltzman grinste. «Na ja, warum nicht? Ich möchte wetten, dass er mitmacht. Dann halte ich als Vorsitzender eine kleine Ansprache und überreiche ihm, wie allen Bar Mitzwa-Kindern, ein Gebetbuch. Sie geben ihm Ihren Segen und sprechen ebenfalls, wie üblich, ein paar Worte. Anschließend geben wir ihm dann in der Sakristei eine Party, damit er die anderen kennen lernt. Ich finde sogar, wir könnten ihm, als kleiner Gag, ein paar Füllfederhalter schenken …»

«Füllfederhalter?»

«Ach so, das war wohl vor Ihrer Zeit. Aber als ich ein Junge war, waren Füllfederhalter das beliebteste Geschenk für einen Bar Mitzwa-Jungen. Nicht Kugelschreiber, sondern die mit der Goldfeder, die man selbst aus einer Tintenflasche füllt. Wissen Sie, der Junge kam dann bald auf die High School, und da brauchte er das. Sie kosteten zwischen zwei und fünfzehn bis zwanzig Dollar, also waren sie auch ein recht anständiges Geschenk. Gott, als ich die Bar Mitzwa hatte, habe ich mindestens ein halbes Dutzend bekommen. Am nächsten Tag trug ich sie alle in der Brusttasche und sah damit aus wie der Portier im *Russian Samovar*. Segal ist so alt wie ich, daher wird er sich erinnern und seinen Spaß daran haben.»

«Ich verstehe.»

«Also abgemacht?»

«Nein, keineswegs, Mr. Maltzman. Ich hege nicht die Absicht, bei einem Gag mitzumachen. Mr. Segal hatte seine Bar Mitzwa, als er dreizehn war, ob ihm das bewusst war oder nicht. Ein spezieller Ritus oder ein Ritual ist nicht erforderlich. Das Ganze geht automatisch vor sich. Im Gegensatz zur christlichen Taufe. Es handelt sich nicht um die Einführung in eine Religion oder einen Stamm. Das ist bei uns die Beschneidung. Wenn Mr. Segal sich der Religion seiner Väter noch einmal weihen lassen will, wäre es sinnvoller, wenn er sich noch einmal beschneiden ließe.»

«Das ist doch verrückt!»

Der Rabbi nickte. «Aber das wäre wenigstens logisch einigermaßen gerechtfertigt. Die Bar Mitzwa dagegen bedeutet lediglich, dass der Junge volljährig ist, also vorgeblich reif genug, die Verantwortung für seine Taten und Sünden selbst zu übernehmen. Es ist dasselbe, wie wenn jemand einundzwanzig wird oder achtzehn, oder wie alt immer man sein muss, um rechtskräftige Verträge schließen zu können. Es ist weder eine besondere Zeremonie nötig noch eine Party oder Ansprachen. Wenn man einundzwanzig ist, darf man wählen und Verträge schließen. Und mehr bedeutet die Bar Mitzwa auch nicht: dass man volljährig geworden ist.»

«Aber man wird vor die Bundeslade gerufen, um aus der Schrift zu lesen!»

«Aber nur, weil man als Erwachsener jetzt ein Mitglied der Gemeinde ist. Es ist eine Aufmerksamkeit, die wir jedem neuen Mitglied erweisen oder auch einem Fremden, der zufällig anwesend ist. Wenn wir bei der Morgenandacht aus der Schrift lesen, und es ist jemand anwesend, den ich zuvor noch nie gesehen habe, biete ich ihm das jedes Mal an. Das würden Sie wissen, wenn Sie gelegentlich am *minjen* teilnehmen würden.»

«Aber dieser Alte an der Westküste …»

«Ich bin nicht verantwortlich für Dinge, die an der Westküste geschehen.»

«Woanders aber ebenfalls. Im *Hadassah Journal* gab es ein Foto von einer ganzen Gruppe, alles ältere Mitbürger, die nach Israel gefahren und an der Klagemauer eine Massen-Bar Mitzwa gefeiert haben.» Maltzmans Stirn war mit Schweißtropfen bedeckt.

Der Rabbi schüttelte den Kopf. «Die Entscheidung eines anderen Rabbi ist nicht meine Sache. Ich lege das Gesetz aus, wie ich es verstehe. Ich halte nichts davon, die Bedeutung oder Auslegung einer alten, bewährten Tradition zu verändern. Die ganzen Zeremonien der Konfirmation und Neuweihe sind uns fremd. Wir bestätigen unseren Glauben jedes Mal, wenn wir eines der Gebote ausführen, jedes Mal, wenn wir unsere Gebete oder einen Segen sprechen oder eine neue Erkenntnis hinsichtlich unserer Religion gewinnen. Die alten Rabbis warnten davor, unnötige Gelübde abzulegen. Es wäre möglich, dass wir dabei den Namen des Herrn unnütz im Munde führen. An Jom Kippur, im Kol-Nidre-Gebet, bitten wir ja sogar darum, von Gelübden befreit zu werden, statt umgekehrt. Gewiss, wenn Sie diesem Ben Segal in der Sakristei eine Party geben wollen, kann ich Sie nicht daran hindern, obwohl ich bezweifle, dass es sehr geschmackvoll ist, den Beitritt eines neuen Mitglieds nur deswegen zu feiern, weil es sich um einen reichen Mann handelt. Aber was im Angesicht der Bundeslade und der Gesetzesrollen geschieht, fällt unter meine Zuständigkeit, und da kann ich meine Zustimmung nicht geben.»

Maltzmans Augen drohten aus ihren Höhlen zu treten, und sein Gesicht war puterrot. Er sprang so unvermittelt auf, dass er den Stuhl umwarf. Wütend funkelte er den Rabbi an, dann bückte er sich und stellte den Stuhl wieder auf. Als er sich aufrichtete, schien er die Selbstbeherrschung zurückgewonnen zu haben. Ja, er brachte sogar ein Lächeln zustande. «Das werden wir sehen, Rabbi.» Damit machte er kehrt und ging hinaus.

13

Als Henry Maltzman zu Hause eintraf, waren die Gäste schon alle da. An der unwirschen Art, wie er seinen Mantel abwarf, erkannte Laura, seine Frau, dass irgendetwas nicht stimmte.

«Warst du beim Rabbi?», fragte sie ihn.

«Ja, war ich.» Er ging ins Wohnzimmer. «Hallo, Leute! Tut mir Leid, dass ich so spät komme. Ich war noch bei unserem geistlichen Führer.»

Sein Sarkasmus verriet seiner Frau, dass er verärgert war, und das machte ihr Sorgen. «Ich glaube, wir können jetzt essen», verkündete sie munter und führte ihre Gäste ins Esszimmer.

Sie füllte die Teller aus einer Terrine auf einem Beistelltischchen mit Suppe und rief: «Bitte nicht zu warten! Die Suppe muss heiß gegessen werden.»

«Da fehlt Salz», knurrte ihr Mann.

«Köstlich, einfach köstlich!», sagte Mrs. Streitfus bewundernd. «Die hat einen ganz besonderen Geschmack. Linsen?»

«Dicke Bohnen», berichtigte Laura. «Die großen. Ich lasse sie zerkochen, davon kommt dieser besondere Geschmack.»

«Sie müssen mir unbedingt das Rezept geben!»

«Also, das nenne ich eine Suppe!», lobte Allen Glick. «Warum kannst du nicht solche Suppen kochen?», fragte er seine Frau.

Als Laura den Tisch für den nächsten Gang abräumte, lehnte sich ihr Mann, der bis jetzt geschwiegen hatte, zurück und sagte: «Habt ihr schon gehört, dass die Rohrbough Corporation von der Segal-Gruppe übernommen wird?»

«Aber ja! Das stand letzte Woche in der Zeitung», antwortete Roger Streitfus. «Jedenfalls, dass es im Gespräch sei.»

«Nun, jetzt steht es fest», erklärte Maltzman. «Und Ben Segal, der Präsident der Gruppe, will das Werk persönlich leiten. Er ist mit seiner Frau hier in der Stadt. Und – hört euch das an – sie werden Mitglieder unserer Synagoge.»

«He, was sagt ihr dazu!», rief Herb Mandell.

«Stellt euch vor, einer der ganz großen Finanziers kommt in die Stadt, und als erstes tritt er unserer Synagoge bei!» Allen Glick schüttelte staunend den Kopf.

«Nun, so würde ich es nicht gerade ausdrücken», widersprach Maltzman. «Ich meine, er gehört nicht zu den frommen Juden, die nicht ohne die Synagoge leben können. Im Gegenteil, er hielt sich gar nicht für einen richtigen Juden. Natürlich, er ist als Jude geboren, und das verleugnet er auch nicht, aber weil seine Familie damals so arm war, hat er nie seine Bar Mitzwa gefeiert, deswegen hielt er sich nicht für einen echten Juden. Versteht ihr?»

«Also, ich glaube nicht …»

«Im *Hadassah Journal* …»

«Mir scheint …»

Maltzman hob die Hand, und die anderen schwiegen. «Ich habe den Artikel im *Hadassah Journal* auch gelesen. Über die alten Männer aus Kalifornien, die ihre Bar Mitzwa in Jerusalem an der Klagemauer gefeiert haben. Stimmt's? Nun, ich habe ihm das erzählt, und er war einverstanden.» Er sah in die Runde, um sich der Aufmerksamkeit aller Gäste zu versichern. «Und dann hatte ich eine Idee. Ihr wisst ja, ich habe immer gesagt, wir müssen neue Mitglieder werben. Nach meiner Ansicht gibt es mindestens hundert jüdische

Familien in der Stadt, die nicht zur Synagoge gehören. Vielleicht sogar mehr. Möglicherweise wissen sie nicht, ob sie überhaupt hier wohnen bleiben werden. Möglicherweise aber ist man nicht auf die richtige Art an sie herangetreten.»

«Vielleicht wollen sie keiner Synagoge beitreten, in der Frauen wie Bürger zweiter Klasse behandelt werden», ergänzte Molly Mandell.

Maltzman nickte. «Kann sein. Jedenfalls war ich immer der Ansicht, wenn wir nur den richtigen Trick fänden, könnten wir diesen Leuten die Synagoge verkaufen. Und ich war überzeugt, ihn jetzt gefunden zu haben. Da ist dieses große Tier und wird die Firma Rohrbough leiten, und einige von unseren Leuten arbeiten da. Es stört ihn, dass er nie eine Bar Mitzwa-Feier gehabt hat, er glaubt, kein richtiger Jude zu sein, und kann doch mit einem Namen wie Segal gar nichts anderes sein, wenn er nicht seinen Namen ändert, und das will er nicht. Also dachte ich mir, man könnte zwei Fliegen mit einer Klappe schlagen. Wir, die Synagoge, könnten ihm eine Bar Mitzwa-Feier ausrichten. Und wir laden alle Juden der Stadt ein, ob sie Mitglieder sind oder nicht: ‹Sie sind herzlichst eingeladen zum Gottesdienst und der Bar Mitzwa von Benjamin Segal aus Chicago …› Kapiert ihr?»

An ihren Mienen sah er, dass sie kapiert hatten, dass sie die Idee alle genauso großartig fanden wie er.

«Deswegen habe ich heute den Rabbi aufgesucht. Und deswegen bin ich erst so spät nach Hause gekommen.»

«Und?»

«Nichts und. Er wollte nichts davon hören. Es verstoße gegen unsere Religion, hat er gesagt. Die Bar Mitzwa kommt, wenn man dreizehn ist, ob man es will oder nicht. Und er will nichts damit zu schaffen haben.»

«Tja …»

«So was hat mein Vater auch gesagt.»

«Das verstehe ich nicht! Müsste man das in Jerusalem denn nicht auch wissen?»

«Und die Hadassah-Leute müssten es doch auch wissen, nicht wahr?»

«Unser Rabbi weiß es aber vermutlich besser», antwortete Maltzman bitter. «Er sagt, er sei nicht verantwortlich für das, was andere Rabbis tun. Und es ist nicht das erste Mal …»

«Vielleicht hat er das Gefühl, dass du gegen ihn bist», meinte seine Frau, die mit dem Hauptgericht hereinkam. «Alle anderen Vorsitzenden haben ihn zu den Vorstandssitzungen eingeladen, nur du nicht. Wenn er an der Sitzung teilnähme und es käme etwas zur Sprache …»

Maltzman war aufgebracht. «Ich habe dir doch erklärt, dass die Sitzungen jetzt ganz anders verlaufen. Bis wir die Statutenform durchgebracht haben, konnte praktisch jeder an den Sitzungen teilnehmen. Es gab fünfundvierzig Vorstandsmitglieder und sämtliche ehemaligen Vorsitzenden. Die Sitzungen wurden sonntags vormittags abgehalten, wenn die Leute ihre Kinder zur Sonntagsschule brachten oder zum Morgen*minjen* kamen. Dann konnten die Vorstandsmitglieder, die schon da waren, gleich zur Sitzung dort bleiben. Verrückt! Bei den meisten Sitzungen waren höchstens fünfzehn bis zwanzig Mitglieder anwesend, aber wenn ein Antrag eingebracht wurde und jemand dagegen war, telefonierten sie die ganze Woche lang mit den Vorstandsmitgliedern, und bei der nächsten Sitzung, wenn darüber abgestimmt werden sollte, waren es vierzig oder noch mehr, und der Antrag wurde abgelehnt. So kann man keine Geschäfte führen. Aber jetzt haben wir einen Vorstand mit nur fünfzehn Mitgliedern, also eher einen Verwaltungsrat. Und wir setzen uns nachmittags zusammen. Und zwar jede zweite Woche, statt, wie bisher, jede Woche. Es sind richtige Geschäftssitzungen, nicht eine Gelegenheit, wo man müßige Reden führen kann. Jeder, der dazu verpflichtet ist, kommt. Wenn jemand bei zwei oder drei Sitzungen fehlt, wird er abgewählt, und ich habe das Recht, einen Ersatzmann zu bestimmen, wie ich es neulich mit Herb Mandell getan habe, als Joe Cohen meinte, er könne nicht regelmäßig kommen. Wenn ich also den Rabbi zu unseren Sitzungen einladen würde, könnte er nicht an allen teilnehmen. Er hat möglicherweise eine Trauung vorzunehmen oder eine Beerdigung oder eine andere Sitzung. Und wenn er nicht jede Woche kommt, müssen wir kostbare Zeit vergeuden und ihm erklären, um was es bei den einzelnen Punkten der Tagesordnung geht.»

«Ich finde», stellte Molly Mandell gelassen fest, «dass es ein großer Fehler war, dem Rabbi einen Vertrag auf Lebenszeit zu geben.»

«Wir haben ihm keinen Vertrag auf Lebenszeit gegeben», erwiderte Roger Streitfus. «Wir haben ihm zwar einen angeboten, aber er wollte nicht. Das war, glaube ich, vor ungefähr zwei Jahren. Er hat lediglich einen Jahresvertrag. Auf eigenen Wunsch.»

«Ganz recht», bestätigte Maltzman. «Das war in dem Jahr,

als er nach Israel fuhr. Vielleicht gedachte er dorthin zurückzukehren und wollte dann nicht durch einen langfristigen Vertrag gebunden sein.»

«Und wie genau wird das gehandhabt?», erkundigte sich Molly interessiert. «Handeln Sie jedes Jahr mit ihm die Bedingungen aus und setzen anschließend den neuen Vertrag auf?»

«O nein! Sein Gehalt ist lediglich ein Posten unseres Budgets. Wenn der Vorstand das Budget billigt, schickt ihm die Sekretärin einen Brief mit der Mitteilung, dass sein Vertrag um ein Jahr verlängert worden ist. Das ist alles.»

«Und was wäre, wenn Sie ihm schrieben, er sei nicht verlängert worden?», fragte Allen Glick. «Nur rein theoretisch, verstehen Sie?»

«Tja, keine Ahnung. Er würde vermutlich ... Keine Ahnung, was er tun würde», gestand Maltzman.

«Bestimmt würde er seine Kündigung einreichen», meinte Roger Streitfus. «Wie ich weiß, hat er mit früheren Vorständen auch schon Schwierigkeiten gehabt und um seinen Job gekämpft. Aber es ist noch nie offiziell gegen ihn gestimmt worden.»

«Da könnten Sie Recht haben», sagte Allen Glick. «Was blieb ihm anderes übrig, als zurückzutreten? Entweder das, oder er müsste den Vorstand um eine Neuabstimmung bitten. Und dazu ist er zu stolz.»

«Bei fünfzehn Vorstandsmitgliedern brauchen wir nur acht Gegenstimmen», stellte Streitfus fest und fügte hitzig hinzu: «Wenn diese Angelegenheit zur Sprache käme, würde ich gegen ihn stimmen.»

Die anderen hatten Verständnis für seine Gefühle. Sie alle

wussten, dass der Rabbi sich geweigert hatte, bei der Hochzeit von Streitfus' Tochter mit einem Nichtjuden an einer gemeinsamen Trauung teilzunehmen.

«Ich auch», erklärte Allen Glick. «Was ist mit Ihnen, Herb? Sie sind doch auch jetzt im Vorstand und haben eine Stimme.»

«Oh, Herb würde mitmachen», behauptete Molly, ehe ihr Mann selbst antworten konnte. «Wenn wir jemals die Gleichberechtigung der Frauen beim Gottesdienst erreichen und eine zeitgemäße, moderne Synagoge haben wollen, müssen wir Rabbi Small rausschmeißen und einen Rabbi holen, der mitzieht.»

«Also, Henry, jetzt haben Sie schon drei Stimmen», sagte Streitfus. «Fehlen nur noch fünf.»

Maltzmans Augen blitzten. Er rieb sich die Hände. «Ja, und ich glaube, die können wir auch noch auftreiben.»

Alle Gäste rings um den Tisch lächelten.

«Aber wir müssen sehr vorsichtig vorgehen», warnte Maltzman. «Es muss unbedingt unter uns bleiben, denn wenn die Opposition Wind davon kriegt ...»

14

Stanley Doble, Hausmeister der Synagoge, war durchaus kein idealer Angestellter. Denn erstens war er unzuverlässig. Es war schon vorgekommen, dass er eine Arbeit unterbrach, angeblich, um zum Mittagessen zu gehen, und dann tagelang nicht zurückgekommen war, weil er jemanden getroffen hatte, der den Vorschlag machte, nach Maine raufzufahren und auf die Rotwildjagd zu gehen. Außerdem betrank er sich gelegentlich, allerdings, um fair zu sein, gewöhnlich in seiner Freizeit. Andererseits war er ein geschickter Handwerker, der gut tischlern konnte, Klempnerarbeiten verrichtete, Heizung und Klimaanlage instand hielt und etwas von Elektrizität verstand. Der Synagogenvorstand, obwohl häufig verärgert über seine Eskapaden, fand ihn jedoch im Großen und Ganzen akzeptabel. Und da sie ihm überdies keinen so hohen Lohn bezahlten, übersahen sie die Schwarzarbeiten, die er nebenher annahm.

Zumeist lief er in einem schmutzigen T-Shirt, einem mit Ölflecken übersäten Overall und mindestens einem Zweitagebart herum. Frisch rasiert, mit gekämmten Haaren und seinem ‹guten Anzug› jedoch wirkte er recht präsentabel. Zwar war er nicht groß, aber sehr kräftig gebaut und suchte einen möglichst wilden Eindruck zu machen, als wolle er alle größeren Männer warnen, dass mit ihm nicht gut Kirschen essen sei. Er hatte ein grobes, fleischiges Gesicht und kleine Augen mit halb geschlossenen Lidern, sodass es aussah, als blinzelte er in die Sonne. Seine Nase war knollig und ein bisschen schief, weil man sie ihm einmal bei einer Keilerei eingeschlagen hatte. So mochte er zwar insgesamt kein sehr ansehnliches Mannsbild sein, war aber normalerweise gutmütig und freundlich.

Als Martha Peterson ihn unten im Supermarkt traf, trug er nicht seinen guten Anzug, und auf seiner Wange prangte ein Schmierfleck; deswegen schlug sie auch seine Einladung aus, im Drugstore mit ihm ein Soda zu trinken. Als er sie um eine Verabredung bat, antwortete sie jedoch: «Na schön, ich habe heute Abend frei.»

Sein Gesicht wurde lang. «Ach, Marty! Heute ist Freitag,

da haben die in der Synagoge Gottesdienst, und ich muss hinterher sauber machen. Mir wäre es morgen Abend lieber.»

Da sie es für wichtig hielt, ihren Status als kapriziöse, ja launische Gewährerin von Gunstbeweisen zu wahren, erwiderte sie hochmütig: «Tut mir Leid, aber heute ist mein einziger freier Abend.»

Und da ihm die unmittelbare Zukunft stets wichtiger war als eine Verantwortung, die ihm erst später oblag, antwortete er: «Also gut. Ich werd's sicher einrichten können. Gegen sieben hole ich dich zu Hause ab.»

«Nein, du holst mich von der Arbeit ab.»

«Warum kann ich dich denn nicht zu Hause abholen?»

«Weil ich nicht mit dem Bus heimfahren will. Mein Wagen ist bei der Inspektion, also habe ich keine Fahrgelegenheit.»

«Ach, komm doch, Marty!»

«Kann dir das denn nicht egal sein?», erkundigte sie sich.

«Ach, weißt du, dein Chef, der alte Jordon, mit dem hatte ich mal Krach wegen einem Job, den ich für ihn ausgeführt habe, und ich hab ihm gesagt, ich würde sein Grundstück nie wieder betreten.»

«Hast du etwa Angst vor ihm?»

«Angst? Nein, aber wo ich doch gesagt habe, ich würde nie wieder …»

«Na, wenn du nicht kannst, dann lass es eben. Es gibt noch andere Fische im Meer.»

Durch seine Augenschlitze musterte er sie abschätzend. Dann fiel ihm ein, wenn er für sie so viele Opfer brachte, müsse sie sich ihm verpflichtet fühlen und ihn dafür entschädigen. «Na schön», entschied er. «Ich hole dich um sieben ab. Aber du musst fertig sein, wenn ich klingele!»

«Okay.»

15

Lawrence Gore blickte fragend auf, als Molly Mandell sein Büro betrat.

«Ich möchte Sie wirklich nicht stören, Mr. Gore, aber Mr. Jordon …»

«War er heute Morgen da?», fragte er rasch. «Hat er … hat er Sie wieder zu belästigen versucht?»

Sie errötete. «Nein, er war nicht da. Aber der Bericht …»

Er hob den Finger. «Stimmt! Der Ellsworth Jordon-Vierteljahresbericht. Ist heute fällig. Ich habe es nicht vergessen. Ich habe sogar heute Morgen schon mit ihm gesprochen.» Er lehnte sich im Drehsessel zurück. «Und er hat mich für heute Abend zum Dinner eingeladen.»

«Damit er den Bericht mit Ihnen durchgehen kann?»

«Vermutlich. Außerdem will er mir seine Peter-Archer-Suppenterrine leihen.»

«Dann hat er sich also doch entschlossen?»

«Ach, ich glaube, das wollte er von Anfang an. Es ist eben seine Art. Aber ich rief ihn heute Morgen an und sagte ihm, ich wolle die Sammlung heute Abend zum Museum bringen, das sei die letzte Gelegenheit für ihn. Also sagte er okay, ich könne sie heute Abend abholen, und dann lud er mich zum Essen ein.»

«Wie wollen Sie das Silber rüberbringen?», erkundigte sie sich neugierig.

«Mit meinem Kombiwagen.»

«Ganz allein?»

«Natürlich. Warum nicht?»

«Weil das Zeug sehr wertvoll ist.»

«Das ist es allerdings.»

«Also sollten Sie lieber jemanden mitnehmen. Sie könnten einen Unfall haben, und ...»

«Sie haben Recht, Molly – wie immer.» Er überlegte eine Minute. «Ich werde Billy darum bitten. Lassen Sie ihn doch bitte herkommen, ja, Molly?»

Als der junge Mann erschien, sagte er: «Ich möchte heute Abend das Peter-Archer-Silber nach Boston bringen. Hätten Sie Lust, mitzukommen – sozusagen als bewaffneter Begleitschutz?»

«Mann, fabelhaft! Soll ich Sie zu Hause abholen? Um wie viel Uhr?»

«Nicht nötig, ich komme zu Ihnen. Mr. Jordon hat mich zum Dinner eingeladen. Dabei hole ich seine Suppenterrine ab ...»

«Ich wusste, dass er sie ihnen geben wollte. Martha hat sie neulich schon putzen müssen.»

«Dann wäre das abgemacht. Nach dem Dinner fahren wir gleich zu mir, und Sie können mir helfen, das Zeug einzuladen.»

Gegen Mittag erinnerte Molly ihren Chef noch einmal an den Jordonbericht, und er antwortete, er werde sich darum kümmern, sobald er vom Lunch zurück sei. Aber beim Lunch traf er ein paar Kunden, und so wurde es nach zwei, bis er wieder in seinem Büro war. Als sie ihn abermals daran erinnerte, sagte er: «Ich hab's mir überlegt. Wenn ich den

Bericht mitnehme, muss ich ihn heute noch mit ihm Punkt für Punkt durchgehen. Das dauert dann bestimmt bis Mitternacht. Ich werde ihm sagen, dass ich ihn per Post schicke.»

«Aber er ist doch so pingelig und verlangt seine Berichte immer genau an dem Tag, an dem sie fällig sind. Und dieser hier ist heute fällig.»

Er grinste sie spitzbübisch an. «Na also, dann habe ich noch bis Mitternacht Zeit. Wenn der Brief nach fünf in die Post kommt, wird er am Samstag nicht mehr ausgetragen. Also kann ich ihn jederzeit während des Wochenendes aufgeben, und er bekommt ihn doch noch am Montag.»

Sie musterte ihn zweifelnd. «Kann ich vielleicht etwas für Sie tun?», fragte sie dann.

Er zupfte an seiner Unterlippe und sah sie nachdenklich an. «In der Tat, das können Sie wirklich. Es ist im Grunde keine große Sache. Hier, ich werde es Ihnen zeigen.» Er holte Ellsworth Jordons Akte heraus. «Das hier sind die Käufe, und das die Verkäufe, zumeist Aktien, aber auch einige Grundstückstransaktionen. Sie führen also die hier untereinander auf …»

«Ich habe in der Schule Buchhaltung gelernt.»

«Das reicht bestimmt, glauben Sie mir! Das und Ihr gesunder Menschenverstand. Sie brauchen diese hier nur in einer Spalte aufführen, und die da in der anderen. Aufgeschlüsselt, natürlich, aber das steht ja praktisch alles schon da. Kopieren Sie einfach die Form der früheren Berichte, aber sauber getippt, ja?»

Bei Geschäftsschluss war sie noch lange nicht fertig, erbot sich aber, die Arbeit mit nach Hause zu nehmen.

«Ich bitte Sie höchst ungern darum», meinte er.

«Sie bitten mich ja nicht. Ich tue es freiwillig.»

«Aber wird Herb nicht …»

«Herb leitet heute Abend in der Synagoge den Bruderschafts-Gottesdienst. Und ich muss ohnehin zu Hause bleiben und auf seine Mutter aufpassen.»

«Dann ist doch die sicher …»

«Meine Schwiegermutter geht sofort nach dem Essen nach oben und ist um acht längst eingeschlafen. Wirklich, es macht mir überhaupt nichts aus. So habe ich wenigstens etwas zu tun.»

«Tja, also – wenn es Ihnen wirklich nichts ausmacht. Ich werde es wieder gutmachen.»

16

Als er gerade an seine Haustür kam, hörte Maltzman das Telefon klingeln. Hastig fingerte er nach seinem Schlüssel, für den Fall, dass es für ihn war. Und tatsächlich, als er die Tür aufschloss, hörte er seine Frau sagen: «Oh, er kommt gerade herein. Einen Moment.» Sie legte die Hand über die Sprechmuschel und flüsterte: «Mr. Segal.»

Er nahm den Hörer. «Mr. Segal?», sagte er. «Wie geht's Ihnen? … Wunderbar … Nein, noch nicht. Ich habe ihn ein paar Mal zu erreichen versucht, aber ohne Erfolg … Ja, ich verstehe … Ich erwische ihn bestimmt in den nächsten Tagen … Selbstverständlich gebe ich Ihnen sofort Bescheid … Gut … Gut … Wiederhören.»

Als er den Hörer auflegte, erklärte er: «Wegen dem Grundstück auf dem Point. Diese großen Finanziers! Wenn die was wollen, glauben die immer, man könnte es ihnen –» er schnippte mit den Fingern – «einfach so beschaffen.»

«Hast du wirklich versucht, Ellsworth Jordon zu erreichen?»

«Natürlich nicht, aber das brauche ich ihm doch nicht auf die Nase zu binden.»

«Befürchtest du, dass er ...»

«Ich befürchte, dass Ellsworth Jordon nichts mit mir zu tun haben will und behaupten wird, das Grundstück sei nicht zu verkaufen. Oder dass er einen so lächerlich hohen Preis verlangt, dass sogar Ben Segal nicht bereit ist, so viel zu bezahlen.»

«Vielleicht solltest du jemand anders vorschicken, vielleicht die Dalton Realty.»

«Und die Courtage teilen? Kommt nicht in Frage!»

«Also was willst du tun?»

«Ich weiß es nicht. Ich muss es mir überlegen. Vielleicht gehe ich mal zu Larry Gore, der einen Teil seiner Geschäftstransaktionen betreut. Das ist ein vernünftiger Mann, und ich weiß, dass er eine Menge von mir hält, denn er hat Segal an mich verwiesen. Ich könnte mit ihm sprechen und meine Karten auf den Tisch legen. Vielleicht wird er dann ...»

«Vielleicht bildest du dir das alles bloß ein, Henry», entgegnete seine Frau. «Vielleicht steigerst du dich da bloß hinein, wie der Mann, der sich von seinem Nachbarn einen Rasenmäher leihen will. Vielleicht will Jordon sogar gern verkaufen. Wenigstens solltest du ihn fragen.»

Nachdenklich schürzte er die Lippen. «Weißt du, Laura, du hast Recht. Ich werde diesen Mistkerl jetzt sofort anrufen und ihm die Lage auseinandersetzen. Gib mir das Telefon!»

«Willst du nicht lieber bis morgen warten?», meinte sie.

Er starrte sie an. «Bis morgen? Samstag? Warum?»

«Na ja, du fühlst dich doch immer so viel wohler, so viel entspannter, nach dem … nach dem …»

«Ich fühle mich entspannt genug. Gib mir endlich das verdammte Telefon!»

17

Als Billy die Haustür öffnete, um Lawrence Gore einzulassen, rief Jordon aus dem Wohnzimmer: «Sie sind spät dran, Larry!» Gleich darauf, als Gore ihn begrüßte, deutete er zum Kaminsims, auf dem eine alte Kutschenuhr stand.

Gore konsultierte seine Armbanduhr. «Sind Sie sicher, Ellsworth? Auf meiner ist es jetzt Punkt sechs.»

«Selbstverständlich bin ich sicher. Meine Uhr geht hundertprozentig genau. Ich stelle sie jeden Tag nach dem Radio. Sie sind fünf Minuten zu spät gekommen.»

«Nun, das tut mir Leid, Ellsworth.» Er streifte das Armband von der Hand, sah auf die Kaminuhr und stellte umständlich die eigene danach.

«Schon gut, schon gut, wir vergeuden nur kostbare Zeit!», mahnte der Alte, als gäbe er in einem wichtigen Punkt nach. «Martha hat heute Abend eine Verabredung und möchte früh gehen, also lassen wir sie nicht warten.» Mit einer Armbewegung scheuchte er Gore und Billy ins Esszimmer hinüber.

Als Gore seine Serviette entfaltete, sagte er: «Albert Megrim war heute Vormittag in der Bank. Er sagte mir, Sie wollten gegen jemanden stimmen, den ich für den *Agathon* vorgeschlagen habe. Ben Segal.»

Jordon kicherte. «Ganz recht. Und vor einer halben Stunde hat mich Henry Maltzman angerufen, weil er mein Grundstück auf dem Point für diesen selben Ben Segal kaufen wollte.»

«Er hat Ihnen seinen Auftraggeber genannt? Das klingt aber gar nicht nach Henry Maltzman.»

«Ich habe erklärt, ich werde nicht mal darüber diskutieren, wenn er ihn mir nicht nennen wolle.»

«Na ja, wahrscheinlich denkt er sich, Sie werden ihn nicht um seine Kommission bringen wollen.»

«Es gibt keine Kommission.»

«Aber …»

«Ich habe abgelehnt.» Er lächelte breit.

Gore sah ihn verständnislos an. «Kennen Sie diesen Segal?»

«Nein. Habe ihn nie zu Gesicht bekommen.»

«Dann …» Gore trank einen Schluck Wasser. «Dieser Ben Segal ist aus Chicago. Ein Großfinanzier. Er übernimmt die Rohrbough Corporation und will sie selbst führen. Und als ich das letzte Mal Ihren Eigentumsbestand mit ihnen durchging, gehörte das Grundstück auf dem Point zu denen, die Sie abstoßen wollten. Bei dem Preis, den Sie dafür verlangen, werden Sie nicht so schnell einen Käufer finden. Ich würde sagen, Ben Segal ist die beste Chance, die Sie je haben werden.»

«Ach, wirklich? Großfinanzier, hm?» Er trommelte auf dem Tisch herum.

«Ganz recht. Die *Business Week* hat vor ungefähr einem Monat einen Artikel über ihn gebracht. Ich habe ihn in den *Agathon* zum Lunch eingeladen, und es gefiel ihm dort, und es hat ihm geschmeckt. Dann hat er mich gebeten, ihn zur

Mitgliedschaft vorzuschlagen. Einfach so. Hat weder nach dem Beitrag noch nach der Aufnahmegebühr gefragt. Er interessiert sich noch nicht mal für Yachten oder die anderen Möglichkeiten, die der Club zu bieten hat. Er fand einfach, man könne dort gut essen. Ein solcher Mann wird niemals um den Preis eines Grundstücks feilschen, an das er sein Herz gehängt hat.»

«Nun», erwiderte Jordon mit saurem Grinsen, «ich hab die Tür ja nicht ganz zugeschlagen. Dieser Maltzman dachte, ich ziere mich nur oder rede am Telefon nicht gern über Preise, deswegen fragte er, ob er mich aufsuchen dürfe, um alles mit mir zu besprechen. Und ich habe ihm gesagt, ich erwarte ihn heute Abend um halb neun.»

«Ach so! Dann ist ja alles in Ordnung.» Gore war erleichtert.

«Ich habe ihm erklärt», fuhr der Alte fort, «ich wüsste, dass er der Vorstandsvorsitzende der Synagoge sei, und dass es am Freitagabend um halb neun, den Anschlägen draußen zufolge, jeweils einen Gottesdienst gebe, und nun wollte ich gern sehen, was für ihn wichtiger sei, seine Kommission oder seine Religion.» Der Alte warf den Kopf zurück und lachte hämisch.

Billy musterte ihn zweifelnd, als wisse er nicht recht, ob das ein Scherz gewesen sein sollte oder nicht.

Gore gab vor, belustigt zu sein. «Und was hat er geantwortet?», fragte er.

«Er sagte, falls er kommen werde, dann nur, um mir eine Kugel durch den Kopf zu jagen.»

«Na also!» Gore lächelte voller Genugtuung. «Jetzt haben Sie's verpatzt, und Sie können von Glück sagen, wenn Sie einen anderen finden, der Ihnen die Hälfte der verlangten Summe bezahlt.»

«Glauben Sie wirklich?» Jordon legte den Suppenlöffel hin, langte nach hinten und zog seine Brieftasche aus der Gesäßtasche. «Sie würden also wetten, dass Maltzman um halb neun nicht erscheint?»

«Aber sicher.»

«Dann lassen Sie Ihr Geld sehen.»

«Sie meinen, ich soll …» Gore zog einen Dollarschein aus der Tasche und legte ihn auf den Tisch.

«Wunderbar. Billy wird den Bankhalter spielen. Das verleiht ihm ein Gefühl für Verantwortung.»

Martha kam, die Suppenteller abzuräumen. Sie wartete, während der Alte hastig den Teller schräg hielt, um auch den letzten Rest noch auszulöffeln. «Wollen Sie uns drängen, Martha?», erkundigte er sich.

«Ich hab gesehen, dass Sie nicht mehr essen.»

«Ich hatte nur aufgehört, um eine Finanztransaktion durchzuführen. Na schön, ich bin fertig. Wichtige Verabredung heute Abend?»

«Einfach eine Verabredung», antwortete sie und ging, um das Hauptgericht hereinzuholen.

Später, als sie wiederkam, um den Tisch abzuräumen, erkundigte sich Jordon scherzhaft: «Wer ist es denn, Martha? Wer ist der Glückliche heute Abend?»

«Geht Sie nichts an», antwortete sie schnippisch.

Der Alte brüllte vor Lachen. «Also, das ist mir mal 'n temperamentvolles Mädchen», erklärte er beifällig. «Kommen Sie, gehen wir lieber ins Wohnzimmer. Den Kaffee können wir auch da trinken, und sie kann hier abräumen.»

Als Martha wenige Minuten darauf den Kaffee servierte, war sie schon zum Ausgehen angezogen.

«Gehen Sie jetzt?», erkundigte sich Jordon.

«Gleich», antwortete sie. «Ich warte nur noch auf meinen Freund.»

«Soll das heißen, dass er Sie anruft?»

«Nein, er will mich hier abholen. Mein Wagen ist in der Reparatur.»

«Dann kommt er also her, nicht wahr? Wie, sagten Sie doch, ist sein Name?»

«Gar nichts habe ich gesagt.»

«Also, Martha, dass wir uns recht verstehen», sagte er freundlich. «Mit wem Sie ausgehen, ist Ihre Sache, aber wer in mein Haus kommt, ist meine Sache.»

Seine Stimme war schärfer geworden, und da sie es nicht der Mühe wert fand, deswegen zu streiten, antwortete sie achselzuckend: «Stanley Doble. Wahrscheinlich kennen Sie ihn.»

«Allerdings kenne ich ihn», sagte er grimmig. «Und ich werde es nicht dulden.»

«Was soll das heißen?»

«Das soll heißen, dass ich ihn nicht in meinem Haus dulde!»

Sie lächelte verkniffen. «Ich glaube, der mag Sie ebenso wenig wie Sie ihn. Sobald er also klingelt, werde ich …»

«Dann hat er immer noch unbefugt mein Grundstück betreten. Wenn Sie sich mit ihm treffen wollen, tun Sie das freundlichst unten am Tor, Missy.»

«Also, Sie …» Ungläubig starrte sie ihn an. Dann machte sie kehrt und ging steif hinaus. Kurz darauf war sie wieder zurück – im Mantel und mit ihrer Handtasche unter dem Arm. In der Hand hielt sie einen Schlüssel, den sie vor seiner

Nase schwenkte. «Da ist Ihr Schlüssel.» Sie ließ ihm den Schlüssel in den Schoß fallen. «Ich brauche ihn nicht mehr. Ich komme nie wieder. Suchen Sie sich jemand anders.» Damit ging sie zur Haustür, riss sie auf und knallte sie heftig hinter sich zu.

Billy sah von Jordon zu Gore, als wisse er nicht, wie er sich verhalten solle. Ellsworth Jordon, eindeutig verblüfft, schien jedoch nicht allzu verärgert. Um Gores Lippen spielte ein rätselhaftes Lächeln.

«Jetzt haben Sie's geschafft, Ellsworth», stellte er gelassen fest. «Man kann die Menschen nur bis zu einer gewissen Grenze rumschubsen. Jetzt müssen Sie sich eine andere Haushälterin suchen.»

«Das beweist, wie wenig Menschenkenntnis Sie besitzen, Larry», entgegnete Jordon verächtlich. «Die kommt wieder.»

Gore war verwirrt – und interessiert. «Wie kommen Sie darauf?»

Der Ältere lächelte. «Heute ist der einunddreißigste, nicht wahr? Also, bis jetzt hat sie ihren Monatsscheck noch nicht von mir erhalten. Möglich, dass sie bis Montag oder Dienstag wartet, ob er vielleicht mit der Post eintrifft. Möglich aber auch, dass sie ihn sich abholt, wahrscheinlich morgen. Vielleicht ja sogar noch heute Abend, nachdem Sie weg sind. Und dann gibt es giftige Bemerkungen, die zu einem Riesenkrach führen. Dann ist die Luft wieder gereinigt, und wir werden beide zugeben, dass wir ein bisschen übereilt gehandelt haben.»

«Sie sind wirklich ein bösartiger, alter Mistkerl», sagte Gore nicht ohne eine Andeutung von Bewunderung.

Der Alte war sichtlich stolz, und Billy hielt die Bemerkung

für angebracht: «Martha geht schnell in die Luft, aber sie beruhigt sich auch ebenso schnell wieder.»

«Da hören Sie's, Larry», bestätigte Jordon. «Und jetzt endlich zur Sache. Geben Sie mir den Vierteljahresbericht, damit wir ihn uns ansehen können ...»

«Oh, den habe ich nicht mitgebracht», erklärte Gore lässig. «Der war noch nicht fertig, als ich fortging.»

«Der Bericht ist heute fällig», sagte Jordon mit tonloser Stimme.

«Nein, Ellsworth. Wir müssen ihn heute abschicken. Das bedeutet, wir haben bis Mitternacht Zeit ...»

Der Alte schlug mit der Faust auf die Sessellehne. Sein Gesicht färbte sich rot. «Verdammt noch mal, ich habe heute am Telefon mit Ihnen darüber gesprochen und sie dann zum Dinner eingeladen. Sie wussten genau, dass Sie den Bericht mitbringen sollten!»

Es klingelte.

Sofort wandelte sich Jordons Stimmung. Voller Genugtuung rieb er sich die Hände. «Das ist bestimmt Martha, die zurückkommt. Geh aufmachen, Billy. Aber wenn sie diesen Taugenichts, diesen Doble bei sich hat, kannst du ihr sagen, ich will sie nicht sprechen.»

Als Billy die Tür öffnete, sah er Stanley draußen stehen – allein. Er war eindeutig verlegen und nervös. «Martha Peterson?», fragte er.

«Tut mir Leid, die ist nicht hier ...»

«Sind Sie das, Doble?» Jordon stand auf und kam in die Diele. Mit lauter Kommandostimme sagte er: «Ich habe Ihnen erklärt, ich wünsche nicht, dass Sie dieses Haus je wieder betreten. Verschwinden Sie, oder ich rufe die Polizei.»

«Ich wollte Martha Peterson abholen», wiederholte Stanley stur.

«Sie ist aber nicht hier. Sie arbeitet nicht mehr bei mir.»

«Das stimmt», bestätigte Billy. «Sie hat gekündigt, als er ihr sagte, er werde nicht dulden, dass Sie hierher kommen.»

«Also ...» Stanley drängte sich mit erhobenen Armen und ausgestreckten Händen an Billy vorbei, als wolle er den Alten beim Hals packen. Gore, der Jordon in die Diele hinaus gefolgt war, trat zwischen sie. Er legte Doble die Hand auf die Brust. Mit leiser Stimme sagte er: «Seien Sie kein Dummkopf, Doble. Sie machen sich unglücklich. Martha wartet unten am Tor auf Sie.»

«Ich habe sie aber nicht gesehen.»

«Wahrscheinlich haben Sie sie nicht bemerkt, als Sie in die Einfahrt eingebogen sind», sagte Gore beschwichtigend. «Aber sie ist bestimmt da und wartet auf Sie. Gehen Sie lieber. Vielleicht wartet sie nicht lange.»

Stanley ließ sich behutsam zur Tür schieben. Auf der Schwelle hielt er noch einmal inne und schüttelte die Faust. «Sie sind ein gemeiner, alter Schweinehund, Jordon, und Sie lügen! Verlassen Sie sich drauf: Ich komme wieder!»

Als er schließlich die Tür hinter Stanley Doble schloss, erkundigte sich Gore: «Was hat er Ihnen eigentlich getan, Ellsworth, dass Sie so böse auf ihn sind?»

Der Alte winkte gelassen ab. «Ach, es ging da um eine Arbeit, die ich ihm aufgetragen hatte. Vor Monaten schon. Meine Haustür klemmte, und er sollte sie richten. Er hob sie aus den Angeln und hobelte die Kante ab. Dann hängte er sie ein, aber sie war immer noch nicht in Ordnung. Und er wollte sie nicht richten, solange ich ihm das nicht extra bezahlte.»

«Sie scheint aber doch zu funktionieren.»

«Nein, das Schloss schnappt nicht richtig ein. Sie schließt nur, wenn man sie richtig fest zuzieht.»

«Und deswegen haben Sie zu ihm gesagt …»

«Deswegen und wegen des Streits, den wir hatten. Wenn ich jemandem einen Auftrag gebe, erwarte ich, dass er ihn ausführt, genau wie ich ihn selbstverständlich dafür bezahlen werde. Er behauptet, ich habe ihm aufgetragen, die Tür abzuhobeln, und ich hielt ihm entgegen, ich habe ihm aufgetragen, die Tür zu richten. Und das bedeutet, dass sie funktionieren muss.»

«Nun, ich kann nur sagen, ein Glück für Sie, dass ich hier war. Er war fürchterlich in Rage und wäre womöglich über Sie hergefallen.»

«Ach, mit dem wäre ich schon fertig geworden», behauptete Billy überheblich.

Beide Männer lachten, und Jordon sagte: «Du, Billy? Was hättest du schon tun können? Doble ist stark wie ein Bulle. Der könnte dich mit einer Hand hochheben.»

«Ja, aber ich hab das bessere Argument.» Billy zerrte an seinem Gürtel und brachte mit einer geschickten Bewegung einen Revolver zum Vorschein.

«Leg das verdammte Ding weg!», schrie Gore.

«Bist du verrückt geworden?», brüllte Jordon. «Woher hast du den?»

«Aus der Bank», gestand Billy zerknirscht. «Mr. Gore hat mich gebeten, als bewaffneter Begleitschutz mitzufahren, wenn er nachher das Silber ins Museum bringt.»

«Du Idiot! Ich brauche keinen Schutz!» Gore wandte sich entschuldigend an Jordon. «Ich habe das nur aus Spaß gesagt, als ich ihn bat, heute Abend mitzufahren. Jeder weiß schließlich, dass das nichts weiter bedeutet, als einfach neben dem Fahrer zu sitzen.»

«Weißt du nicht, dass du in diesem Staat ein Jahr Gefängnis kriegst, wenn du mit einer Kanone erwischt wirst, und dass keiner dich da rausholen kann?», tobte Jordon. Und verächtlich fuhr er fort: «Jedes Mal, wenn ich mir einbilde, du bist langsam erwachsen und wirst ein Mann, kommst du auf so eine Schnapsidee wie diese, und dann merke ich, dass du immer noch ein unreifer Bengel bist. Und jetzt leg den Revolver hier auf den Tisch und verzieh dich auf dein Zimmer. Ich schließe dich ein.»

«So'n Mist!» Trotzdem legte der junge Mann die Waffe gehorsam auf den Tisch und trottete mit gesenktem Kopf, ohne die beiden Herren anzusehen, in sein Zimmer, wo er die Tür hinter sich zuzog.

Ruhig drehte Ellsworth Jordon den Schlüssel im Schloss und kehrte dann zu seinem Lehnsessel zurück. Gore musterte ihn unsicher, ging ebenfalls zu Billys Tür und lauschte einen Moment. Dann gesellte er sich wieder zu dem Älteren.

«Das war aber ziemlich hart», meinte Gore.

«Hart? Ich hätte den Rohrstock nehmen sollen!»

«Vielleicht wäre das besser gewesen, statt ihn wie ein Kind auf sein Zimmer zu schicken – vor allem in meiner Gegenwart. Schließlich sind Sie ja nicht sein Vater.»

Der Alte schwieg. Der Schatten eines Lächelns spielte um seine Lippen. Dem Bankier, der das bemerkte, schoss plötzlich ein ganz wilder Gedanke durch den Kopf. «Oder doch?», fragte er. «Ist Billy Ihr Sohn?»

Jordon lehnte den Kopf an das Polster seines Sessels und schloss die Augen.

«Ist es das? Und wollten Sie, dass er bei mir in der Bank arbeitet, damit er den Umgang mit Geld erlernt?»

«Sie werden lästig, Larry», murmelte der Ältere, ohne die Augen aufzumachen. «Verschwinden Sie. Die Schüssel liegt in der Schachtel neben der Tür. Nehmen Sie sie und verschwinden Sie. Dies ist meine Zeit für die Transzendentale Meditation.»

«Und Billy? Wollen Sie ihn da drin lassen?»

Immer noch mit geschlossenen Augen lächelte Jordon, ohne ein Wort zu sagen.

Gore erhob sich und blickte unsicher auf das jetzt friedliche Gesicht seines Gastgebers hinab. Jordon atmete sehr langsam und regelmäßig, seine Lippen bewegten sich kaum wahrnehmbar beim Rezitieren seines Mantra. Schließlich griff Gore nach dem Paket.

18

Lawrence Gore lenkte den Wagen langsam die Einfahrt hinunter und sah dabei aufmerksam von einer Seite zur anderen. Als er die Straße erreicht hatte, fuhr er zu seinem Haus am Stadtrand, um die Kartons mit dem Peter-Archer-Silber zu holen.

Um acht Uhr befand er sich auf dem Highway nach Boston. Während des Fahrens überdachte er die Ereignisse des Abends. Er war jetzt fast sicher, dass Billy der Sohn von Jordon war. Und fragte sich nur, ob Billy es auch wusste, ob das der Grund für seine Fügsamkeit war. Er versuchte sich vorzustellen, wie er in Billys Alter gewesen war. Hätte er sich eine so strenge Behandlung gefallen lassen, wenn er bei einem Freund seiner Eltern zu Besuch gewesen wäre? Oder hätte er gepackt und wäre kurzerhand heimgefahren? Aber mal angenommen, er hätte keine Eltern gehabt? Seine Eltern wären tot gewesen? Oder angenommen, seine Eltern hätten ihm erklärt, sie hätten diesem Mann viel zu verdanken, und er dürfe ihn unter gar keinen Umständen verärgern? Ironisch lächelnd stellte er fest, dass auch er sich eine Menge von Ellsworth Jordon gefallen ließ. Aber das war natürlich rein geschäftlich.

In der Ferne sah er die Lichter einer Tankstelle und beschloss, anzuhalten, statt sich darauf zu verlassen, dass zu dieser späten Stunde noch eine andere offen hatte. Er bog ab und hielt erst weit hinter den Zapfsäulen. Dann ging er ins Büro, reichte dem Mann einen Dollarschein und fragte: «Könnte ich bitte Wechselgeld haben? Ich muss telefonieren.»

«Der Münzfernsprecher ist kaputt. Die Telefongesellschaft repariert ihn, und am nächsten Tag ist er schon wieder hin. Immer kommen nachts, wenn wir geschlossen haben, irgendwelche Jugendlichen und knacken sie auf, um das Geld rauszuholen, oder einfach so aus reinem Übermut.»

«Gibt es auf dieser Seite der Straße vor dem Tunnel noch eine andere Telefonzelle?»

«Ich habe einen Apparat im Büro. Den können Sie benutzen.» Er ging voran in sein Büro, drückte die Kein-Verkauf-Taste auf der Registrierkasse und reichte Gore das Kleingeld für seinen Dollar. Gore wählte und pfiff, während er wartete, tonlos vor sich hin. Als sich jemand meldete, sagte er: «Molly? Hier Lawrence Gore. Wie geht's mit dem Bericht?»

«Tja, also, ich habe alles wieder und wieder nachgerechnet, aber die beiden Endsummen stimmen nicht überein. Aber ich hab ihn trotzdem abgetippt.»

«Haben Sie auch bestimmt alle Posten, die ich mit ‹A› markiert habe, in die eine Spalte gesetzt, und die mit ‹P› in die andere?»

«Hm-hm. Ich hab's immer wieder nachgeprüft.»

«Dann muss ich einen Posten falsch markiert haben.»

«Vielleicht könnte ich Herb bitten, dass er es sich ansieht, und …»

«O nein, auf gar keinen Fall, Molly!», protestierte er rasch. «Das ist strengstes Bankgeheimnis.»

«O ja, ich dachte nur … Nein, ich werde es natürlich nicht tun. War Mr. Jordon sehr ärgerlich, dass Sie den Bericht nicht mitgebracht haben?»

«Das kann man wohl sagen. Ich dachte, er kriegt einen Schlaganfall. Meine Rettung war, dass ich ihn darauf hinwies, der Tag ende erst um Mitternacht. Jetzt hoffte ich, dass ich zeitig genug zurück sein könnte, um ihn abzuholen und rüberzubringen, aber als ich die Instruktionen des Museums noch mal durchlas, hab ich gesehen, dass ich mit den Leuten da die ganze Liste der Ausstellungsstücke durchgehen und bestätigen muss. Das kann ziemlich lange dauern, deswegen werde ich's also wohl nicht mehr bis Mitternacht schaffen.»

Sie merkte sofort, dass er sich Sorgen machte. «Ich könnte ihm den Bericht jetzt gleich rüberbringen», erbot sie sich. «Nur, dass er eben nicht ganz stimmt.»

«Ach ja, diesen Fehler hat er bestimmt sofort entdeckt. Der wird mich deswegen ganz schön zur Schnecke machen, aber … Nein, unmöglich, das kann ich nicht von Ihnen verlangen. Wo er doch so … Nein, Sie müssten ja ganz allein hinfahren und …»

«Glauben Sie etwa, ich habe Angst vor ihm?»

Er musste lächeln über ihre typisch frauenrechtlerische Reaktion und warf einen Blick auf die große Wanduhr. «Nun ja, wenn es Ihnen wirklich nichts ausmacht …»

«Ganz und gar nicht. Ich freue mich, wenn ich helfen kann.»

«Sie sind ein Schatz!»

«Ich tu's nur für die Bank», sagte sie streng.

«Selbstverständlich.»

19

Mrs. Mandell erwachte vom Schrillen des Telefons. Nicht, dass sie geschlafen hätte, denn sie behauptete, sie schlafe niemals richtig, sie döse nur so vor sich hin. Aber es hatte einen Traum unterbrochen – na ja, nicht eigentlich richtig einen Traum, denn Träume hatte man nur, wenn man schlief. Eher eine Art Phantasievorstellung, die sie hatte, wenn sie vor sich hindöste. Obwohl die Einzelheiten variierten, war das Grundthema jedoch immer dasselbe: Wie es wäre, wenn SIE (so sprach sie immer von ihrer Schwiegertochter) nicht mehr da wäre. Zuweilen beinhaltete dieser Traum die Art und Weise ihres Dahinscheidens: tödlicher Unfall oder Ertrinken, wobei ihr Herbert bei dem Versuch, sie zu retten, überwältigenden Mut bewies. Selbstverständlich war er dann gramgebeugt, aber das brachte ihn nur seiner Mutter näher; nach einer Weile überwand er dann seinen Schmerz, obwohl die Erinnerung an die Tragödie ihn daran hinderte, je wieder zu heiraten.

Nun folgte eine Reihe von Vignetten ihres herrlichen gemeinsamen Lebens, in dem es nur noch sie beide gab. Beim Frühstück – sie war überzeugt, dass sie das schaffen würde – staunte er, wie perfekt es war. «He, Ma, dieser Kaffee ist einfach himmlisch! Und dieser Haferschleim! Wie schaffst du es nur, dass er immer so glatt und sahnig wird?» Und wenn er zur Arbeit ging, küsste er sie jungenhaft und sagte: «Mach dir's gemütlich, Liebling. Lass das Geschirr nur stehen, das spüle ich, wenn ich nach Hause komm.» Zum Dinner kochte sie dann seine Lieblingsspeisen, schwere, scharf gewürzte Gerichte, die er so gern aß, und anschließend verbrachten sie dann den Abend vor dem Fernseher oder spielten endlose Partien Scrabble, ein Spiel, das sie über alles liebte.

Sie wollte nicht, dass er sich ihr verpflichtet fühlte, und schlug ihm vor: «Geh doch mal aus und besuch deine Freunde, Herbert! Und nimm ein Mädchen mit! Es macht mir wirklich nichts aus, mal einen Abend allein zu bleiben.» Aber er antwortete dann: «Aber Ma, du bist doch meine beste Freundin!»

Oder SIE war nicht mehr da, weil er sich hatte von ihr scheiden lassen. Er hatte schließlich einsehen müssen, dass SIE seiner nicht würdig war und dass er nicht mehr mit ihr zusammen leben konnte.

Dann stellte sie sich vor, dass er sich wieder verheiratet hatte. Seine zweite Frau war eine schemenhafte Gestalt, die irgendwie einer drallen, polnischen Hausgehilfin ähnelte, die sie einmal gehabt hatte, und diese Frau gebar beinahe jedes Jahr ein Kind, ausschließlich Jungen, und alle sahen sie aus wie Herbert. Sie drängten sich um ihre Großmutter, allesamt Abbilder ihres Vaters in den verschiedenen Altersstufen, stießen und schubsten einander und kämpften um ihre Aufmerksamkeit. «Grandma, sieh mich an!» Herbert stand an ihrer Seite und schob sie gutmütig zurück. «Geht nur und spielt. Grandma ist müde.» Die Mutter tauchte nie auf in diesen Szenen. Bei so vielen Kindern hatte sie natürlich zu tun – mit Putzen, Kochen, Waschen, Spülen …

Sie hörte, wie Molly ans Telefon ging, konnte aber natürlich nicht verstehen, was SIE sagte. Sie lag im Bett und überlegte, ob sie Licht machen und eine Weile lesen oder versuchen sollte, noch einmal einzuschlafen. Oder ob sie vielleicht sogar aufstehen und sich unten eine Tasse Tee machen sollte. Bevor sie jedoch zu einem Entschluss kommen konnte, hörte sie Schritte auf der Treppe, langsame, behutsame Schritte, und dann wurde lautlos die Tür ihres Schlafzimmers geöffnet. Sie tat, als schliefe sie. Die Tür wurde wieder geschlossen, und die Schritte entfernten sich, die Treppe hinab. Bald darauf hörte sie, dass ein Auto angelassen wurde – scheinbar direkt unter ihrem Fenster. Verblüfft stieg sie aus dem Bett, ging zum Fenster und zog vorsichtig die Gardine beiseite, nur um gerade noch zu sehen, wie Mollys Coupé die Einfahrt hinunterrollte.

Wohin wollte SIE? War Herbert vielleicht etwas zugestoßen? War der Anruf von der Synagoge gekommen? Aber was sollte ihm in der Synagoge passieren?

Mrs. Mandell knipste ihre Nachttischlampe an und sah auf die Uhr. Kurz nach halb neun. Sie schlüpfte in einen Kimono und ging nach unten. Das Licht im Wohnzimmer brannte noch, also schlurfte sie in ihren Hauslatschen umher und inspizierte die Papiere auf dem Schreibtisch, an dem SIE getippt hatte. Vielleicht war SIE zur Post gefahren. Aber warum jetzt? Die nächste Post wurde erst morgen früh ausgetragen. Und etwas kaufen, wie Zigaretten oder eine Illustrierte im Drugstore, konnte SIE auch nicht mehr. Um diese Zeit hatten alle Geschäfte geschlossen. Außerdem musste es etwas mit dem Anruf zu tun haben, den SIE erhalten hatte. Vielleicht war SIE von Freunden angerufen worden – möglicherweise von einem Freund? Benutzte SIE Herberts Abwesenheit dazu, sich mit einem Liebhaber zu treffen?

Bei diesem Gedanken wurde Mrs. Mandell ganz schwach, und sie hielt es für besser, in ihr Schlafzimmer zurückzukehren, eine Pille zu nehmen und sich, falls nötig, wieder hinzulegen. Je mehr sie darüber nachdachte, desto mehr war sie von der Treulosigkeit ihrer Schwiegertochter überzeugt. Seltsamerweise hatten ihre Phantasie-Szenarios niemals dieses Ende der Ehe ihres Sohnes beinhaltet, weil … weil das ihren Sohn in ihren Augen lächerlich machte. Aber jetzt richtete sie ihre Gedanken darauf, weil es sein musste. Was sollte sie tun? Wie sollte sie vorgehen? Gewiss, wenn Herbert zuvor nach Hause kam, war alles in Ordnung. Dann würde er SIE bei ihrer Heimkehr stellen und eine Erklärung verlangen. Aber was nun, wenn SIE zuerst nach Hause kam?

Sie hörte, dass ein Wagen in die stille Wohnstraße einbog. Ihre Brust füllte sich mit Hoffnung, es sei ihr Sohn. Doch ein Blick auf die Uhr sagte ihr, dass es erst kurz nach neun war, viel zu früh für ihn, von der Synagoge heimzukommen. Es musste SIE sein, die nach Hause kam.

Eine Hand am Geländer, erklomm sie hastig die Treppe und ging zu Bett. Wenige Minuten darauf hielt ein Auto in der Einfahrt, dann hörte sie abermals Schritte auf der Treppe, und dann wurde leise die Tür zu ihrem Zimmer aufgemacht. Abermals tat sie, als schlafe sie, atmete tief und röchelnd, bis sie hörte, dass die Tür wieder zugezogen wurde und die Schritte sich über die Treppe entfernten.

20

Um den Besuch der Synagoge zu fördern, hatte Henry Maltzman der Bruderschaft vorgeschlagen, die Schirmherrschaft für die Freitagabendgottesdienste zu übernehmen.

«Was meinen Sie mit Schirmherrschaft?», erkundigte sich Howard Jonas, der Vorsitzende der Bruderschaft.

«Na ja, eben dafür werben, alle zusammentrommeln. Das Rednerpult schmücken. Den kleinen Imbiss hinterher organisieren.»

«Aber das macht doch die Schwesternschaft.»

«Natürlich. Also warum sollte die Bruderschaft zur Abwechslung nicht auch mal einen Abend übernehmen? Das gibt dem Ganzen neues Leben – Sie wissen schon, Konkurrenz.»

«Wollen Sie sagen, bei dem Imbiss sollen die Männer den Tee einschenken? Den Frauen? ‹Ein Stück Zucker oder zwei, Mrs. Feldman?› Also hören Sie! Das ist doch Weiberarbeit, Henry.»

Aber Maltzman ließ nicht locker, und so stimmten sie schließlich zu, diese Aufgabe einmal im Monat zu übernehmen, während die übrigen Freitage weiterhin der Betreuung durch die Damen überlassen blieben. Und Herb Mandell, der Vorsitzende des Ausschusses für dieses Unternehmen, stand an diesem Abend mit Howard Jonas zusammen an der Synagogentür, um die Gemeindemitglieder willkommen zu heißen. Für diesen ersten ihrer Abende hatten sie an jedermann Einladungen verschickt, auch – nachdem sie das Telefonbuch von Barnard's Crossing zu Rate gezogen hatten – an jene Einwohner, deren Namen darauf schließen ließen, dass sie ebenfalls Juden waren. «Und wenn wir uns geirrt haben und einem Nichtjuden eine Einladung schicken und wenn der dann tatsächlich kommt, was schadet das schon? Das ist ökumenisch.»

Mandell nahm seine Pflichten sehr ernst. Wann immer der Strom der Ankommenden nachließ, eilte er in den Andachtsraum hinunter, um nachzusehen, wie weit die Vorbereitungen für den Imbiss gediehen waren. Da er der erste Tenor im Barbierquartett der Bruderschaft war, die den Kantor vor der Bundeslade beim Singen des *En Kelohaynu* am Schluss des Gottesdienstes begleiten sollte, machte er sich darüber hinaus Sorgen über eine leichte Heiserkeit, die er im Laufe des Nachmittags entwickelt hatte. Darum suchte er jedes Mal, wenn er hinunterging, schnell noch die Herrentoilette auf, um im Spiegel über dem Waschbecken nach Rötungen im Hals zu fahnden. Dann schüttete er aus einer Taschenpackung, die er von zu Hause mitgebracht hatte, ein bisschen Salz in einen Pappbecher mit warmem Wasser und gurgelte ein paar Sekunden.

Auf dem Podium standen zu beiden Seiten der Bundeslade je zwei thronähnliche, mit rotem Samt gepolsterte Sessel. Die beiden links waren für den Rabbi und den Vorsitzenden der Gemeinde, während die rechts gewöhnlich vom Vizevorsitzenden und vom Kantor eingenommen wurden. Um Viertel nach acht, fünfzehn Minuten vor Beginn des Gottesdienstes, waren jedoch erst drei Sessel besetzt. Henry Maltzman war noch nicht eingetroffen.

«Ich möchte wissen, wo der ist», sinnierte Howard Jonas. «Ich finde es nicht richtig, dass er noch nicht da ist.»

«Vermutlich kommt er ein bisschen später», beschwichtigte ihn Herb Mandell. «Letzte Woche hat er sich auch verspätet.»

«Hat er seinen Platz neben der Bundeslade eingenommen?»

«Nein, nein! Er hat sich in die letzte Reihe gesetzt.»

«Ich weiß nicht, aber das gefällt mir nicht», widersprach Jonas. «Offen gestanden, ich finde es empörend. Das Ganze war überhaupt seine Idee, und er hat sie uns aufgedrängt. Also könnte er wenigstens pünktlich kommen und sich überzeugen, ob alles klappt. Wahrscheinlich hat sich was Geschäftliches ergeben, und ich wäre der Letzte, der behaupten will, dass Geschäftliches nicht vorgeht. Aber nachdem er Vorsitzender der Gemeinde ist, hat er doch gewisse Verpflichtungen. Das soll allerdings keine Kritik sein, verstehen Sie?»

«O ja, natürlich.» Mandell wandte sich ab, um einen Neuankömmling zu begrüßen. «Hallo, Mr. Kalb! Freut mich, dass Sie kommen konnten … Nein, nein, nehmen Sie nur Platz, wo Sie wollen.»

Jonas stieß ihn an. «Sagen Sie, Herb, was haben Sie mit Maltzman ausgemacht? Wegen der Ankündigung, dass dieser Abend unter der Schirmherrschaft der Bruderschaft steht.»

«Na ja, er sollte kurz vor Beginn des Gottesdienstes sagen, dass ich jetzt ein paar Worte sprechen werde. Dann soll ich raufgehen und erklären, dass die Bruderschaft für diesen Abend verantwortlich ist, und alle Anwesenden willkommen heißen.»

«Dann meine ich, Sie sollten lieber jetzt schon nach vorn gehen und den Platz neben dem Rabbi einnehmen, Herb. Denn wenn Henry nicht pünktlich kommt, wird der Rabbi sicher sofort mit dem normalen Gottesdienst beginnen.»

«Halten Sie das für richtig?»

«Natürlich! Die Stellung hier kann ich auch allein halten.»

Ein wenig schüchtern schritt Herb Mandell den Mittelgang entlang und stieg die Stufen zum Podium hinauf. Auf den fragenden Blick des Rabbi antwortete er flüsternd: «Howard meinte, ich soll mich hier rauf setzen, für den Fall, dass Henry Maltzman nicht rechtzeitig kommt.»

«Selbstverständlich!» Der Rabbi reichte ihm die Hand, um ihm den traditionellen ‹Gut Schabbes› zu wünschen. «Und wie geht's Ihrer Mutter, Mr. Mandell?»

«O danke, gut! Na ja, unverändert, meine ich.»

«Sie schien recht munter zu sein, als ich sie gestern besuchte.»

«Das ist sie meistens, tagsüber. Erst am Abend quält sie dann ihr Asthma. Dann wird sie immer müde und benommen. Wahrscheinlich von den Pillen, die sie nimmt. Sie muss gleich nach dem Essen zu Bett gehen. Wenn sie die Nacht durchschläft, ist es gut. Aber manchmal wacht sie mitten in der Nacht auf und ist richtig desorientiert. Sie kriegt keine Luft und kann ihre Medizin nicht finden. Das ist ziemlich beängstigend.»

«Ach, wirklich? Aber wenn ich komme, scheint es ihr immer recht gut zu gehen.»

«Wie gesagt, das ist tagsüber, und wenn sie Sie erwartet, bereitet sie sich natürlich auf Sie vor. Aber bei Nacht können wir sie niemals allein lassen. Ach übrigens, Rabbi, ich möchte Ihnen noch sagen, wie dankbar wir Ihnen sind, dass Sie sie regelmäßig besuchen.»

Der Rabbi lächelte. «Schon gut. Sie steht auf meiner Liste für die regelmäßigen Krankenbesuche.» Er nickte zu der Uhr im Hintergrund des Betsaals hinüber. «Wollten Sie nicht noch ein paar Worte sagen, Mr. Mandell?»

«O ja, natürlich!» Voller Hemmungen, nach außen hin jedoch resolut, trat Herb Mandell an das Lesepult vor dem Podium. Er wartete einen Moment, bis sich das Stimmengewirr legte, und hielt dann die kleine Ansprache, die er verfasst und gewissenhaft auswendig gelernt hatte. «Als Vorsitzender des Ausschusses möchte ich Sie im Namen der Synagogenbruderschaft herzlich willkommen heißen.» Er hoffe, dass jene, die zum ersten Mal hier seien, sich hier wohl fühlen und aus dem Gottesdienst neue geistige Kraft und Trost gewinnen würden. Weiterhin hoffe er, dass sie von nun an regelmäßig jeden Freitagabend kommen würden. Völlig selbstsicher geworden, wagte er sogar einen kleinen Scherz, der nicht in seinem Text stand, indem er sagte, er hoffe, man werde es nicht für männlichen Chauvinismus halten, dass die Bruderschaft nur einen Abend im Monat übernehme, während der Schwesternschaft die übrigen drei blieben. «Wir bilden uns keineswegs ein, an einem Abend dasselbe tun zu können wie sie in drei. Aber wir sind noch neu auf diesem Gebiet und möchten gern von den Schwestern lernen.» Niemand lachte, aber er glaubte hier und da ein Lächeln zu entdecken. Außerdem wäre es ja wohl unangebracht, hier im Sanktuarium zu lachen, nicht wahr?

Er schloss mit der Ankündigung: «Der Kantor wird nun das Gebet singen: ‹Wie himmlisch sind deine Zelte, o Jacob.›»

Hier auf dem Podium, in voller Sicht der Gemeinde, empfand er es als seine Pflicht, tiefes Interesse am Ablauf des Gottesdienstes zu bekunden, daher verfolgte er den Text in seinem Gebetbuch, fuhr mit dem Finger die Zeilen entlang, als wolle er sich vergewissern, dass der Kantor auch kein Wort ausließ. Von seinem Platz aus vermerkte er so interessante Phänomene wie etwa, dass Mr. Liston einen Tic hatte, dass Mrs. Eigner fast ununterbrochen mit den Damen rechts und links von ihr flüsterte und dass Mrs. Porush schlief. Dennoch gelang es ihm, den Eindruck intensiver Aufmerksamkeit zu erwecken. Später, als der Rabbi aufstand, um seine Predigt zu halten, hielt Herb es für richtig, hier und da zustimmend oder beifällig zu nicken.

Als Rabbi Small zum Ende seiner Predigt kam, erschien Henry Maltzman, blickte sich mit schlechtem Gewissen um und drückte sich dann, ein unsicheres Lächeln auf den Lippen, auf einen Stuhl in der letzten Reihe. Herb Mandell, auf dem Podium, runzelte missbilligend die Stirn. Er fand, Howard Jonas habe Recht, es gehörte sich nicht, dass der Gemeindevorsitzende zu spät zum Gottesdienst kam. Und auch noch um so vieles zu spät! Es war schon Viertel nach neun, und der Gottesdienst dauerte nur noch ein paar Minuten. Er beobachtete Maltzman, bis sich ihre Blicke trafen. Ihm schien, dass der Vorsitzende ganz leicht nickte und dazu anerkennend lächelte. Oder verächtlich? Ganz sicher konnte er es nicht sagen.

Später, beim Imbiss im Andachtsraum, sah er Maltzman, der sich unter die Gemeindemitglieder mischte, noch ein paar Mal. Henry winkte ihm zwar zu, machte aber keine Anstalten, sich ihm zu nähern, um ihm zu gratulieren, wie Mandell es erwartet hatte. Im Gegenteil, es schien beinahe, als gehe er ihm absichtlich aus dem Weg.

Dennoch war es ein erhebender Abend für Herb Mandell gewesen. Als er nach Hause kam, waren seine ersten Worte: «Ich wünschte, du hättest dabei sein können, Molly. Alles hat geklappt wie am Schnürchen.»

«Ach Herb, wie schön für dich!»

«Es tut mir Leid, dass du bei Mutter bleiben musstest. Vielleicht hätten wir doch versuchen sollen, diese Frau zu bekommen, die Mrs. Sletnick uns empfohlen hat.»

«Ach was! Der hätten wir so viel bezahlen müssen wie einer Krankenschwester.»

«Das stimmt allerdings. Hat Mutter Schwierigkeiten gemacht?»

«Sie hat geschlafen wie ein Baby. Und mir hat es wirklich nichts ausgemacht, dass ich zu Hause bleiben musste. Ich musste doch noch den Bericht für die Bank schreiben.»

«Wie weit bist du gekommen?»

«Ich bin fertig.» Sie deutete zum Schreibtisch hinüber.

21

Am Samstagvormittag schaute Gore noch schnell bei den Mandells herein, ehe er zu Jordon fuhr. Als Molly ihm öffnete, erkundigte er sich eifrig: «Was hat er gesagt, als Sie ihm den Bericht gaben?»

«Ich habe ihn gar nicht abgegeben», antwortete Molly. «Ich habe ihn überhaupt nicht gesehen. Als ich kam, war das ganze Haus dunkel.»

«Wirklich? Um wie viel Uhr war das?»

«Kurz nachdem ich mit Ihnen gesprochen habe. Also ungefähr um halb neun.»

«Dann muss er weggegangen sein. Was haben Sie mit dem Bericht gemacht?»

«Ich wollte ihn nicht einfach in den Briefkasten stecken und habe ihn wieder mitgenommen. Das war doch richtig, Mr. Gore. Oder?»

«Aber sicher! Ich bringe ihn jetzt persönlich hin.»

Sie reichte ihm einen festen Umschlag und sah erwartungsvoll zu, wie er die maschinenbeschriebenen Seiten durchblätterte.

«Großartig!», lobte er sie. «Ich bin Ihnen wirklich sehr dankbar, Molly.»

«Aber die Endsumme stimmt immer noch nicht.»

Mit Kennerblick überflog er die Zahlenkolonnen. «Hier steckt der Fehler», verkündete er dann, auf einen Posten deutend. «Das gehört unter die Aktiva, nicht unter die Passiva. Sind Sie sicher, dass ich es mit P markiert habe und nicht mit A?»

Sie schlug den Aktenordner auf. «Das hier? Soll ich die Korrektur mit der Schreibmaschine anbringen? Ich könnte die Zeile übertippen und …»

«Nein, lassen Sie nur.» Er schrieb die Korrektur mit Bleistift hinein. «Ich werde es ihm so zeigen, als Erklärung dafür, dass wir den Bericht nicht pünktlich geliefert haben.»

Von den Mandells aus fuhr er direkt zu Jordon. Als er in

das Grundstück einbog, hörte er eine Autohupe, eindeutig aus Richtung Haus. Während er die Einfahrt hinaufrollte, wurde der Lärm immer lauter, und tatsächlich, vor der Haustür stand ein Wagen. Drinnen saß Martha, das Gesicht wutverzerrt, und drückte unablässig auf die Hupe.

Er stieg aus und ging auf sie zu. «Was ist denn los? Was ist passiert? Wozu der Lärm?»

«Ach, Sie sind's, Mr. Gore.» Ihre Miene entspannte sich, und sie brachte sogar ein kleines, beschämtes Lächeln zustande. «Ich hab noch einen Monat Lohn zu kriegen. Ich hab geklopft und geklingelt, aber es macht keiner auf. Der alte Mistkerl hat sicher gesehen, dass ich es war, und meldet sich mit Absicht nicht. Am liebsten würde ich 'ne Nadel in den Klingelknopf stecken, wie wir es früher als Kinder an Halloween getan haben.»

«Wahrscheinlich ist er gar nicht da.»

«Nein, sehen Sie sich doch die Tür an. Sie ist nur angelehnt. Das würde er bestimmt nicht machen, wenn er fort ginge. Man könnte ohne weiteres hinein.»

Er ging zur Tür, und sie folgte ihm. Er drückte auf die Klingel und hörte es drinnen läuten.

«Sehen Sie? Die Klingel funktioniert. Man hört's sogar hier draußen, nicht wahr?»

Er nickte und klingelte abermals. Während sie warteten, erklärte sie: «Ich wette, er beobachtet uns und wartet nur, bis ich fort bin.»

Er schüttelte ungeduldig den Kopf. Dann fasste er plötzlich einen Entschluss, stieß die Tür auf und trat ein. Martha folgte ihm auf den Fersen. Es dauerte einen Moment, bis ihre Augen sich nach der hellen Morgensonne draußen an das

Dämmerlicht drinnen gewöhnt hatten, wo die Fenstervorhänge noch geschlossen waren. Erst das Summen einer dicken Schmeißfliege lenkte ihren Blick auf Ellsworth Jordon, der wie schlafend in seinem Lehnsessel lag. Nur, dass an der Nasenwurzel, mitten zwischen seinen Augen, eine hässliche Wunde leuchtete, aus der das Blut zu beiden Seiten der Nase bis in die Mundwinkel hinabgeflossen war.

Martha schrie. Gore presste die Lippen zusammen und unterdrückte das Bedürfnis, sich zu übergeben.

«Er ist verletzt!», stöhnte sie. «Der Ärmste ist schwer verletzt! Warum tun Sie denn nichts?»

«Halten Sie den Mund!», fuhr er sie an. Ohne sich von der Stelle zu bewegen, blickte er sich im Zimmer um, sah eine zerbrochene Medizinflasche, die Scherben einer zerplatzten Glühbirne, die durchlöcherte Leinwand des Ölporträts von Jordons Vater an der Wand.

«Wir müssen die Polizei anrufen», flüsterte er heiser. «Ich warte hier. Sie steigen in Ihren Wagen und fahren zur Ecke. Da ist eine Telefonzelle.»

«Können wir nicht von hier aus anrufen?», fragte sie.

«Fingerabdrücke», erwiderte er knapp. «Vielleicht gibt es Abdrücke auf dem Hörer.»

Sobald sie fort war, zwang er sich, auf die Gestalt im Lehnsessel zuzugehen. Mit den Fingerspitzen berührte er die eiskalte Stirn und wischte sich die Finger am Hosenbein ab. Unvermittelt fiel ihm Billy ein. «Billy?», rief er laut. «Sind Sie da, Billy?» Als keine Antwort kam, kicherte er erleichtert.

Er ging aus dem Zimmer und verließ das Haus, zog die Tür hinter sich zu, sorgte aber dafür, dass das Schloss nicht ganz einschnappte. Als er zu seinem Wagen ging, um auf das

Eintreffen der Polizei zu warten, kam ihm ein völlig verrückter Gedanke: dass jetzt niemand mehr beweisen konnte, wer die Wette vom Abend zuvor gewonnen hatte.

22

Während seine Männer im Wohnzimmer arbeiteten, fotografierten, maßen und nach Fingerabdrücken suchten, saß State Detective Sergeant McLure mit einem Polizeistenografen in der Küche – weil es dort einen Tisch gab, auf dem man schreiben konnte – und vernahm Gore. Lanigan und Eban Jennings, sein Lieutenant, hatten ihren Gefechtsstand im Esszimmer eingerichtet, wo sie Befehle ausgaben und Meldungen von ihren Untergebenen entgegennahmen.

Sie waren gerade mit der Einvernahme von Martha Peterson fertig, die sehr niedergeschlagen und verweint war, und hatten sie nach Hause geschickt.

«Glauben Sie ihr die Geschichte, dass die Zimmertür des Jungen abgeschlossen war?», fragte Jennings. «Glauben Sie wirklich, dieser Jordon würde einen jungen Mann von achtzehn Jahren einschließen wie ein Lehrer, der einen Jungen in die Ecke stellt?»

Lanigan zuckte schweigend die Achseln.

«Obwohl er wusste, der Junge würde aus dem Fenster klettern?»

«Das klingt so verrückt, dass es wahr sein könnte», erwiderte Lanigan. «Vielleicht weiß Gore etwas darüber. Wir werden ihn fragen, sobald McLure mit ihm fertig ist.»

«An diesem Fall wirkt einfach alles verrückt, Hugh.»

«Wie meinen Sie das?»

«Nun ja, dieser Jordon soll doch angeblich Millionär sein, nicht wahr?»

«So heißt es jedenfalls in der Stadt. Darüber werden wir von Gore vermutlich auch Näheres erfahren. Aber weshalb?»

«Nun, finden Sie das hier nicht merkwürdig für einen Millionär?»

«Wie meinen Sie das?»

«Also nehmen wir mal das Esszimmer. Sauber ist es, aber die Vorhänge sind ziemlich verschossen, und diese Stühle sind ganz schön abgewetzt. Im Wohnzimmer ist es genau dasselbe.»

«Das kommt vermutlich davon, wenn man eine Haushälterin hat statt eine Ehefrau», meinte Lanigan. «Eine Ehefrau bekniet ihren Mann dauernd, dass er neue Sachen kauft, wenn die alten hinüber sind, aber eine Haushälterin sorgt nur dafür, dass alles sauber ist.»

«Ja, aber das ist es nicht allein. Dieses Haus ist so riesig wie eine Arche, drei Stockwerk hoch, aber alles spielt sich im Erdgeschoss ab. Sieht nicht so aus, als ob die Zimmer in den beiden anderen Etagen überhaupt benutzt worden sind. Das, was früher wohl mal der hintere Salon war, dient ihm jetzt als Schlafzimmer – direkt neben dem Wohnzimmer! Und dieses kleine Zimmer daneben hat er dem Jungen gegeben. Sieht mir verdammt so aus, als wollte er an den Heizkosten sparen.»

«Mag sein», entgegnete Lanigan. «Es heißt, dass er mit dem Geld immer sehr vorsichtig umging. Andererseits hat ihm der Arzt nach seinem Herzanfall vielleicht das Treppensteigen verboten. Und dann wollte er natürlich, dass der Junge unmittelbar in seiner Nähe schlief, falls ihm mal mitten in der Nacht etwas zustoßen sollte. Ich möchte wissen, wo der ist. Das Bett jedenfalls ist unberührt.»

«Vielleicht ist er übers Wochenende weg. Ist ja verständlich, dass er nicht ewig nur mit so einem alten Kerl rumhängen will. Übrigens, diese Martha – hat die nicht im Supermarkt gearbeitet?»

Lanigan nickte. «Ganz recht. Sie hat an der Kasse gesessen.»

Jennings nickte verständnisinnig. «Stimmt, da habe ich sie gesehen. Hübsche Frau. Genau so mag ich sie: ein bisschen kräftig, damit man was in der Hand hat. Aus der könnte ich wohl was machen.»

Lanigan musterte ihn spöttisch. «Ja, natürlich – eine Mutter. Das möchten Sie wohl gerne, wie? Möchte wissen, wie Maude es mit Ihnen aushält.»

«Also, jetzt hören Sie mal, Hugh ...»

«Kannten Sie Celia Johnson? Die hat früher auch mal bei Jordon gearbeitet. Hat einen guten Job aufgegeben, um seine Haushälterin zu werden. Vorher war sie Buchhalterin bei der Wasserkommission. Fünf Tage in der Woche, von neun bis fünf. Bezahlter Urlaub. Krankenversicherung und alles. Rentenversicherung. Und das hat sie aufgegeben, um hier zu arbeiten. Gladys kannte sie, und ich erinnere mich noch, wie Gladys mir erklärte, warum Celia das getan hatte. Sie war damals achtunddreißig und wurde nicht jünger. Da war andererseits ein Mann, der ganz allein lebte ...»

«Und da dachte sie, sie könnte ihn sich schnappen? Heiraten?»

«Ja, sicher. Warum auch nicht?»

«Glauben Sie, dass Martha Peterson auch aus diesem Grund bei ihm war?»

«Nun, sie wird eben auch nicht jünger.»

«Kann aber auch sein, dass ihr die Hausarbeit ganz einfach besser gefällt.»

«Kann sein», gab Lanigan zu. «Aber wenn es so ist, wie ich es mir vorstelle, könnte es sein, dass sie sich von Stanley hier hat abholen lassen wollen, weil sie Jordon eifersüchtig machen wollte. Ihm einen Schubs geben. Ihm zeigen, dass er Konkurrenz hat.»

Jennings begann Interesse zu zeigen. «Und deswegen hat sie die Arbeit hingeschmissen? Weil sie merkte, dass es nicht klappte, dass es keinen Sinn hatte, länger zu bleiben?»

«Oder es war mehr zwischen ihnen als nur dieser Job.»

Eban Jennings' blassblaue Augen blitzten, und sein Adamsapfel hüpfte vor Erregung. «Vielleicht ist sie später zurückgekommen, um sich mit ihm auszusprechen. Oder vielleicht ist sie gar nicht ganz weggegangen, sondern hat draußen irgendwo gewartet, bis sie sicher sein konnte, dass der Alte allein war, und ...»

Dr. Mokely, der Polizeiarzt, steckte den Kopf zur Tür herein und sagte: «Ich bin hier fertig, Hugh.»

«Kommen Sie rein, Fred. Was haben Sie festgestellt?»

«Der Tod ist auf der Stelle eingetreten. Natürlich, bei einem Schuss direkt zwischen die Augen!» Er stellte seine Arzttasche auf den Boden und nahm den Stuhl, den ihm Jennings mit dem Fuß zuschob.

«Pulverspuren?»

«Selbstmord?» Er schüttelte den Kopf. «Unmöglich. Keine Pulverspuren.»

«Äh, Doc …» Jennings ließ seinen Adamsapfel hüpfen. «Dieser Jordon hatte ein schwaches Herz.»

Der Arzt lachte. «Na, an einem Herzanfall ist er nicht gestorben.»

«Woher wissen Sie das?» Jennings war hartnäckig. «Es sind fünf oder sechs Schüsse abgegeben worden, also muss ihn der Letzte getroffen haben.»

«Warum muss es unbedingt der Letzte gewesen sein?», erkundigte sich der Arzt.

«Weil er ihn mitten in die Stirn getroffen hat», erklärte Lanigan. «Der Mörder konnte also sehen, dass er ihn getroffen hatte und dass der Schuss ihn erledigt haben muss. Weshalb sollte er dann noch weiterschießen? Und wenn er keinen Herzanfall gehabt hat, hätte Jordon dann nicht versucht, davonzulaufen und sich zu verstecken, nachdem jemand auf ihn zu schießen versucht hatte?»

«Woher sollte er einen Herzanfall bekommen haben?», fragte der Arzt.

«Nehmen wir an, er schlief», meinte Jennings. «Hätte ihn dann nicht der erste Schuss geweckt?»

«Vermutlich.»

«Na, und hätte er davon nicht einen Herzanfall kriegen können, so aufzuwachen und zu sehen, dass jemand auf ihn schießt?»

«Nun gut», konzedierte der Arzt. «Aber was soll's?»

«Dann wäre er tot gewesen, bevor er tatsächlich von dem letzten Schuss getroffen worden wäre», sagte Jennings triumphierend.

«Wenn man einen Herzanfall hat, stirbt man nicht sofort», erklärte der Arzt. «Und einen Unterschied würde das auch nicht machen. Denn es wäre immer noch Mord, ob er nun starb, weil er getroffen wurde, oder aus Angst, weil jemand auf ihn schoss.»

«Das mag sein», erwiderte Lanigan. «Aber der Verteidiger kann dann mit ein paar ganz schönen Haken und Ösen kommen. Können Sie bei der Autopsie die Todesursache genau feststellen?»

«Das möchte ich bezweifeln. Wenn eine längere Zeit vergangen wäre zwischen dem ersten Schuss, der in ihm Angst und somit einen Herzanfall hätte auslösen können, und dem letzten, der ihn tatsächlich traf, könnte man es vielleicht feststellen – eventuell an der Menge der Blutung. Aber so, wie die Dinge hier liegen, muss der Mörder die Schüsse in schneller Folge abgegeben haben, etwa wie eine Frau, die mit geschlossenen Augen zielt und dann losballert, bis die Waffe leer ist. Dann lägen nur Sekunden zwischen dem ersten und dem letzten Schuss, und ich glaube kaum, dass man bei der Autopsie etwas finden würde. Und was den Schuss angeht, der ihn getroffen hat ...» Er zuckte die Achseln. «Kann sein, dass er in diesem Lehnsessel lag und von den Schüssen erwachte. Er beugt sich vor, um aufzustehen, bekommt die Kugel zwischen die Augen, und der Aufprall schleudert ihn wieder zurück.»

«Können Sie das am Aufschlagwinkel feststellen?», fragte Lanigan.

«Glaube ich kaum», antwortete der Arzt. «Die Kugel wird durch den Knochen abgelenkt worden sein, und außerdem wissen wir nicht, ob er lag oder saß, und in welchem Winkel.»

«Na, sehen Sie mal, was da zu machen ist. Was ist übrigens mit der Todeszeit?»

Der Arzt lächelte. «Oh, die kann ich ihnen genau nennen. Es war Punkt zwanzig Uhr neunundzwanzig.»

«Wie können Sie …» Dann begann der Chief auch zu lächeln. «Ach so, die Uhr! Aber nehmen wir an, die Uhr wäre nicht von einer Kugel getroffen worden?»

Der Arzt lächelte breit. «Dann würde ich sagen, zwanzig Uhr dreißig.»

«Oh, ein Witzbold!», stöhnte Jennings.

Der Arzt grinste. «Ich geb ihnen Nachricht, sobald ich mit der Autopsie fertig bin.»

23

«Aber es ist Sabbat», protestierte Miriam.

«Es ist wirklich wichtig», entgegnete Mrs. Mandell. «Ich habe die ganze Nacht kein Auge zugetan. Ich dachte, ich würde verrückt.»

«Hat es denn nicht Zeit bis morgen?»

«Nein, auf gar keinen Fall! Ich muss ihn heute sprechen.»

«Tja, im Augenblick ist er zur Morgenandacht in der Synagoge, und …»

«Ach ja, natürlich.» Sie ließ sogar eine Spur von Sarkasmus anklingen. «Ich will ja auch nicht, dass Sie rüberlaufen und ihn aus dem Gottesdienst holen, aber ich wollte nur ganz sichergehen, dass er heute Nachmittag zu mir kommt. Ich meine, ich wollte früh genug anrufen, bevor er andere Termine verabredet.»

«Der Rabbi verabredet am Sabbat keine Termine, Mrs. Mandell. Er arbeitet nicht am Sabbat, es sei denn, es handelt sich um einen Notfall.»

«Ja, aber dies *ist* ein Notfall.»

«Na schön, ich werd's ihm sagen, sobald er nach Hause kommt.» Miriam legte auf, verärgert und empört, und wünschte, David hätte es sich, wie die meisten seiner orthodoxen Kollegen, von vornherein zur Regel gemacht, am Sabbat das Telefon nicht abzunehmen.

Obwohl das Gebot, die Kranken zu besuchen und zu trösten, allen Juden auferlegt worden war, erwartete die Gemeinde von ihrem Rabbi, dass er diese Funktion für sie übernahm und gönnte ihm die Anerkennung für diese *mitzwe* von Herzen. Ein Altruismus, von dem Rabbi Small nicht sehr viel hielt.

Rabbi Small versuchte sich gar nicht erst einzureden, dass er diese seelsorgerischen Krankenbesuche gern machte. Aufgrund seiner angeborenen Zurückhaltung, fand er, sei er nicht der Richtige dafür. Es fiel ihm schwer, die gezwungene Munterkeit an den Tag zu legen, die ihm diese Situation zu erfordern schien, den Kranken zu versichern, sie sähen gut aus, während das in Wirklichkeit nicht der Fall war. Obwohl er Mitgefühl für sie aufbrachte, wenn sie von ihren Leiden und Schmerzen erzählten, wurde er jedes Mal ungeduldig, wenn sie dann anfingen, ihre damit verbundenen Beschwerden aufzuzählen: über den Arzt, der kein Interesse für ihren Fall hatte, über die Krankenschwester, die nachlässig war, über die Mitglieder ihrer Familie, die überhaupt keine Rücksicht nahmen.

Und der unangenehmste Punkt auf seinem Terminkalender war immer der allwöchentliche Besuch bei Mrs. Mandell. Im Gegensatz zu den anderen Kranken, die im Bett lagen oder, wenn sie sich hinsetzen durften, Pyjama und Bademantel trugen, kam sie jedes Mal voll angekleidet, das graue Haar gekämmt, gebürstet und zartlila getönt, ins Wohnzimmer herunter. Sie war eine große, füllige Frau mit rundem Gesicht, das keinerlei Anzeichen von Krankheit verriet. Wenn er bemerkte, sie sähe gut aus, lächelte sie traurig und schüttelte den Kopf. «Jetzt vielleicht», entgegnete sie dann, «aber Sie hätten mich heute Nacht sehen sollen, als ich meinen Anfall hatte. Da hab ich gedacht, mein letztes Stündlein sei gekommen.»

Doch dies war keiner seiner regulären Besuche. Es sei ein Notfall, hatte sie gesagt. Deswegen war er ein wenig aufgebracht, als es aussah, als nähme alles seinen gewohnten Verlauf. «Ich habe die ganze Nacht kein Auge zugetan, Rabbi», klagte sie.

«Aber wie Sie immer sagen, ist das doch nichts Ungewöhnliches bei Ihnen. Gibt es einen besonderen Grund, warum Sie mich ausgerechnet heute sprechen wollten? Hatte das nicht Zeit bis morgen?»

«Nein, denn morgen wären DIE BEIDEN wieder hier. Heute sind DIE BEIDEN weggefahren, Freunde besuchen, und kommen erst am Abend wieder zurück.»

Bei seinen früheren Besuchen hatte er erfahren, dass in ihrem Sprachgebrauch ihr Sohn immer ‹mein Herbie›, ihre Schwiegertochter ‹SIE› und Sohn und Schwiegertochter zusammen DIE BEIDEN waren.

«Und?»

«Also, Rabbi, ich muss zunächst einmal gestehen, dass ich dagegen war, als mein Herbie heiraten wollte.»

Seine Lippen zuckten, aber er erwiderte ruhig: «Waren Sie gegen die Heirat als Institution oder gegen das Mädchen, das er sich ausgesucht hatte?»

«Nun, ich fand, er sollte lieber noch ein bisschen warten.»

«Aber er ist ein erwachsener Mann. Er ist über dreißig.»

«Er war damals sechsunddreißig. Jetzt ist er achtunddreißig. Nachdem er also so lange gewartet hatte, meinte ich, er könnte noch ein bisschen länger warten, bis das richtige Mädchen kam. Ich fand, sie war nicht die Richtige für ihn.» Betrübt schüttelte Mrs. Mandell den Kopf. «Sie behauptet, dreißig zu sein, aber ich glaube eher, dass sie zwei- oder dreiunddreißig ist. Für eine Frau ist das gar nicht mehr so jung. Mein Herbie ist groß und sieht gut aus. Er hätte so viele Mädchen haben können, wie er wollte ...»

«Aber er hat dieses gewählt», sagte der Rabbi mahnend.

«Wirklich, Rabbi? Oder hat SIE ihn gewählt?»

Er lächelte. «Das kommt letztlich auf dasselbe heraus, nicht wahr? Die beiden sind doch glücklich, oder? Das ist die Hauptsache.»

«Na ja, ich glaube schon, dass SIE glücklich ist.»

«Und er nicht?», erkundigte sich der Rabbi lächelnd.

«Wie könnte er? SIE hat einen ... einen Putzlumpen aus ihm gemacht. Nur weil er ein bisschen früher nach Hause kommt, muss er das Abendessen machen und den Tisch decken. Und hinterher muss er ihr beim Geschirrspülen helfen. SIE beherrscht ihn ganz und gar. Und SIE knutscht mit ihm – vor meinen Augen!»

Der Rabbi riss die Augen auf.

«Ich meine, SIE küsst und streichelt ihn wie ein Kätzchen. Ist das eine Art, sich zu benehmen, für eine verheiratete Frau?»

«Es beweist doch nur, dass sie ihn liebt, nicht wahr?»

«Wirklich, Rabbi? Oder beweist es einfach, dass SIE die Männer liebt?»

«Was wollen Sie damit sagen, Mrs. Mandell?», fragte der Rabbi kalt.

Doch Mrs. Mandell ließ sich davon nicht abschrecken. «Gestern Abend musste mein Herbie zur Synagoge.»

«Ich weiß. Er war Aussschussvorsitzender.»

«Also, nun darf ich abends nicht allein bleiben. Weil nämlich die Gefahr besteht …»

«Ja, ja. Sie haben es mir erklärt.»

«Wenn DIE BEIDEN also gemeinsam wegfahren, sorgt mein Herbie dafür, dass eine Frau kommt und bei mir bleibt.» Sie lächelte ironisch. «Mutter-Sitter nennt er es.» Mrs. Mandell senkte die Stimme. «Gestern Abend hat SIE sich freiwillig bereit erklärt, hier zu bleiben. Sie hätte was für die Bank zu tun, hat SIE behauptet.» Ihr Mund verzog sich zu einem verächtlichen Lächeln. «Was für eine Art Arbeit würde eine Bank wohl von einer Angestellten nach Dienstschluss verlangen, Rabbi? Und sollte man nicht meinen, eine Frau wollte dabei sein, wenn ihr Mann geehrt wird? Aber mein Herbie ist zu vertrauensvoll. Und, um die Wahrheit zu sagen, ich dachte mir auch nichts dabei. Ich bin gegen acht ins Bett gegangen, wie üblich, und dann habe ich ein bisschen gedöst. Schlafen tue ich nie.»

«Ich weiß.»

«Ungefähr eine halbe Stunde später, wahrscheinlich gerade, als der Gottesdienst anfing, wurde ich wach, weil das Telefon klingelte. SIE sprach ein paar Minuten, und dann hörte ich, wie SIE die Treppe heraufkam, um nachzusehen, ob ich schon schlafe. Also stellte ich mich schlafend. SIE schaute zu mir herein und schlich auf Zehenspitzen wieder nach unten. Dann verließ SIE das Haus, und ich hörte ihren Wagen starten. Ich stieg aus dem Bett und sah, wie SIE wegfuhr. Was halten Sie davon, Rabbi?»

Der Rabbi war verdutzt. «Sie meinen, weil sie sich einverstanden erklärt hatte, bei Ihnen … Was sagte Ihr Sohn, als er nach Hause kam und sie nicht da war?»

«Oh, da war SIE schon wieder zurück. SIE kam ungefähr nach einer halben Stunde und schaute noch einmal zu mir herein.»

«Und da haben Sie wieder getan, als schliefen Sie?»

«Natürlich. Mein Herbie weiß noch nichts, wenn SIE es ihm nicht gesagt hat. Und darauf können Sie sich verlassen, dass SIE das nicht getan hat.»

«Wieso können Sie so sicher sein?»

«Weil er sonst außer sich wäre. Wissen Sie, es besteht nämlich die Gefahr …»

«Ja, ja, ich weiß», sagte er hastig.

«Dann können Sie ja wohl verstehen, warum ich letzte Nacht kein Auge zugetan habe, Rabbi. Den ganzen Tag bin ich fürchterlich aufgeregt gewesen. Wohin ist SIE gefahren? Mit wem hat SIE sich getroffen?»

«Warum muss sie unbedingt jemanden getroffen haben? Vielleicht wollte sie nur eine Zeitschrift holen oder Zigaretten.»

«Um halb neun? Da sind alle Geschäfte zu. Und was ist mit dem Anruf?»

«Der braucht gar nichts damit zu tun zu haben, dass sie anschließend weggefahren ist. Oder es kann eine Freundin von ihr gewesen sein.»

«Und SIE ist hingefahren, um sich ein Kochrezept zu holen? Nein, Rabbi, derjenige, der da angerufen hat, das war ein Mann, und SIE hat sich mit ihm getroffen. Was soll ich tun, Rabbi? Was soll ich tun?»

Der Rabbi atmete tief durch. «Ich glaube, Sie haben mir mal erzählt, dass Sie eine Schwester drüben im Westen haben …»

«In Arizona. Sie will schon lange, dass ich sie mal besuche.»

«Dann sollten Sie das jetzt tun, Mrs. Mandell. Das Klima ist bestimmt gut für Sie.»

«Und meinen Herbie nichts ahnend, vertrauensselig hier zurücklassen, während SIE ihn betrügt?»

«Mrs. Mandell, sie betrügt Ihren Sohn nicht. Es ist schlimm, so etwas von einer ehrbaren, verheirateten Frau zu behaupten, vor allem von der eigenen Schwiegertochter.»

«Ach, Sie sind genau wie die anderen», sagte sie voller Verachtung. «Was Sie nicht persönlich betrifft, kehren Sie unter den Teppich und tun so, als existiere es gar nicht.» Sie musterte ihn mit listigem, berechnendem Blick. «Aber wenn ich Ihnen nun sage, dass es Sie doch betrifft?»

«Wieso sollte es mich betreffen?»

«Weil SIE eine Verschwörung gegen Sie angezettelt hat. Was sagen Sie nun?», fragte sie giftig. «Ich habe gehört, wie SIE mit Henry Maltzman, dem Vorsitzenden, am Telefon beraten hat, wie man Sie loswerden könnte. Schon oft. Was sagen Sie dazu? Na?»

«Ich sage, Sie sollten Ihre Schwester in Arizona besuchen», antwortete er energisch.

«Und jetzt erzählen Sie uns mal, was gestern Abend geschehen ist», schlug Lanigan freundschaftlich vor, als Lawrence Gore Platz genommen hatte.

«Aber ich hab doch dem Sergeant schon alles erzählt», protestierte Gore. «Und ein Polizist hat alles mitstenografiert.»

«Ja, das war eine offizielle Aussage, die Sie gemacht haben», erklärte Lanigan. «Sergeant McLure ist State Detective, und die haben ihre Vorschriften. Aber wir sind die Stadtpolizei, und wir möchten es auch von Ihnen selbst hören, statt nur das zu lesen, was der Stenograf in die Schreibmaschine überträgt.»

«Damit Sie die beiden Aussagen vergleichen und mich fertig machen können, wenn sich Diskrepanzen ergeben?»

Lanigan lächelte. «So ähnlich.»

«Na schön», sagte Gore ergeben. «Ich war zum Abendessen eingeladen.»

«Gehen Sie oft hin?», erkundigte sich Jennings.

«Nein. Bis dahin nur einmal, vor ein paar Monaten. Aber Jordon ging fast jeden Donnerstagabend in den Club, den *Agathon*, und wenn ich auch hin wollte, holte ich ihn ab und brachte ihn wieder nach Hause. Er fuhr nicht gern selbst, vor allem nicht im Dunkeln. Aber dann hielt ich nur vor der Tür und hupte, und dann kam er raus. Aber gestern rief ich ihn an, um ihm zu sagen, dass ich das Peter-Archer-Silber zum Museum nach Boston bringen wollte – sicher haben Sie davon gehört –, und dass es die letzte Gelegenheit sei, wenn er wollte, dass seine Suppenterrine ausgestellt wurde.

Er sagte mir, ich könne sie abholen, und lud mich zum Dinner ein.»

Gore erzählte seine Geschichte ohne weitere Unterbrechungen. Dabei ging er zwar sehr ins Detail, erwähnte aber nichts von Mollys Fahrt zu Jordons Haus, weil er es ja nicht persönlich gesehen hatte, und außerdem war das ja gewesen, nachdem der Mord geschehen war. Erst als Gore fertig war, begannen sie ihn auszufragen.

«Als Sie wegfuhren, war da der Junge noch auf seinem Zimmer?», erkundigte sich Lanigan.

«Jordon hatte ihn nicht herausgelassen», antwortete Gore achselzuckend. «Und da er nicht mehr da ist, muss er irgendwie ausgerissen sein …»

«Woher wissen Sie das?», fragte Jennings rasch.

«Als ich heute Morgen herkam, rief ich nach ihm. Und bekam keine Antwort. Dann habe ich an seine Tür geklopft und gelauscht …»

«Haben Sie sie geöffnet?»

«Natürlich nicht», sagte Gore. «Das hätte bedeutet, Beweismittel zu zerstören, und …»

Lanigan unterbrach ihn. «Sie meinen also, da er ausgerissen ist, hätte er das jederzeit tun können, vielleicht sogar, während Sie noch da waren und sich mit dem Alten unterhielten?»

«Möglich wäre es», gab Gore zu.

«Was wissen Sie über ihn», fragte Lanigan.

Gore breitete die Hände aus, um Nichtwissen anzudeuten. «Nicht viel. Jordon sagte mir, er habe Probleme, und wollte nicht, dass er zu hart rangenommen wurde. So hat er's ausgedrückt. Was für Probleme, hat er nicht gesagt. Der Junge hat die höhere Schule absolviert und keine Vorstrafen, deswegen habe ich ihn genommen. Er schien mir ein guter Kerl zu sein, obwohl er sehr in sich gekehrt war. Ich wüsste nicht, dass er Freunde hier in der Stadt hätte. Er hat seine Arbeit gut gemacht, und ich mochte ihn. Von seiner Familie und seiner Vergangenheit hat er nie etwas erzählt. Vielleicht hat Jordon ihm gesagt, dass er nichts erzählen soll. Aber ich habe auch nicht weiter gefragt. Ach ja, einmal sagte er, sein Vater sei im Krieg gefallen. Da er zu alt war, um während des Vietnamkriegs geboren zu sein, und nicht alt genug, um während des Koreakriegs geboren zu sein, fragte ich ihn, in welchem Krieg. Und er sagte, im Suez-Feldzug. Also, das war, als England und Frankreich Israel gegen Ägypten halfen. Sicher, sein Vater hätte auch Engländer oder Franzose sein können. Aber er hätte auch Israeli sein können, und da ich Jordons Einstellung den Juden gegenüber kannte, habe ich nicht weiter gefragt.»

«Wie war seine Einstellung den Juden gegenüber denn?», fragte Lanigan.

«Ich bin Bankier», sagte Gore, «für mich ist das Geld des einen so gut wie das des anderen. Deswegen spreche ich nie über Religion, und mit Jordon hab ich das auch nicht getan. Ein- oder zweimal habe ich ihm Vorwürfe gemacht, weil es mit seinen Geschäftsinteressen kollidierte, zum Beispiel, als er ein Grundstück nicht abgeben wollte, das die Leute von der Synagoge gerne gekauft hätten, oder einmal, als Henry Maltzman einen Kunden für ein Stück Land hatte. Aber dann sagte er immer nur, er denke nicht daran, es ihnen noch leichter zu machen. Ich glaube, er mochte sie einfach nicht.» Er lächelte. «Das hat ihn aber nicht daran gehindert, meine Sekretärin gelegentlich zu belästigen, obwohl er wusste, dass sie Jüdin ist. Sie hat ihn als schmutzigen, alten Mann bezeichnet.»

«Ist das die, die Sie auf dem Weg nach Boston angerufen haben?», erkundigte sich Jennings.

«Hm-hm.»

«Na schön.» Lanigan blickte von den Notizen auf, die er sich gemacht hatte. «Ich glaube, das wär's. Ach ja, was ist mit dem Revolver?»

«Das ist einer von den dreien, die ich für die Bank gekauft habe, je einen für jede Kasse.»

«Wieso?», fragte Jennings. «Ich dachte, so was machen die Banken heutzutage nicht mehr. Ich dachte, die hätten jetzt bewaffnete Wachen.»

«Das ist richtig. Aber wir haben keine bewaffneten Wachen. Und die Kassierer haben strengste Anweisung, sie nicht zu benutzen.»

«Ja, aber warum haben Sie sie dann überhaupt?»

«Weil eine Waffe den Männern ein Gefühl der Sicherheit verleiht. Wenn jemand kommt und die Bank ausrauben will, erwartet man nicht, dass sie die Helden spielen. Aber falls alles außer Kontrolle gerät und jemand wild in der Gegend rumballert …»

«Warum haben Sie den Revolver dann nicht mitgenommen, als Sie gingen?», fragte Lanigan.

«Weil ich keinen Waffenschein habe.»

«Wieso?», fragte Jennings. «Ein Meisterschütze wie Sie, und außerdem Bankier?»

Gore lächelte. «Eben aus diesem Grund. Ich könnte mich genötigt fühlen, die Waffe zu gebrauchen, und später würde ich es dann bereuen. Deswegen umgehe ich diese Möglichkeit, indem ich keinen Waffenschein beantrage. Ich wollte Sie am Montagmorgen anrufen, damit Sie jemanden schicken und die Waffe wieder zur Bank bringen lassen.»

«Zu schade, dass Sie nicht gestern Abend angerufen haben, sobald Sie merkten, dass der Junge sie mitgenommen hatte. Dann wäre Jordon jetzt vielleicht noch am Leben.»

25

«War es etwas Ernstes? War es wirklich ein Notfall, David?», fragte Miriam, als der Rabbi nach Hause kam.

Er schüttelte den Kopf. «Nichts als die krankhafte Phantasie einer einsamen und verbitterten alten Frau.» Er lächelte. «Unter anderem beschuldigte sie ihre Schwiegertochter, ein Komplott gegen mich angezettelt zu haben. Kennst du sie überhaupt?»

«Molly Mandell? Na ja, ich sehe sie, wenn ich am Ersten des Monats deinen Scheck zur Bank bringe, und dann sehe ich sie gelegentlich bei Zusammenkünften der Schwesternschaft. Sie kann manchmal ganz schön freimütig sein, vor allem, wenn es die Rechte der Frauen angeht. Nach allem, was ich gehört habe, zählt sie nicht zu deinen Verehrerinnen.» Sie zögerte; dann fügte sie hinzu: «Es heißt, die Mandells sind mit den Maltzmans befreundet.»

«Was ist so schlimm daran?»

«Schlimm? Gar nichts, glaube ich, aber es ist doch merkwürdig, weil die Maltzmans so viel älter sind als die Mandells.»

«Und was hat das, deiner Ansicht nach, zu bedeuten?»

«Nun ja, Henry Maltzman mag dich nicht, David. Das

merke ich jedes Mal, wenn er herkommt. Spürst du das nicht?»

«Doch, ich habe es bemerkt. Wie du gesagt hast, er hat sich verhalten wie die Offiziere, vor allem wie die unteren Offiziersgrade, als ich Kaplan in der Army war. Und Henry Maltzman ist auch heute noch ganz Offizier. Die gaben damals zähneknirschend zu, dass wir vom Chaplain's Corps wohl dazu beitrügen, die Moral der Truppe aufrechtzuerhalten, und dass wir daher bis zu einem gewissen Grade nützlich seien. Davon abgesehen jedoch gab es überhaupt keine Verständigung. Ich glaube, sie ärgerten sich darüber, dass sie uns keine Befehle geben konnten, obwohl sie einen höheren Dienstgrad hatten. Genau wie, glaube ich, beim Medical Corps. Ein Captain von den Medizinern erzählte mir einmal, dass er jedes Mal, wenn er einem Colonel von der Infanterie befohlen hätte, das Hemd auszuziehen, er mindestens eine Minute abgewartet hätte, bis das Zähneknirschen abklang und er etwas durchs Stethoskop hören konnte. Ja, ich glaube, Henry Maltzman würde einen willfährigeren Rabbi vorziehen. Er würde vielleicht sogar versuchen, etwas in dieser Hinsicht zu unternehmen. Überraschen würde mich das nicht.»

«Und was willst du dagegen tun?»

«Gar nichts», antwortete er schlicht. «Ich kann nichts tun.»

Sie ärgerte sich über ihn. «Soll das heißen, dass du aufgibst? Du hast schon früher mal Schwierigkeiten mit Vorsitzenden gehabt, aber da hast du dich gewehrt, und …»

«Diesmal ist es etwas anderes», entgegnete er.

«Wieso ist es anders?», wollte sie wissen.

«Jetzt haben sie einen Vorstand mit nur fünfzehn Mitgliedern, und da genügen acht Stimmen, um meinen Vertrag nicht zu verlängern.» Er lächelte bedrückt. «Vielleicht habe ich mich selbst in die Falle manövriert, als ich den Vertrag auf Lebenszeit ablehnte. Obwohl, selbst wenn ich einen lebenslangen Vertrag hätte, könnten sie mich immer noch ganz einfach loswerden, indem sie für etwas stimmen, das ich auf gar keinen Fall dulden kann. Aber jetzt ist es eben noch leichter für sie.»

«Und du willst nichts unternehmen?»

«Was kann ich tun? Die einzelnen Vorstandsmitglieder bitten, mich nicht zu feuern? Und wie wäre meine Position dann?»

«Was willst du denn aber unternehmen?», fragte sie ihn verzweifelt.

Er lächelte ein wenig. «Ich glaube, diesmal werde ich mein Schicksal in Gottes Hand legen und das Beste hoffen.»

26

«Ich hasse diese Art von Fällen», erklärte State Detective Sergeant McLure. «Die können sich monatelang hinziehen, und wir stehen trotz allem mit leeren Händen da. Oder wir sind hundertprozentig sicher, wer es war, und der District Attorney findet, dass wir nicht genug Beweise haben, um den Fall vor Gericht zu bringen.»

«Was ist so Besonderes an diesem Fall?», fragte Jennings verärgert, als mache McLure, der Mann aus der Großstadt, eines der einheimischen Produkte schlecht. Überdies war die Frage eher rhetorisch gemeint, denn eine Antwort von McLure interessierte ihn nicht. Sie saßen mit Lanigan am

Esszimmertisch in Jordons Haus. Alle drei schlapp, entspannt und träge nach den Aufregungen und der hektischen Arbeit des Tages.

«Nun, wenn es ein Profi-Job wäre, wüssten wir entweder, wer etwas gegen das Opfer hatte, und dann brauchten wir nur noch das Alibi zu knacken – denn diese Sorte hat immer ein gutes Alibi –, oder wir bringen jemanden zum Reden. Wenn man einen ganzen Stall voll Informanten hat, kann man dabei ganz gut fahren. Andererseits, wenn es ein Amateur war, dann hängt alles nur davon ab, herauszufinden, wer das Opfer aus tiefstem Herzen gehasst hat. In diesem Fall aber war das Opfer, soweit ich feststellen konnte, ein ziemlich unangenehmer Zeitgenosse. Und jeder, der gestern Abend hier im Haus war, hätte den Wunsch haben können, ihn umzubringen, weil er mit jedem von ihnen Streit hatte. Ganz zu schweigen von dem Mann, der ihn vorher angerufen hat. Oder es hätte jemand ihn aufsuchen können, dessen Name überhaupt noch nicht aufgetaucht ist.»

«Da mögen Sie Recht haben», bestätigte Lanigan. «Aber …»

«Und noch etwas», fuhr McLure fort. «Nehmen Sie nur mal die Waffe. Gewöhnlich gibt sie uns einen Hinweis. Oder wir haben das Geschoss, und wenn man das mit einer bestimmten Waffe vergleicht, hat man den Fall praktisch in der Tasche. Aber hier lag die Waffe für alle sichtbar auf dem Tisch. Und falls diese Martha zurückgekommen ist, oder ihr Freund oder dieser Mann, der angerufen hat, oder Billy, der junge Mann – na ja, da lag sie – sozusagen griffbereit.»

«Ja, aber andererseits hat hier offensichtlich jemand losgeballert», wandte Jennings ein. «Der Doc sagt, es war, als hätte eine Frau mit geschlossenen Augen abgedrückt, bis die Waffe leer war. Das erscheint mir logisch.»

«Aber es hätte auch ein Jugendlicher sein können, der verrückt ist nach Waffen, aber nichts davon versteht», erwiderte McLure. «Oder nehmen wir mal diesen Stanley …»

«Stanley nicht», protestierte Jennings voll Überzeugung. «Der fährt jedes Jahr nach Maine hinauf und kommt mit einem Stück Rotwild zurück.»

«Ja, aber er trinkt doch wohl eine Menge. Und wenn er sich erst hat voll laufen lassen …»

«Wie viel Uhr ist es?», erkundigte sich Lanigan plötzlich.

«Gleich sechs», antwortete Jennings. «Warum?»

Statt einer Antwort griff Lanigan nach dem Telefon und wählte. Dann sagte er: «Miriam? Hier Hugh Lanigan. Ist David da?»

«Er ist bei der Abendandacht in der Synagoge.»

«Ach so! Ich dachte, da es nach Sonnenuntergang ist, könnte ich ruhig bei euch anrufen.»

«Das ist richtig. Aber dann beginnt erst die Andacht. Sie dauert ungefähr fünfzehn bis zwanzig Minuten. Und dann kommt er natürlich zu Fuß nach Hause. Soll ich ihm sagen, dass er Sie anruft, wenn er da ist?»

«Vielleicht können Sie mir auch Auskunft geben. Sind Sie gestern Abend beim Gottesdienst gewesen?»

«Ja, natürlich. Ich gehe jeden Freitagabend hin.»

Lanigan machte Jennings ein Zeichen, der den zweiten Hörer aufnahm und sich einen Schreibblock heranzog. «War Henry Maltzman auch da?»

«Ich glaube schon. Ja, bestimmt. Warum?»

«Und Stanley Doble? War der da?»

«Den habe ich nicht gesehen, aber das wäre auch unwahrscheinlich, weil er unten im Andachtsraum bei den Vorbereitungen für den anschließenden Imbiss ausgeholfen hat. Wieso? Ist was nicht in Ordnung?»

«Nur Routine, Miriam. Vielen Dank.»

Nachdem er Zeit und Datum notiert hatte, riss Jennings das Blatt vom Block und heftete es in den immer dicker werdenden Aktenordner dieses Falles.

«Wenn der Arzt die Todeszeit mit halb neun bestätigt, scheidet Henry Maltzman aus», sagte Lanigan. «Wie ich erwartet hatte, war er gestern Abend in der Synagoge. Der Gottesdienst hat um halb neun angefangen.» Er straffte die Schultern und richtete sich auf, als wolle er andeuten, die Erholungspause sei nun vorüber und man müsse sich wieder ans Werk machen. «Also, sehen wir mal, was zunächst zu tun ist. Als Erstes müssen wir das Unwahrscheinliche eliminieren, um keine unnütze Zeit zu verschwenden. Nicht nur Maltzman, auch Gore scheint ein recht gutes Alibi zu haben. Er sagt, er habe an der Tankstelle gehalten, um ungefähr zu dem in Frage kommenden Zeitpunkt zu telefonieren. Er hat aus dem Büro der Tankstelle angerufen, also wird sich der Tankwart vielleicht erinnern. Fragen Sie Mrs. Mandell nach dem Anruf. Vielleicht erinnert sie sich an die Zeit. Wenn er sauber ist, brauchen wir uns um ihn nicht weiter zu kümmern. Okay?»

«Ja, aber dieser Maltzman, der ist vielleicht früher dort gewesen und hat irgendwas gesehen oder gehört», meinte McLure. «Den würde ich gerne danach fragen.»

«Okay, dann übernehmen Sie das. Aber der ist ein harter Brocken. Er war Captain bei den Marines …»

«Ich habe reichlich Erfahrung mit harten Brocken», behauptete McLure, «und beim Militär war ich einfacher Soldat, deswegen macht es mir besonderen Spaß, mich mit Offizieren zu befassen.»

Lanigan zwinkerte seinem Lieutenant zu. «Na schön, dann nehmen wir uns die anderen vor. Zunächst und vor allem Martha Peterson.»

Jennings öffnete den Aktenordner und suchte die Notizen von ihrer Befragung heraus. «Sie behauptet, gegen sieben weggegangen zu sein, und als sie die Straße erreicht hatte, sei gleich ein Bus gekommen. Sie sei in der Midland Street ausgestiegen und die zwei Häuserblocks bis nach Hause zu Fuß gegangen. Sie beschloss, daheim zu bleiben, und machte sich etwas zu essen. Stanley kam gegen halb acht zu ihr. Sie sagt, dass sie ihn nicht eingelassen hat. Sie hat dann ferngesehen und ist gegen elf ins Bett gegangen.»

«Klingt eigentlich glaubhaft», meinte McLure. «Stört Sie irgendwas daran? Glauben Sie, dass sie vielleicht später noch mal hergekommen ist? Hat sie ein Auto?»

«Das war in der Werkstatt. Aber sie hätte einen Bus nehmen können», erklärte Jennings.

«Man könnte sich bei den Busfahrern erkundigen», schlug McLure ein wenig zweifelnd vor. «Oder vielleicht bei den Nachbarn ...»

«Was mir irgendwie komisch vorkommt, ist die Tatsache an sich, dass Martha bei Jordon Haushälterin war», meinte Lanigan. «Sie hatte einen guten Job als Kassiererin im Supermarkt. Einen bequemen Job. Jedenfalls sitzt man dabei, statt den ganzen Tag auf den Beinen zu sein. Vierzig-Stunden-Woche, wahrscheinlich mit bezahltem Urlaub. Meiner Ansicht nach hat er ihr etwa hundert Dollar die Woche eingebracht. Also, warum sollte sie so etwas aufgeben, um Jordons Haushälterin zu werden? Der war ziemlich sparsam mit seinem Geld, deswegen glaube ich kaum, dass er ihr mehr bezahlt hat als der Supermarkt. Sie musste gegen acht Uhr hier sein und arbeitete, bis alles Geschirr abgewaschen war, und das war bestimmt nicht vor sieben Uhr abends. Und weil sie auch kochen musste, hat sie zweifellos sieben Tage in der Woche gearbeitet, mindestens aber sechs. Warum? Ist sie vom Supermarkt entlassen worden, oder hat sie gekündigt, um bei Jordon zu arbeiten?»

«Es gibt Frauen, die lieber einen Haushalt führen, als in einem Geschäft zu arbeiten», meinte Jennings.

Lanigan nickte. «Sicher. Und sie bekam ihre Mahlzeiten, und tagsüber konnte sie sich ihre Zeit nach Belieben einteilen. Andererseits hat Jordon ihr vielleicht vorgespiegelt, sie könne eines Tages Mrs. Jordon werden. Gores Erklärung, Jordon hätte ihre Widerworte geduldet, weil es ihm gefiel, wenn jemand selbstbewusst war, kaufe ich ihm nicht ab. Für mich klingt das eher wie das Verhalten von zwei Verliebten. Und diese ganze Sache mit Stanley hätte nur dazu dienen können, das Interesse des Alten anzuheizen, indem sie ihn eifersüchtig machte. Und als sie ihm ihren Schlüssel zurückgab, war das vielleicht, weil sie eingesehen hatte, dass sie keine Chance bei dem Alten hatte und das Spiel aus war. Und nachdem sie zu Hause war, hat sie möglicherweise ein bisschen nachgedacht und ist dann zurückgefahren, um die Sache mit ihm ins Reine zu bringen, da sie wusste, dass Billy mit Gore nach Boston wollte, und er allein sein würde. Der Alte konnte ziemlich widerlich werden, und ich kann mir gut vorstellen, wie er da in seinem Sessel lag und sich ins Fäustchen lachte, als die junge Frau merkte, dass sie reingelegt worden war. Na ja, da lag der Revolver …»

«Junge, Sie haben den falschen Beruf ergriffen», sagte McLure. «Sie hätten stellvertretender District Attorney werden und vor einer Jury plädieren sollen. Ist Ihnen klar, dass Sie kein einziges Faktum haben, um Ihre Story zu beweisen?»

«Nun, da wären diese vielen Schüsse», entgegnete Lanigan. «Und die Tatsache, dass sie am nächsten Morgen gleich wieder dort war und die Leiche als Erste entdeckte.»

«Ach so, Sie spielen auf den alten Spruch an, dass es den Verbrecher an den Ort seiner Tat zurückzieht!», sagte McLure sarkastisch.

«Mit der geheimnisvollen Anziehungskraft, die ein Tatort für den Verbrecher haben mag, kenne ich mich nicht aus, aber mir scheint doch, wenn ich am Abend zuvor in der Hitze der Emotionen einen Mann erschossen und dann Angst bekommen habe und davongelaufen bin, würde ich, sobald ich wieder klar denken kann, schon dorthin zurückkehren, um nachzusehen, ob ich vielleicht etwas fallen gelassen habe, ein Taschentuch etwa, das mich verraten könnte.»

«Nun ja …»

«Und vergessen Sie nicht, wie wir ihn gefunden haben: in seinem Lehnsessel. Wenn jemand anders gekommen wäre, sollte man meinen, er wäre aufgestanden und hätte die Tür geöffnet. Doch als es klingelt, und er fragt, wer es ist, und hört dann, es ist Martha, sagt er vielleicht: ‹Kommen Sie rein, die Tür ist offen›, und sitzt einfach da und grinst sie an, während sie anfängt zu schimpfen. Wie dem auch sei, ich möchte, dass Sie sie überprüfen, Eban. Alles. Fangen Sie beim Supermarkt an. Ist sie häufig mit Jordon zusammengekommen, als sie dort noch arbeitete? Gab es Klatsch? Gab es jemanden, dem sie sich anvertraute? Kapiert?»

«Was ist denn nun mit diesem Stanley?», erkundigte sich McLure. «Wie Gore behauptet, hat der ihn doch bedroht.»

«Den müssen wir uns natürlich holen. Und …»

«Nein, brauchen wir nicht, Hugh», widersprach Jennings. «Wir haben ihn schon unten auf dem Revier. Ich habe vorhin wegen einer anderen Sache dort angerufen, und da haben sie's mir erzählt. Sie haben ihn in der Fairbanks Street gefunden, er saß schlafend in seinem Auto, stockbetrunken. Einer der Anwohner benachrichtigte die Polizei, und die haben ihn dann geholt. Jetzt schläft er in der Zelle seinen Rausch aus.»

«Gut. Bleibt noch der junge Bursche – Billy.»

«Haben Sie eine Suchmeldung nach ihm rausgegeben?»

«Warten wir ab, ob in den Abendnachrichten was kommt. Machen Sie deutlich, dass er nicht verdächtigt wird, dass wir lediglich an den Informationen interessiert sind, die er uns geben kann.»

Jennings kritzelte in seinem Notizbuch; dann blickte er fragend auf. «Sonst noch was, Hugh?»

«Ja, fahren Sie nach Hause und essen Sie was Anständiges. Wir sehen uns dann später auf dem Revier.»

27

Da Rabbi Small am Sabbat weder Radio noch Fernseher einschaltete, hörte er erst in der Synagoge von dem Mord. Die etwa zwölf Männer, die sich zur Abendandacht versammelt hatten, hielten die Sabbatregeln weit weniger gewissenhaft ein als der Rabbi und wussten daher alles darüber. Die meisten hörten Julius Rottenberg zu, der ein *mewen* war, ein Experte für kriminologische Fragen, denn er führte eine Kaffeestube unmittelbar neben dem Gericht in der benachbarten Stadt Lynn und stand daher mit dem District Attorney («Kaffee, aber mit viel Sahne»), den stellvertretenden D.A.'s, sämtlichen Polizisten und sogar dem Vorsitzenden Judge («Tee mit Zitrone und ein bisschen heißes Wasser extra, Julius») auf freundschaftlichem Fuß.

«Es war natürlich der Junge», sagte er gerade, als der Rabbi die Kapelle betrat, wo sie auf den Beginn der Andacht warteten. Dick und kahl und normalerweise immer mit einem eifrigen Lächeln auf dem Gesicht, bewies Julius jetzt nur noch eine überhebliche Verachtung für jemanden, der gemeint hatte, es sei möglicherweise ein Fremder aus Jordons Vergangenheit, der den Alten erschossen habe.

«Hah», sagte er mit einer abschätzigen Handbewegung. «Das sagt die Polizei immer. Damit halten sie sich ein Schlupfloch offen. Kapiert? Aber es war der Junge. Der ist ganz verrückt nach Waffen. Wie alle Jungen. Was kann man auch anders erwarten, bei den vielen Western im Fernsehen und den Gangsterfilmen und so. Er klaut die Kanone in der Bank, wo er arbeitet. Um jemanden zu überfallen oder im Wald damit zu schießen? Bestimmt nicht. Einfach, um ihn in der Hand zu halten, das Ziehen zu üben, ihn um den Finger wirbeln zu lassen wie die Revolvermänner in den Western. Dann erwischt ihn der Alte mit der Waffe, befiehlt ihm, sie hinzulegen, und schickt ihn auf sein Zimmer. Dann gehen die Gäste – es hat so eine Art Dinnerparty gegeben –, und der Alte setzt sich in seinen Lehnsessel, um ein Nickerchen zu halten.

Jetzt sind sie also ganz allein, und der Alte schläft. Also kommt der Junge aus seinem Zimmer, um sich den Revolver noch mal anzusehen, ihn in die Hand zu nehmen und damit zu zielen. Und dann geht er los. Also, jetzt sitzt er in der Patsche, deswegen sagt er sich, nun kann ich gleich Nägel mit Köpfen machen, und feuert das ganze Magazin leer. Und als er fertig ist, ist Ellsworth Jordon tot.»

«Ja, aber warum ist Jordon nicht aufgesprungen und hat ihn am Schießen gehindert, Julius?»

Julius nickte wichtigtuerisch. «Gute Frage. Meine Theorie lautet, der Alte hatte solche Angst, dass er wie erstarrt war.»

Ein Neuankömmling verkündete: «He, Männer! Ich habe gerade gehört, dass die Polizei Stanley verhaftet hat.»

«Stanley? Unseren Stanley? Weswegen?»

«Keine Ahnung. Ich habe nur gehört, dass sie ihn verhaftet haben. Habt ihr ihn heute schon gesehen?»

«Gestern Abend war er auch nicht da. Werft mal einen Blick in den Andachtsraum; da steht noch das ganze Zeug von unserem Imbiss, das schmutzige Geschirr, und alles.»

«Meint ihr, wir sollten aufräumen?»

«Das ist Sache des Hausausschusses.»

Während der ganzen Andacht fiel es dem Rabbi schwer, seine Gedanken nicht abschweifen zu lassen. Sogar die Havdala-Zeremonie, die den Sabbat vom Rest der Woche trennt, vollzog er unkonzentriert. Immer wieder musste er daran denken, dass jetzt, da Jordon tot war, und falls Henry Maltzman im Hinblick auf ihn Recht gehabt hatte, die Synagoge vielleicht das anstoßende Grundstück für die Religionsschule erwerben konnte.

Ein wenig beschämt über seine Gedanken und seine Unkonzentriertheit beim Gebet, blieb der Rabbi nicht wie üblich nach Beendigung der Andacht bei den Mitgliedern des *minjen* stehen, um mit ihnen zu plaudern, sondern entschuldigte sich und ging geradewegs nach Hause. Kaum hatte er das Haus betreten, da klingelte das Telefon.

«Rabbi Small», meldete er sich.

Am anderen Ende ertönte ein Kichern. «Hatte ich mir doch gleich gedacht, dass Sie jetzt wohl zu Hause sein müssten, Rabbi.»

«Stanley?»

«Ganz recht. Ich bin auf dem Polizeirevier, und man hat mir gesagt, ich dürfte mal telefonieren.»

«Soll das heißen, dass man Sie verhaftet hat? Aber weswegen? Wie lautet die Beschuldigung?»

«Ich glaube, ich war wohl ein bisschen betrunken.»

«Na schön. Ich komme rüber und rede mit ihnen.»

28

Der Sergeant vom Dienst musterte Rabbi Small zweifelnd. «Tja», sagte er, «ich weiß nicht recht, Rabbi. Sie sind doch kein Anwalt, oder? Ich meine, Sie haben nicht Jura studiert.»

«Nein …»

«Er hat natürlich das Recht, mit seinem Anwalt zu sprechen, aber anderen Besuch? Wahrscheinlich wäre alles in Ordnung, wenn Sie sein geistlicher Beistand wären, aber

Stanley ist kein Jude, also müsste sein geistlicher Beistand ein Pastor sein oder ein Priester, je nachdem, ob er katholisch oder evangelisch ist. Verstehen Sie? Ich meine, nur weil er bei Ihnen in der Synagoge arbeitet, sind Sie noch nicht sein geistlicher Beistand, und da Sie kein Anwalt sind …» Ratlos kaute er auf seiner Unterlippe. «Er sagte, er wollte einen Anruf machen, deshalb dachte ich, er wollte seinen Anwalt anrufen, aber Sie behaupten, er hat Sie angerufen.» Der Sergeant war verärgert, als hätte Stanley sein Vertrauen missbraucht und ihn hereingelegt.

«Warum fragen Sie Chief Lanigan nicht, ob ich mit ihm sprechen kann?», schlug der Rabbi vor.

«Der hat ziemlich viel zu tun. Tja …» Er kam zu einem Entschluss, stand auf, ging den kurzen Flur hinunter und klopfte an Lanigans Bürotür. Als der Chief öffnete, sah er sofort den Rabbi draußen. Ohne eine Erklärung des Sergeant abzuwarten, sagte er: «Hallo, Rabbi! Was führt Sie her? Sie wollten mich sprechen? Kommen Sie rein!»

Der Rabbi nickte Lieutenant Jennings zu und nahm auf dem angebotenen Stuhl Platz. «Ich habe einen Anruf von Stanley Doble bekommen …»

«Ach so, *Sie* hat er angerufen! Wollen Sie ihn sprechen?»

Der Rabbi lachte kurz auf. «Offenbar möchte *er* mich sprechen. Ich nehme an, er ist verhaftet worden. Können Sie mir sagen, weshalb?»

Das Telefon klingelte; Lanigan griff zum Hörer.

«Ja, gut. Verbinden Sie.» Er legte die Hand über die Sprechmuschel und sagte zu Jennings: «Wieder ein Billy-Anruf.»

«Das wäre der siebente», sagte Jennings.

«Hier Lanigan», meldete er sich und zog sich einen Notizblock heran. «Wie war Ihr Name? … Wie schreibt man das? … Mit zwei ‹e› … Okay, Mr. Beech … Wo ist dieses Motel? Von wo aus rufen Sie an? … North Adams? … Hm-hm … Hm-hm … Ja, gut. Und wie sah er aus? Wie groß war er nach Ihrer Meinung? … Einssechzig? Nein, der Mann, den wir suchen, ist viel größer. Fast einsachtzig … Nein, ich glaube kaum, dass man die Größe verändern kann, aber vielen Dank für den Anruf. Wiederhören.»

Er wandte sich an Jennings: «Ein Motelbesitzer aus North Adams. Ein junger Mann hat sich gerade als William Grey eingetragen, aber Mr. Beech meinte, er habe vor dem ‹e› gezögert.»

«North Adams liegt ganz am anderen Ende des Staates. Wenn der Junge nicht bald auftaucht, kriegen wir noch Anrufe aus Texas und Kalifornien», sagte Jennings.

«Und selbst wenn er auftaucht», korrigierte Lanigan. Er fuhr sich mit seiner großen, fleischigen Hand über das breite Gesicht, als wolle er die Linien der Sorge und Müdigkeit wegwischen. Dem Rabbi erklärte er: «Wir sitzen seit heute Morgen an diesem Fall. Ich habe zum Lunch ein Sandwich gegessen, und zum Dinner nicht viel mehr. Gladys hatte mich nicht zu Hause erwartet. Und zehn Tassen Kaffee in Pappbechern. Die Nachrichten kamen vor einer Stunde, und seitdem haben wir sieben Anrufe von Leuten bekommen, die ihn gesehen haben wollen. Sind Sie sicher, dass es sieben waren, Eban? Kommt mir viel mehr vor.»

«Doch, sieben. Ich habe mitgezählt.»

«Plus weitere Anrufe von Leuten, die alle möglichen Ratschläge für uns hatten. Alle sinnlos. Und einen von einem Spinner, der seinen Namen nicht nennen wollte, aber fest überzeugt war, dass wir einen Unschuldigen verfolgen. Davon werden wir sicher noch mehr kriegen. Und das alles außer den berechtigten Anrufen – von meinen eigenen Leuten, die Bericht erstatten und sich Instruktionen holen wollen, vom District Attorney …» Er lächelte. «Zum Teufel damit! Was kann ich für *Sie* tun, Rabbi?»

«Ich bin wegen Stanley hier. Schon vergessen? Darf ich aus seiner Anwesenheit hier schließen, dass er irgendwie mit dem Mord in Verbindung gebracht wird?»

«Stanley? Richtig. Also, Jordon wurde gegen halb neun erschossen. Ungefähr eine Stunde zuvor hatte Stanley mit ihm in seinem Haus einen Streit. Er wurde schließlich hinausgeworfen, aber er drohte, er werde zurückkommen.»

«Und deshalb haben Sie ihn verhaftet?»

Lanigan grinste. «Nicht direkt. Meine Leute fanden ihn in seinem geparkten Wagen, stockbetrunken und schlafend, und nahmen ihn mit, damit er seinen Rausch ausschlafen konnte.»

«Nun, inzwischen wird er ihn ja wohl ausgeschlafen haben, nicht wahr?»

«Ja, aber wir möchten ihm gern noch ein paar Fragen stellen.»

«Wie wär's denn, wenn Sie ihm diese Fragen jetzt stellen und ihn dann gehen lassen? Er hat schließlich Pflichten.»

Lanigan presste nachdenklich die Lippen zusammen. «Na schön.» Telefonisch beauftragte er den Diensthabenden, Stanley hereinzuschicken. «Aber sagen Sie bitte kein Wort, während ich ihn vernehme.»

«Natürlich nicht», entgegnete der Rabbi.

Es klopfte höflich, dann brachten der Sergeant und ein

uniformierter Polizist einen zerknirschten, zerzausten Stanley herein. Als die Beamten sich wieder entfernt hatten, sagte Lanigan: «Also, Stanley, jetzt erzählen Sie mir mal genau, was passiert ist, als Sie gestern Abend noch mal zu Jordon gefahren sind.»

«Was soll das heißen, ‹noch mal›?», fragte Stanley widerborstig. «Ich bin nicht noch mal hingefahren. Keinen Fuß würde ich in dieses beschissene Haus setzen. Hat er das behauptet?»

«Na schön, dann erzählen Sie uns, was Sie gemacht haben, nachdem Sie bei Jordon waren. Sie waren doch bei ihm, oder nicht?»

«Den Teufel war ich! Mit dem habe ich nichts zu schaffen. Ich wollte Martha Peterson abholen, mit der ich verabredet war. Und dann sagten sie mir, sie sei nicht da, sie würde unten am Tor auf mich warten. Warum hatte ich sie aber dann nicht gesehen, als ich in die Einfahrt einbog? Oder, wenn ich sie übersehen hatte, weil ich aufpassen musste, dass ich nicht gegen die Torpfosten fuhr – warum hat sie mich dann nicht gesehen? Und hat gerufen? Aber na ja, sie hätte sich schließlich ein Stückchen vom Tor entfernen können, also fuhr ich wieder runter. Aber sie war nicht da. Deshalb dachte ich mir, die hätten mich angelogen, oder sie hätte sie dazu angestiftet, weil sie es sich anders überlegt hätte und sich nicht mit mir treffen wollte.»

«Also was haben Sie gemacht?», fragte Jennings.

«Ich hab ’n paar Bier gekippt.»

«Um sich den Entschluss zu erleichtern, nehme ich an», sagte Jennings ironisch.

«Ganz recht. Und dann fiel mir ein, sie könnte vielleicht

schon nach Hause gegangen sein, bevor ich überhaupt ankam. Also bin ich zu ihr gefahren, und da war sie auch.» Triumphierend blickte er von einem der drei Männer zum anderen.

«Und was haben Sie dann gemacht?», erkundigte sich Lanigan.

«Na ja, reinlassen wollte sie mich nicht, und rauskommen wollte sie auch nicht. Wir haben so durch die Tür geredet. Sie hatte die Kette vorgelegt. Aber sie hat mir vorgeworfen, sie hätte meinetwegen den Job verloren. Und da dachte ich mir, vielleicht sollte ich noch mal zu Jordon fahren und die Sache in Ordnung bringen.»

«Um wie viel Uhr war das?», fragte Lanigan beiläufig.

«Ach, so acht, halb neun, vielleicht auch ein bisschen später. Wissen Sie, ich dachte nämlich, es wäre besser, vorher schnell noch ein Bier zu trinken. Na ja, ich kam dann die Elm Street runter, und als ich bremste, um links in die Einfahrt einzubiegen, sah ich, dass alles dunkel war. Das heißt, richtig hell ist es da ja eigentlich nie. Kaum Licht genug, um die Schnaken anzulocken. Der alte Geizhals wollte Geld sparen. Aber diesmal war alles dunkel, als wäre er zu Bett gegangen. Und während ich noch darüber nachdachte, ob der wohl wirklich im Bett ist, und ob ich klingeln oder an die Tür hämmern soll, um wenigstens zu erreichen, dass er aufstehn muss, kommt dieser Wagen aus der anderen Richtung und biegt in die Einfahrt ein. Also dachte ich, zum Teufel damit, hat doch keinen Zweck, mit ihm zu reden, wenn er Besuch hat. Also bin ich weitergefahren, nach Salem rüber, wo ich auch eine Freundin habe.»

«Hat diese Freundin einen Namen?», erkundigte sich Lanigan.

Zum ersten Mal zögerte Stanley jetzt. Unsicher sah er den

Rabbi an. Schließlich antwortete er: «Also, an ihren Namen kann ich mich nicht so richtig erinnern. Wir nennen sie immer bloß Frenchy, weil sie irgendwie von Franzosen abstammt.»

«Dieser Wagen, den Sie in die Einfahrt einbiegen sahen – was für eine Marke war das?», fragte Lanigan lässig, als interessiere es ihn eigentlich gar nicht, und er mache nur Konversation.

Stanley schüttelte den Kopf. «Er kam mir entgegen und hatte das Fernlicht an.»

«Und um wie viel Uhr war das?»

«Wie gesagt, es kann halb neun gewesen sein, vielleicht aber auch ein bisschen später.»

Das Telefon schrillte, und als sich Lanigan meldete, kam vom anderen Ende eine erregte Stimme. «Der junge Mann, dieser Green, ist gerade aufgetaucht, Chief. Wir haben ihn erwischt, als er durchs Fenster hinten einsteigen wollte.»

Sofort wurden Lanigan und Jennings munter. «Na schön, fort mit Ihnen, Rabbi. Ich habe zu tun.»

«Und was ist mit Stanley?»

«Nehmen Sie ihn mit.»

29

Die Vernehmung dauerte Stunden. Als Lanigan und Jennings in Jordons Haus eintrafen, war McLure bereits da und hatte mit der Befragung begonnen. Billy schluchzte und stammelte. McLure unterbrach sich kurz, um den beiden Beamten in einer entfernten Ecke den Stand der Dinge zu erklären.

«Er behauptet, nichts von dem Mord gewusst zu haben, bis er vorhin herkam», sagte er, «aber ich bin überzeugt, dass er's war, und es ist lediglich eine Frage der Zeit, bis er's gesteht.»

«Schon mal was von Miranda gehört?», fragte Lanigan kühl.

McLure war ganz großäugige Unschuld. «Ich habe ihn nicht beschuldigt, ich befrage ihn nur als Zeugen – rein zur Information.»

«Und warum weint er?»

«Der Tod Jordons hat ihn so tief getroffen – sagt er.»

«Was war Jordon für ihn? Hat er das gesagt?»

«Er sagt, der Alte wäre ein Freund seiner Mutter gewesen.» McLures Augen blitzten unternehmungslustig. «Und wissen Sie, wer diese Mutter ist? Hester Grimes. Die ist seine Mutter.»

«Wer ist Hester Grimes?», erkundigte sich Jennings.

«Aber Sie müssen sie doch mal im Fernsehen gesehen haben! Sie ist Nightclubsängerin. Man sieht sie viel bei diesen Talkshows.»

«Und wo ist sie?», fragte Lanigan. «Wie können wir sie erreichen?»

«Im Moment auf Europatournee. Was ich bis jetzt aus ihm herausgekriegt habe ...»

«Lassen Sie nur. Ich rede selber mit ihm. Wenn er seine Story ändert, können Sie ihn befragen, sonst aber wäre ich Ihnen dankbar, wenn Sie sich ruhig verhielten.» Lanigan ging zu dem Jungen hinüber und setzte sich neben ihn. «Ich bin Chief Lanigan vom hiesigen Polizeirevier, Billy.»

«Ja. Ich kenne Sie.»

«Ich möchte gern genau hören, was passiert ist», fuhr Lanigan fort. «Wir müssen diese schreckliche Sache, die gestern Abend passiert ist, untersuchen. Hat Mr. Gore Sie gebeten, den Revolver mitzunehmen?»

«O nein! Er hat mich gebeten, sozusagen als bewaffneter Begleitschutz mitzufahren, wenn er das Peter-Archer-Silber nach Boston brachte, aber ich wusste genau, dass er nur meinte, ich sollte neben ihm sitzen. Aber dann dachte ich mir, wenn nun irgendjemand … Na ja, wissen Sie, dieses Silber ist ziemlich wertvoll, und was konnte ich denn schon tun? Ich meine, ich bin nicht groß und kräftig. Und Mr. Gore auch nicht. Deswegen dachte ich, falls wir angehalten werden sollten … Na ja, von diesem Gesetz hier in Massachusetts hatte ich keine Ahnung. Ich wusste zwar, dass man einen Waffenschein braucht, aber ich dachte, Mr. Gore hätte einen, weil er schließlich Bankpräsident ist und Pistolenschütze und so, und weil ich ja die ganze Zeit mit ihm zusammen sein würde. Und wenn nichts passierte, wollte ich ihn einfach wieder zurücklegen, und keiner würde davon erfahren.»

Lanigan quälte ihn nicht und versuchte auch nicht, ihn durcheinanderzubringen, aber er war hartnäckig: «Und nachdem Sie eingeschlossen worden waren, wann sind Sie da ausgerissen?»

«Sofort.»

«Wie schnell – sofort?»

Zum ersten Mal grinste Billy. «Na ja, als er sagte, er würde mich einschließen, dachte ich: ‹Ach, wirklich?› Und bin zum Fenster.»

«Nun gut. Und wohin sind Sie gegangen?»

«Ich bin so schnell wie möglich abgehauen. Die hintere

Einfahrt hinunter, die wir nicht mehr benutzen, zur Elm Street.»

«Warum da hinaus? Hatten Sie Angst, er könnte Sie sehen, wenn Sie die vordere Einfahrt benutzten?»

«Genau. Ich dachte, Mr. Gore würde vielleicht rauskommen, und ich wollte nicht, dass er mich sieht.»

«Warum nicht?»

«Na ja, weil's mir eben peinlich war. Ich war ganz schön sauer. Wissen Sie, Mr. Jordon hatte mich ja schon öfter eingeschlossen, und ich bin jedes Mal ausgerückt. Mir machte das nichts weiter aus. Es war so eine Art Spiel zwischen uns beiden. Wissen Sie, auf die Art hat er mir gezeigt, dass ich was falsch gemacht hatte. Gestört hat mich das wirklich nie. Ich bin jedes Mal einfach weg. Und das wusste er. Aber er hätte es nicht vor Mr. Gore tun dürfen. Wissen Sie, Mr. Gore ist mein Chef, und er ist wie ein Freund zu mir. Und Mr. Jordon behandelte mich wie ein kleines Kind. Es war furchtbar peinlich für mich, deswegen wollte ich nicht, dass Mr. Gore mich sah. Das hätte mich … in Verlegenheit gebracht. Ich habe sogar überlegt, ob ich überhaupt wieder in die Bank gehen sollte.»

«Und was haben Sie dann gemacht?»

«Na ja, ich wusste nicht recht, was ich tun sollte, weil ich auf keinen Fall früh zurück sein wollte, am liebsten erst nach Mitternacht. Aber ich kenne niemanden in Barnard's Crossing, und unternehmen kann man hier auch nichts. Na ja, da warteten ein paar Leute auf den Bus, und als er kam, bin ich mit eingestiegen.»

«Haben Sie irgendjemanden im Bus erkannt?», fragte Lanigan.

Billy schüttelte den Kopf. «Ich habe niemanden gesehen, den ich kannte.»

«Man sollte doch meinen, als Kassierer in einer Bank müssten Sie viele Leute wieder erkennen», sagte Jennings. «Und selbst wenn Sie sie nicht erkennen, würden die Sie vielleicht erkennen und guten Tag sagen.»

Billy schüttelte abermals den Kopf. «Wir sind in North Barnard's Crossing. Hier unten geht jeder zur Deposit and Trust.»

«Was wollten Sie in Boston?», erkundigte sich Lanigan.

Billy zuckte die Achseln. «Einfach so rumlaufen und dann einen späten Bus zurück nehmen. Aber dann habe ich überlegt. Mr. Jordon hatte mir da einen hässlichen Streich gespielt, vielleicht konnte ich es ihm heimzahlen. Als ich also nach Boston kam, ging ich zum großen Busbahnhof und nahm einen Bus nach New York. Wissen Sie, ich dachte mir, wenn ich in dieser Nacht nicht nach Hause kam, würde er sich Sorgen machen, und das geschähe ihm nur recht.»

«Ich glaube, Sie mochten ihn nicht sehr, wie?», meinte McLure.

Billy sah ihn erstaunt an. «Aber natürlich mochte ich ihn. Warum auch nicht?» Wieder traten ihm Tränen in die Augen. «Er hat mir immer was mitgebracht, wissen Sie, wenn er uns besuchte, schon damals, als ich noch klein war. Und er hat mich auch öfter hierher eingeladen, nicht wahr? Ich weiß noch, einmal, als ich ungefähr zwei Wochen hier war, da wurde ich krank. So ein Vierundzwanzigstundenfieber. Aber Mr. Jordon kam die ganze Nacht über immer wieder in mein Zimmer, um nachzusehen, wie es mir ging.»

«Na schön», sagte Lanigan, «kommen wir zurück zu Ihrem

Ausflug. In dem Bus nach New York kannten Sie vermutlich auch niemanden, wie?»

Billy schüttelte den Kopf.

«Was für ein Bus war das übrigens?»

«Ein Greyhound. Der um neun. Die fahren jede Stunde. Das heißt, eigentlich ging er um fünf Minuten vor neun.»

«Was haben Sie in New York gemacht?», fragte Jennings.

«Na ja, es war schon ziemlich spät, als ich hinkam, oder vielmehr, ziemlich früh am Morgen. Also aß ich ein bisschen was im Busbahnhof, und dann wollte ich eigentlich nach Hause fahren. Aber dann dachte ich, der Portier würde mir alle möglichen Fragen stellen. Wir haben so 'ne Art Freundschaft geschlossen, der Portier und ich. Also dachte ich, ich könnte mich noch 'n bisschen umsehen oder in eines von den Kinos am Times Square gehen, die die ganze Nacht offen haben. Denn wissen Sie, wenn ich am Morgen oder tagsüber nach Hause ging, dann sähe das nicht so, na ja, komisch aus, und der Tagesportier, den kenne ich nicht so gut, also würde der mir auch keine Fragen stellen. Aber dann dachte ich mir, in diesen Kinos am Times Square würden bestimmt viele Betrunkene sein. Also wusste ich nicht, was ich tun sollte, und als ich da saß, im Busbahnhof, und überlegte, bin ich eingeschlafen.»

«Ich könnte mir vorstellen, dass Sie im Bus geschlafen haben», sagte Jennings. «Das tue ich immer.»

«Ich hab's versucht, aber es ging nicht», erwiderte der junge Mann. «Ich hatte mich 'n bisschen aufgeregt. Mag sein, dass ich mal eingedöst bin, aber später, im Busbahnhof, da habe ich richtig fest geschlafen. Als ich aufwachte, war es Morgen, und ich war ganz steif und fühlte mich ungewaschen. Also machte ich mich auf der Herrentoilette frisch, kaufte mir in einem der Läden im Busbahnhof einen Kamm –» er fingerte in seiner Jackentasche und zog einen Kamm heraus –, «sehen Sie, da ist er. ‹Souvenir aus New York› steht drauf. Dann hab ich gefrühstückt. Und dann bin ich mit dem Bus in die Stadt gefahren und bin rumgelaufen.»

«Warum sind Sie nicht nach Hause gegangen?», fragte Lanigan.

«Na ja, ich hab mir Sorgen wegen Mr. Jordon gemacht. Ich dachte mir, dass er sich furchtbar aufregt, weil er vielleicht zufällig entdeckt hat, dass ich gar nicht zurückgekommen bin. Wo er doch so ein schwaches Herz hatte. Also bin ich wieder zum Busbahnhof und hab den Bus nach Boston genommen. Dann hab ich einen Bus nach Barnard's Crossing genommen und bin an der Elm Street ausgestiegen, wo ich zuerst auch eingestiegen war. Da war es schon ziemlich dunkel, also kam ich die hintere Einfahrt rauf und wollte wieder durchs Fenster steigen. Aber als ich zum Haus kam, sah ich sofort, dass irgendwas los war. Meine Zimmertür stand offen, und ich konnte ins Wohnzimmer sehen. Und dann sah ich einen Cop – äh – Polizisten, und da wusste ich, dass was nicht stimmte. Ich dachte, Mr. Jordon hätte vielleicht die Polizei geholt, als er merkte, dass ich nicht da war. Und mein Fenster war fest zu und sogar verriegelt. Als ich dann versuchte, den Riegel zu heben, kam ein Polizist und packte mich. Und dann hörte ich, was passiert war. Und ich denke die ganze Zeit, wenn ich nicht ausgerissen wäre, dann wäre es vielleicht nicht passiert.»

Sie fragten ihn noch weiter aus, aber um elf machte Lanigan erst einmal Schluss. Die drei Beamten zogen sich in eine entfernte Zimmerecke zurück und diskutierten Billys Geschichte mit leiser Stimme. «Scheint mir ziemlich logisch zu sein», meinte Lanigan, «aber es ist natürlich möglich, dass er lügt.»

«Zeit genug, sich eine Story auszudenken, hat er ja gehabt», lautete McLures Kommentar.

«Wir könnten den Fahrer des Bostoner Busses fragen», schlug Jennings vor.

«Ja, natürlich», stimmte Lanigan zu. «Wir besorgen uns ein Foto von ihm, und wenn der Busfahrer sich an ihn erinnert, kennt er vielleicht ein paar von den Leuten, die den Bus regelmäßig benutzen, und vielleicht erinnern die sich an ihn. Außerdem der Fahrer des New Yorker Busses und der Fahrkartenverkäufer.»

«Ich halte es für wichtiger, die Fahrer der späteren Busse zu fragen», erklärte McLure. «Ich möchte wetten, er hat den Zehn-Uhr-Bus nach New York genommen, vielleicht sogar erst den um elf. Das habe ich oft genug erlebt. Jemand tut etwas, kann aber den Gedanken daran nicht ertragen. Also verdrängt er die Erinnerung daran und arrangiert seine Story so, dass es einfach nicht geschehen sein kann. Verstehen Sie? Wenn er uns sagt, er hätte den Bus um neun genommen, dann bedeutet das, dass er den Alten nicht um halb neun umgebracht haben kann. Aber den Rest der Story lässt er so, wie er ist, damit er sich besser erinnern kann.»

Lanigan musterte ihn neugierig. «Und Sie sind sicher, dass es so war?»

«Aber hören Sie! Man sieht doch gleich, dass er die Sorte Mensch ist, auf der jeder rumtrampelt. Nehmen Sie doch mal dieses Einschließen in seinem Zimmer. Bestraft man so einen normalen Achtzehnjährigen? Würde ein anderer sich das gefallen lassen? Und überhaupt, welcher Jugendliche in diesem Alter würde sich aufs Land zu einem alten Mann verfrachten lassen, damit seine Ma in Europa rumgondeln kann? Okay. Seinem Chef tut er Leid, und er fordert ihn auf, mit ihm in die Großstadt zu fahren. Diese Art Junge ist ganz verrückt nach Waffen. Sie verleihen ihm ein Gefühl der Macht. Nun demütigt ihn der Alte vor seinem Chef und schickt ihn auf sein Zimmer. Als Gore also geht und der Alte einschläft, klettert er aus dem Fenster. Aber er geht nicht geradewegs zum Bus. O nein, er schleicht zur Haustür und kommt herein. Und da liegt der Revolver auf dem Tisch. Er will ihn unbedingt in die Hand nehmen. Ich vermute, er hat ihn genommen und damit rumgespielt, und dann ist er losgegangen. Vielleicht hat er das Licht ausgeschossen, und es wurde dunkel im Zimmer. Jetzt weiß der Bengel, dass er in der Tinte sitzt, er bekommt Angst und schießt einfach weiter. Und als er wieder zur Besinnung kommt, ist der Alte tot. Also läuft er davon – nach Boston und dann nach New York.»

«Und warum ist er zurückgekommen?», fragte Lanigan.

«Wie gesagt, er hat diese Episode aus seiner Erinnerung gestrichen. Man könnte ihn von einem Psychiater hypnotisieren und sie wieder ans Licht holen lassen.»

«Was wollen Sie heute Nacht mit ihm anfangen, Hugh?», fragte Jennings. «Hier kann er nicht bleiben.»

«Nun, für diese eine Nacht, dachte ich, könnten wir ihm eine von unseren Zellen anbieten. Wenn wir ihm ein Hotelzimmer mieteten, würde die Gemeinde sicher nicht für die

Unkosten aufkommen, und außerdem würde er, sobald sich die Nachricht herumspricht, von allen möglichen Leuten belästigt werden.»

«Das wird er ohnehin, wenn er am Montag wieder zur Arbeit geht», warnte Jennings.

«Ja, es sei denn … es sei denn … Hören Sie, Eban, ist eigentlich Tom Hegerty jetzt auf der Insel?»

«Seit dem Labor Day.»

«Ob der wohl einen Untermieter aufnimmt?»

«Einen Gehilfen würde er sicher nehmen.»

«Das ist noch besser. Sehen wir zu, was wir arrangieren können.» Er ging zu dem jungen Mann hinüber. «Hören Sie, Billy», sagte er, «Sie können heute Nacht hier nicht schlafen, weil wir hier arbeiten müssen. Für ein Hotelzimmer ist es zu spät, also wie wär's, wenn Sie bei uns auf dem Revier schlafen würden?»

«Ja, natürlich. Ich möchte Ihnen keine Mühe machen.»

«Gut. Abgemacht. Also, ich möchte, dass Sie während der nächsten paar Tage die Stadt nicht verlassen, aber ich halte es für besser, wenn Sie vorläufig noch nicht wieder zur Bank gehen.»

«O Gott, nein! Ich möchte wetten, da würden dauernd Leute an meinen Schalter kommen und mich anstarren, als wär ich 'n Monstrum.»

«Das macht mir auch Sorgen», sagte Lanigan. «Deswegen habe ich da eine Idee. Kennen Sie Children's Island unten im Hafen?»

«Wo im Sommer das YMCA-Lager für Kinder ist? Da war ich noch nie.»

«Also, da wohnt Tom Hegerty und bringt das Lager für

den Winter in Ordnung. Hätten Sie Lust, ihm ein bisschen dabei zu helfen, anstreichen, ein bisschen tischlern …»

«Tja, aber so was hab ich noch nie gemacht.»

«Spezialkenntnisse brauchen Sie nicht», beruhigte ihn Lanigan. «Sie werden ihm wahrscheinlich immer nur Sachen anreichen oder halten müssen, wenn er daran arbeitet, oder hier und da etwas holen.»

«Wenn ich das kann, macht es mir nichts aus. Ist wahrscheinlich ganz hübsch, auf 'ner Insel zu wohnen.»

«Gut. Dann wäre das erledigt. Ich arrangiere alles.»

Er kehrte zu den beiden anderen zurück und nickte zufrieden.

«Und was ist jetzt mit Miranda?», spöttelte McLure.

Lanigan sah ihn erstaunt an. «Was hat Miranda damit zu tun? Ich habe dem jungen Mann lediglich einen Job besorgt.»

30

Als Herb Mandell nach dem Dinner von seinem Verdauungsspaziergang zum Drugstore zurückkam, wo er die Sonntagszeitungen gekauft hatte, fand er Henry Maltzman und Molly auf dem Sofa im Wohnzimmer, die Köpfe eng zusammengesteckt, über einem Blatt Papier, das sie auf dem Teetisch vor sich ausgebreitet hatten. Sein Erscheinen erschreckte sie ein wenig, und sie fuhren auseinander.

«Oh, hallo, Herb!» Maltzman winkte ihm lässig zu. «Ich dachte, da dies Ihre erste Vorstandssitzung ist, könnten wir gemeinsam hinfahren, in Ihrem Wagen oder meinem, und unterwegs könnte ich Ihnen dann alles erklären.» Er deutete auf das Blatt Papier. «Ich habe gerade mit Molly die Liste durchgesehen. Wir haben fünf sichere Stimmen, drei wahrscheinliche und zwei bis drei eventuelle.»

«Ich glaube, Mrs. Melnik zählt auch zu den wahrscheinlichen», sagte Molly. «Und Mrs. Kaufman können Sie praktisch als sicher eintragen.»

«Das ist immer noch zu riskant», erwiderte Maltzman. «Ich möchte eine klare Entscheidung ohne Diskussion. Das Beste ist, wir vertagen die Entscheidung für eine Woche. Dann haben wir Zeit, die Wahrscheinlichen zu bearbeiten ...»

«Ich spreche mit Anne Kaufman», erbot sich Molly. «Die kann ich ganz bestimmt auf unsere Seite bringen.»

«Wunderbar. Und ich kümmere mich um Joe Krasker und Harvey Gorin. Wenn wir sie alle drei kriegen, haben wir acht und sind aus dem Schneider.» Er war aufgestanden. Jetzt ergriff er Herb Mandells Arm und sagte: «Also Herb, Sie werden Folgendes tun ...»

Maltzman fuhr – und redete. Herb hätte gern seiner eigenen Meinung hinsichtlich dieses Problems mit dem Rabbi Ausdruck verliehen, doch jedes Mal, wenn er dazu ansetzte, sagte Maltzman: «Hören Sie zu!» Sein Ton war nicht direkt gebieterisch, er war sogar eher freundlich, aber Herb wurde unruhig; er hatte das Gefühl, wie ein Kind behandelt zu werden.

Sobald sie jedoch die Synagoge erreichten, änderte Maltzman sein Verhalten. Einen Arm um Herbs Schultern gelegt, führte er ihn zu den anderen Mitgliedern, die im Korridor des Souterrains standen, und stellte ihn jenen, die ihn nicht kannten, mit der jovialen Bemerkung vor: «Herb ist der kommende Mann, der wird diesem Vorstand noch mal Substanz verleihen.»

Die Gruppe ging an den Klassenzimmern der Religionsschule vorbei zum Vorstandszimmer. Es war nur ein recht kleiner Raum. Genau wie die Klassenzimmer hatte er beigefarben verputzte Wände und eine niedrige Decke. An einer Seite befand sich in Erdbodenhöhe eine Reihe kleiner, oben aufgehängter Fenster, die nach innen geöffnet werden konnten. Über den Fenstern verliefen die mit Asbest verkleideten Heizungsrohre. Der Raum unterschied sich von den Klassenzimmern nur insofern, als er statt Pulten einen langen, von kleinen Stühlen umgebenen Mahagonitisch aufwies, der fast den ganzen Platz einnahm – bis auf eine kleine Ecke nahe der Tür, wo auf einer Holzstaffelei eine Schultafel stand.

Sie gingen zu ihren Plätzen rund um den Tisch, während Maltzman neben der Tafel stehen blieb. Während sie auf Maltzmans Eintreffen warteten, hatten sie sich über den Mord unterhalten, und nahmen nun, als sie saßen, dieses Gespräch wieder auf.

«Es muss der Junge gewesen sein», sagte Harvey Gorin. Er zählte die Beweispunkte an den Fingern ab. «Er war der letzte im Haus. Er ist davongelaufen …»

«Aber er ist wiedergekommen.»

«Verbrecher kehren immer an den Tatort zurück.»

«Ist er zurückgekommen, oder hat man ihn zurückgebracht? Das möchte ich wissen.»

Maltzman klopfte auf den Tisch. «Ein bisschen Ruhe, bitte, damit wir anfangen können. Wer Ellsworth Jordon umgebracht hat, das rauszufinden, ist Sache der Polizei …»

Doris Melnick, ehemals Lehrerin für Staatsbürgerkunde an der High School, sagte vorwurfsvoll: «Ein Mord geht jeden Bürger an, Henry.»

«Ach, wirklich? Na, mich könnt ihr aber dabei streichen. Dieser Jordon war der schärfste Antisemit hier in der Stadt, und der, der ihn umgebracht hat, verdient einen Orden.»

«Woher wissen Sie das, Henry?»

«Kannten Sie ihn, Henry?»

«Haben Sie näher mit ihm zu tun gehabt, Henry?»

«Es stimmt», bestätigte Mrs. Melnick. «Ich glaube, es ist besser, wenn Sie das nicht so rumposaunen.»

«Und warum nicht?», fragte Maltzman.

«Weil das in der Stadt Stimmung gegen uns alle machen könnte und die Polizei möglicherweise auf den Gedanken bringt, uns zu befragen.»

«Soll sie doch. Wir haben nichts zu verbergen. Aber jetzt wollen wir endlich anfangen. Wenn ihr über den Mord reden wollt, kann ich ja gehen, denn ich habe Wichtigeres zu tun.» Er sah sich im Zimmer um. Sie waren unruhig, aber sie schwiegen.

Er klopfte scharf mit den Knöcheln auf den Tisch und verkündete: «Also, ich rufe den Vorstand jetzt zur Ordnung. Bevor wir mit der Tagesordnung beginnen, möchte ich noch ein paar Worte sagen. Als ich bei der letzten Sitzung erklärte, ich wolle Herb Mandell als Ersatz für Joe Cohen in den Vorstand holen, weil dieser zurückgetreten ist und die neuen Statuten dem Vorsitzenden das gestatten, hatte ich Herb noch gar nicht gefragt. Ich habe ihn überhaupt nicht gefragt, ob er in den Vorstand will. Ich habe ihm nur gesagt, dass ich ihn zum Mitglied ernannt habe und von ihm erwarte, dass er seine Pflicht tue. Warum? Das will ich euch sagen. Weil Herb Mandell eben so ist. Sagt man zu Herb, da ist etwas, das muss erledigt werden, und man sagt ihm, er soll es erledigen, antwortet Herb nur: ‹Okay.› Und so einen Mann brauchen wir in unserem Vorstand. Und deswegen habe ich auch nicht lange gezögert, als Joe Cohen zurücktrat. Nun gut. Also fangen wir jetzt an. Die Sekretärin liest das Protokoll vor.»

Herb Mandell hörte aufmerksam zu, während das Protokoll verlesen wurde, die Ausschussvorsitzenden ihre Berichte erstatteten, die Mitglieder Fragen und Einwände zu den Berichten vorbrachten. Er hätte gern an der Diskussion teilgenommen, und sei es auch nur, um dem Ruf gerecht zu werden, den Maltzman ihm verliehen hatte, aber es war ihm alles noch zu neu, und außerdem handelte es sich um Dinge, von denen er gar nichts wusste.

Schließlich verkündete Maltzman: «Wenn keine weiteren Einwände erhoben werden, möchte ich die anderen Punkte der Tagesordnung vorerst ad acta legen und die Abstimmung über das Budget vorschlagen, in Ordnung? Mike, Sie sind dran.»

Meyer Andelman, Vorsitzender des Budgetausschusses, bückte sich und hob einen Aktenkoffer auf, der auf dem Boden zwischen seinen Füßen gestanden hatte. «Obwohl wir bei der letzten Sitzung einige Punkte besprochen und uns alle Punkte wenigstens angesehen haben, hielt ich es für besser, alles noch einmal schwarz auf weiß festzuhalten. Meine Sekretärin hat Fotokopien angefertigt, damit ihr die Aufstellung alle vor euch habt, wenn wir die einzelnen Punkte diskutieren. Ich werde sie jetzt gleich verteilen. Außerdem schlage ich vor, dass wir uns diesmal nicht an die Regeln halten, sondern dass jeder, der etwas zu diesem oder jenem Punkt zu sagen hat, es einfach sagt. Seht euch die Aufstellung jetzt erst einmal gründlich an, dann beginnen wir bei Punkt eins und gehen dann der Reihe nach weiter.»

Das war Herb Mandells Stichwort. «Herr Vorsitzender, ich möchte einen Vorschlag machen. Da wir dies alles schriftlich haben, könnten wir dann nicht die Abstimmung über das Budget um eine Woche verschieben, damit wir uns diese Aufstellung zu Hause in aller Ruhe ansehen können?»

Meyer Andelman antwortete: «Dazu möchte ich etwas sagen, Herr Vorsitzender. Es ist so, Herb. Wir haben jetzt den Monatsersten, oder vielmehr, den Sonntag, der dem Monatsersten am nächsten ist. Und wir stimmen am ersten November über das Budget ab.»

Maltzman räusperte sich. «Tja, also …»

«Steht es in den Statuten, dass wir das müssen?», erkundigte sich Mandell.

«Nein», musste Andelman zugeben. «Aber wir tun es eben immer.»

Mandell stieß nach. «Wenn es nicht in den Statuten festgelegt ist, warum vertagen wir die Abstimmung nicht, damit wir uns gründlich mit der Materie befassen können?»

«Aber einen großen Teil haben wir doch schon letzte Woche besprochen», wandte Andelman ein.

«Ja, aber ich war letzte Woche nicht dabei.»

«Nun ja, sicher, Herb; aber bei den Punkten, über die Sie sich nicht klar sind, können Sie sich ja der Stimme enthalten. Ich persönlich glaube nicht, dass ihre Stimme so wichtig ist. Ich meine, ich glaube kaum, dass es einen Punkt gibt, bei dem die Abstimmung so knapp ausfällt, dass eine Stimme wichtig ist. Verstehen Sie mich?»

«Selbstverständlich verstehe ich Sie, Meyer», erwiderte

Mandell. «Aber vielleicht können Sie mich ebenfalls verstehen. Es geht mir ums Prinzip. Sehen Sie, ich bin Buchhalter. Also geht es mir gegen den Strich, dass ich eine Bilanz vorgelegt bekomme und sie billigen soll, bevor ich sie mir richtig habe ansehen können. Das liegt an meiner Ausbildung, wissen Sie. Gut, Sie können sagen, ich kann mich der Stimme enthalten. Aber solange ich Mitglied dieses Vorstands bin, halte ich es für meine Pflicht, mich in finanziellen Fragen zu engagieren. Vielleicht ist das nicht richtig, aber so denke ich nun mal.»

«Ach was, Mike, vertagen wir's doch!», rief jemand.

«Sicher! Was soll das Hin und Her? Herb möchte eine Woche Zeit, um sich die Aufstellung anzusehen. Warum nicht? Ich hätte eigentlich gern selber auch ein bisschen mehr Zeit.»

«Ist es nicht egal, ob jetzt oder nächste Woche?»

Andelman sah sich unsicher um. «Nun ja, wenn der Vorstand allgemein es so will ...»

Rasch ließ Maltzman darüber abstimmen. «Alle, die für die Vertagung der Diskussion über das Budget sind, sagen Ja. Alle, die dagegen sind, sagen Nein. Die Ja-Stimmen haben gewonnen.»

Als die Sitzung kurz darauf geschlossen wurde, winkte Maltzman Herb Mandell, er möge doch auf ihn warten. Als die anderen durch den Korridor zum Parkplatz hinausgegangen und die beiden allein im Zimmer zurückgeblieben waren, sagte Maltzman: «Ich wollte Ihnen nur sagen, Herb, dass Sie Ihre Sache einfach fabelhaft gemacht haben. Diese Idee, zu erklären, es verstoße gegen Ihre Prinzipien als Buchhalter, die war –» er suchte nach dem richtigen Wort –, «die war genial. Und jetzt verstehen Sie sicher auch, warum ich wollte, dass Sie das tun. Wäre der Einwand von einem meiner Freunde gekommen, hätte die Gegenseite Unrat gerochen. So aber – nichts!» Er zwinkerte ihm zu und knuffte ihn spielerisch in den Arm.

31

Als der Anruf am Montagmorgen kam, war sein erster Impuls, Jennings, McLure oder sogar Sergeant Holcombe zu schicken. Aber es war schönes Wetter, ein kühler Tag Anfang November, und so fand er dann, er werde einen Tag in Boston vermutlich genießen, vor allem, weil er einmal vom Büro wegkam, obwohl das bedeutete, dass er nach Hause fahren und sich in Zivil werfen musste, da er das für passender hielt, wenn er außerhalb seines Zuständigkeitsbereichs etwas zu tun hatte.

Schon als er die Halle betrat, registrierte sein erfahrener Verstand das Bürogebäude automatisch als zweitklassig. Es war ein altes Haus, modernisiert mit einem neuen Selbstbedienungslift und imitierter Mahagonitäfelung aus Plastik. Diese Renovierung erstreckte sich jedoch nicht auf die oberen Stockwerke. Dort waren die Flure mit abgetretenen braunen und gelben Linoleumplatten belegt, die sich mit dem kranken Limonengrün der Wände bissen.

Die Kanzlei von Charles Sawyer, Rechtsanwalt, passte zum Stil des übrigen Gebäudes. Auf dem Fußboden lagen die gleichen braun-gelben Linoleumplatten, und die Wände prangten im selben Limonengrün. Es war ein kleiner Raum mit einem einzigen Fenster, vor dem sich unmittelbar ein anderes Bürogebäude erhob. An einer Wand standen mehrere Stühle und ein kleiner runder Eichentisch, auf dem ein Stapel alter Zeitschriften lag. An einem kleinen Schreibtisch saß eine grauhaarige Frau mit freundlichem Gesicht, die flink irgendeinen Text tippte. Als Lanigan eintrat, hielt sie inne und blickte ihm fragend entgegen.

«Ich bin Chief Lanigan von der …»

«Ach ja!» Und mit einer Kopfbewegung zu einer Tür neben ihr, die nur angelehnt war, sagte sie: «Gehen Sie nur hinein. Er hat gerade nichts zu tun.»

Das innere Büro war zwar ein wenig größer, hatte aber auch nur ein Fenster. An einer Wand stand ein verglaster Bücherschrank mit Gesetzesfolianten, mit Aktenheftern, Papieren und Firmensiegeln auf den unteren Regalen. Vor einem großen, grünen Metallschreibtisch stand ein einziger Besucherstuhl. Sobald mehr als nur ein Mandant anwesend war, mussten die anderen, wie Lanigan vermutete, entweder stehen, oder es wurden Stühle aus dem Vorzimmer hereingeholt.

Hinter dem Schreibtisch, die Hände auf dem Bauch verschränkt und in seinem Drehsessel wippend, saß Charles Sawyer, ein lächelnder Mann mit rundem Schädel und kleinen Ohren, die so flach anlagen, als seien sie festgeklebt. Seine Haare waren schütter und grau.

«Ich bin Chief Lanigan von der Polizei Barnard's Crossing, und …»

«Können Sie sich ausweisen?»

«Aber sicher.» Lanigan holte seine Brieftasche heraus und zeigte seine Marke vor.

Das kleine höfliche Lächeln auf Sawyers Lippen vertiefte sich zu einem richtigen Lächeln. «Wenn es um kriminelle

Angelegenheiten geht, muss ich vorsichtig sein», erklärte er. «Ich hatte mal einen Reporter hier, der sich als einer von den Leuten des District Attorney ausgab.» Laut rief er: «Emily, wann war das doch, als dieser Reporter mich reinzulegen versuchte?»

«Vor zwei Jahren. Im Fall Blatz», kam die Antwort aus dem Vorzimmer. Als Lanigan sich umdrehte, sah er, dass die Tür, die er beim Eintreten geschlossen hatte, wieder aufgesprungen war und angelehnt stand.

«Viele Kriminalfälle kriege ich nicht», berichtete Sawyer, «aber einige schon, und da habe ich gelernt, vorsichtig zu sein.» Er lächelte abermals. «Dazu ist ja ein Anwalt da, nicht wahr? Dass man jemanden auf seiner Seite hat, der es versteht, vorsichtig zu sein.»

«Ich glaube schon. Waren Sie Ellsworth Jordons Anwalt?»

«Tja, also – hin und wieder.» Er stand auf, ging um den Schreibtisch herum und schloss die Tür, indem er sie mit der Schulter zudrückte und gleichzeitig den Knauf drehte. Diesmal blieb sie geschlossen, und er kehrte an seinen Platz hinter dem Schreibtisch zurück. «Ich habe mich immer wieder bei der Hausverwaltung über die Tür beschwert, aber Sie wissen ja, wie's mit dem Service heutzutage aussieht.»

Lanigan lächelte mitfühlend.

«Es ist zwar nicht schlimm, wenn Emily hört, was wir besprechen. Sie weiß über alles Bescheid, was in diesem Büro vorgeht. Aber es könnte ja jemand kommen, während wir uns hier unterhalten, ein anderer Mandant …»

«Selbstverständlich.»

«Ich war am Wochenende verreist – nur ein kleiner Ausflug –, daher hörte ich das mit Jordon erst gestern Abend, als die Meldung über diesen William Green kam. Ich arbeite, wann irgend möglich, gern mit der Polizei zusammen. Das muss sein, wissen Sie, denn als Anwalt gehöre ich zum Justizsystem. Aber es hatte ja keinen Sinn, gestern Abend nach elf noch bei Ihnen anzurufen. Ich fand, heute Morgen sei früh genug.»

«Machen Sie sich keine Gedanken», beruhigte ihn Lanigan.

«Nun gut. Jetzt zum Geschäft.» Energisch rieb er sich die Hände. «Vor ein paar Monaten kam Ellsworth Jordon zu mir und bat mich, ein Testament für ihn aufzusetzen. Nun war Ellsworth zwar ziemlich genau, was Geld anging, und hätte niemals einen Penny genommen, der ihm nicht gehörte, aber er hatte dafür auch ein stark ausgeprägtes Gefühl für *meum* und *tuum*. Und in diesem Sinne war *tuum* die Regierung, die Bundes- und die Staatsregierung.» Wieder vertiefte sich sein kleines Lächeln und verriet seine Belustigung. «Er war über die Erbschaftssteuer empört. Er sah nicht ein, wieso er eine Erbschaftssteuer bezahlen sollte, wo er doch für das Geld, als er es verdiente, bereits Einkommensteuer bezahlt hatte. Und er wollte, dass ich einen Plan ausarbeite, möglicherweise einen Treuhandfonds, der die Erbschaftssteuer auf ein Minimum reduzierte, ja, falls möglich, sogar gänzlich eliminierte. Ich schlug vor, er solle doch lieber zu einem Steueranwalt gehen, aber er bestand darauf, dass ich diesen Auftrag übernahm, selbst wenn ich dabei einen Spezialisten zu Rate ziehen müsste. Also machte ich mich auf dieser Basis an die Arbeit. Und es war gar nicht so einfach, wissen Sie. Ich machte ihm verschiedene Vorschläge, aber immer hatte er Einwände dagegen. Schließlich aber hatte ich alles hineingearbeitet, was er wünschte oder wenigstens widerstrebend hinnahm.»

«Und wer war der Begünstigte?»

«Tja, also, deswegen habe ich Sie ja angerufen. Es war dieser junge Mann, William Green, Ellsworths unehelicher Sohn. Er wollte ihm alles hinterlassen.»

Lanigan nickte langsam. «Das erklärt, warum Jordon ihn zu sich eingeladen hatte. Nur, als ich ihn gestern Abend danach fragte, sagte er, Jordon sei nur ein alter Freund der Familie.»

«Sehr wohl möglich, dass der junge Mann es nicht besser weiß», entgegnete Sawyer. «Jordon war sicher, dass er keine Ahnung hatte.»

«Und Billy erbt sein ganzes Vermögen?»

Sawyer schüttelte den Kopf. Sein Lächeln wurde so breit, dass es fast von einem Ohr zum anderen reichte. Er stieß ein Gurgeln aus, das Lanigan als Lachen interpretierte. «Nein, keinen Penny kriegt er. Überhaupt nicht. Wahrscheinlich geht alles an den Staat.»

«Aber warum denn? Ist irgendwas nicht in Ordnung mit dem Testament?», fragte Lanigan verwirrt.

«Es gibt kein Testament. Es gibt lediglich meinen Entwurf für ein Testament. Ich habe ihn Jordon vor wenigen Tagen geschickt, und er schickte ihn mit ein paar bleistiftgeschriebenen Veränderungsvorschlägen an mich zurück. Freitagmorgen kam er hier an. Und ist nicht mehr unterschrieben worden.» Diesmal lachte er laut heraus. «Der Mensch denkt, Gott lenkt … Sie wissen schon.»

Lanigan musterte ihn verwundert, fragte sich, wieso der Mann so erfreut darüber war, dass Jordons Pläne schief gegangen waren. «Kennen Sie Jordon eigentlich schon lange?», erkundigte er sich.

«Aber ja!», antwortete Sawyer munter. «Ziemlich lange.»

«Und Sie mochten ihn nicht?»

Sawyer schürzte die Lippen. «Also, so würde ich das nicht ausdrücken. Ich amüsierte mich über ihn.»

«Sie amüsierten sich über ihn? Wieso?»

Statt einer Antwort deutete Sawyer auf sein Büro. «Das hier lässt nicht auf eine blühende Kanzlei schließen, nicht wahr?», sagte er dann. «Nun, das ist es auch nicht. Ich halte mich für einen guten Anwalt, Mr. Lanigan, aber Aufsehen erregende Fälle mit großen Honoraren, die ein besonderes Talent verlangen, das ich leider nicht besitze, die habe ich nicht. Trotzdem konnte ich immer recht gut leben. Nicht besonders luxuriös, aber Sie wissen schon, eben angenehm. Tja, und wenn Sie nun ein Millionär wären wie Ellsworth Jordon, warum sollten Sie dann zu jemandem wie mir kommen, um sich ein Testament aufsetzen zu lassen, vor allem, wenn Sie dazu aus Barnard's Crossing nach Boston kommen müssten?»

«Vielleicht dachte er, wenn er zu einem einheimischen Anwalt geht, würden sich die Bedingungen des Testaments doch irgendwie herumsprechen», meinte Lanigan.

«Das ist unwahrscheinlich, Mr. Lanigan, absolut unwahrscheinlich, das kann ich Ihnen versichern. Außerdem hat er sich im Laufe der Jahre immer wieder einmal an mich gewandt, gewöhnlich, wenn es sich um große, eindrucksvolle Käufe oder Verkäufe von Grundstücken handelte. Niemals etwas so Kleines und Unbedeutendes wie der Verkauf einer einzigen Parzelle und niemals als Verteidiger bei einem Prozess. Und ich bin sicher, dass er verklagt worden ist. Bei einem Mann wie Ellsworth kann man das voraussetzen.»

«Und was ist der Grund?»

«Der Grund, Mr. Lanigan, ist Emily …» Wieder ein Kopfnicken zum Vorzimmer hinüber. «Unsere Bekanntschaft, die von Ellsworth, mir und Emily, datiert ganz bis zum College zurück. Wir besuchten alle verschiedene Schulen aber wir gehörten zu einem Gesellschaftsclub namens ‹The Collegiates›. Er war ziemlich verliebt in Emily, ging sehr häufig mit ihr aus und bat sie schließlich, seine Frau zu werden.» Das Lächeln wurde wieder breiter. «Aber sie gab ihm einen Korb und heiratete mich. Ich bin sicher, und Emily ist auch meiner Meinung, dass er jedes Mal nur in der Absicht herkam, uns zu zeigen, wie gut es ihm ging. Der Auftrag, sein Testament aufzusetzen, diente natürlich nur dem Zweck, ihr das Ergebnis seiner erfolgreichen Laufbahn unter die Nase zu reiben und sie wissen zu lassen, dass er, auch wenn er nicht geheiratet hatte, dennoch nicht ganz ohne die Freuden partnerschaftlicher Gemeinsamkeit gelebt hatte und der Vater eines Sohnes war.»

«Meinen Sie damit, dass er sie immer noch liebte – Ihre Frau?»

Sawyer schüttelte den Kopf. «Ich glaube, er scherte sich einen Dreck um sie. Wenn er hierher kam, wechselte er kaum ein Wort mit ihr. Er wollte ihr lediglich beweisen, was für einen furchtbaren Fehler sie begangen hatte, als sie ihn abwies. Wundert es Sie noch immer, Mr. Lanigan, dass ich ihn amüsant finde?» Durch seine halb geschlossenen Augen musterte er den Chief. «Es ist doch mindestens interessant, meinen Sie nicht?»

«Ja, interessant ist es allerdings. Wissen Sie noch mehr über ihn, das … interessant ist? Und das mir weiterhelfen könnte?»

«Nun ja, es gäbe da schon etwas – rein als Anwalt gesprochen, natürlich. Die Tatsache, dass der Junge jetzt bei ihm wohnt, deutet darauf hin, dass er noch immer Kontakt mit seiner Mutter hat. Und wenn er dem Jungen auch nicht gesagt hat, dass er ihn als seinen Erben einsetzen wollte, hat er sich möglicherweise doch seiner Mutter anvertraut. Vielleicht lohnt es sich, danach zu forschen, wo sie am Freitagabend war.»

«In Europa.»

«Sind Sie sicher?», fragte Sawyer spitz.

«Nun ja …» Lanigan hatte eine Idee, deshalb lächelte er. «Wo waren Sie denn am Freitagabend – Emily und Sie?»

Sawyer begann zu lachen, ein kehliges Gurgeln, das klang, als müsse er ersticken. Endlich hörte er wieder auf und trocknete sich die Augen mit einem Taschentuch. «Ausgezeichnet, Mr. Lanigan!»

«Also, wo waren Sie?»

Sawyers Miene verriet Ärger. «Hier waren wir und haben bis in die Nacht hinein an diesem verdammten Testament gearbeitet, weil er es unbedingt am Samstag haben wollte.» Dann lächelte er wieder und sagte freundlich: «Der Nachtportier hat zweifellos den Zeitpunkt notiert, zu dem wir das Gebäude verlassen haben.»

32

Es war Herb, der dem Sergeant die Tür öffnete. Sie waren gerade mit dem Sonntagsessen fertig. Seine Mutter war in ihr Zimmer hinaufgegangen, um ein bisschen zu schlafen, und er hatte, während Molly in der Küche das Geschirr einräumte – sie hatten es sich so eingeteilt, dass er spülte, sie abtrocknete und wegräumte –, im Wohnzimmer die Sonntagszeitung gelesen.

«Sergeant Holcombe», stellte sich der Besucher vor und zeigte ihm seine Marke in der Lederhülle.

«Was kann ich für Sie tun, Sergeant?»

«Darf ich hereinkommen?»

Herb trat beiseite und bot ihm einen Sessel an.

«Sie sind Mr. Mandell? Sie unterrichten in der High School, nicht wahr?»

«Ganz recht.»

«Meine kleine Schwester hat Buchhaltung bei Ihnen.»

Molly rief aus der Küche herüber: «Was ist denn, Herb?»

«Nur eine Schulangelegenheit», antwortete er.

Der Sergeant war ein wenig verlegen. «O nein, ich bin nicht wegen meiner Schwester gekommen; deswegen hätte ich Sie niemals zu Hause aufgesucht und dazu noch an einem Sonntag, sondern in der Schule, Mr. Mandell. Oder wahrscheinlich überhaupt nicht. Ich meine, dann wäre mein Vater zu Ihnen gekommen. Nein, ich wollte Mrs. Mandell sprechen.»

«Weswegen?»

«Ach, nur Routine, Mr. Mandell. Könnte ich sie einen Moment sprechen? Dürfte ich sie fragen …»

Aber Molly war mit dem Geschirr schon fertig und kam ins Wohnzimmer. Fragend blickte sie den Sergeant an.

«Wirklich nur reine Routine», wiederholte er entschuldigend. «Ich habe da ein paar Fragen …»

«Selbstverständlich, Sergeant.» Sie nahm neben Herb auf dem Sofa Platz und wartete, während der Sergeant eine unbeschriebene Seite in seinem Notizbuch suchte.

«Es geht um Freitagabend, Mrs. Mandell. Mr. Gore sagte, er hätte auf dem Weg nach Boston an einer Tankstelle gehalten und Sie angerufen …»

«Soll das heißen, Sie verdächtigen Mr. Gore?», erkundigte sie sich indigniert.

«O nein! Aber der Chief möchte gern alles ganz genau wissen. Dieser Fall ist ziemlich wichtig, darum muss alles hundertprozentig stimmen. Ich glaube, er will jetzt vor allem den genauen Zeitpunkt herausfinden, als … na ja, als es passiert ist. Mr. Gore erinnert sich nicht mehr, wie viel Uhr es war, als er an der Tankstelle hielt, aber er weiß noch, dass er Sie angerufen hat. Und der Tankwart erinnert sich auch nicht, wie viel Uhr es war, aber er weiß noch, dass Mr. Gore telefoniert hat, weil nämlich die Telefonzelle nicht funktionierte und Mr. Gore den Apparat im Büro benutzt hat. Darum dachte ich, Sie erinnern sich vielleicht an die Zeit.» Hoffnungsvoll, den Bleistift gezückt, sah er sie an. «Er hat Sie doch angerufen, nicht wahr?»

«Ja, er hat mich angerufen», antwortete sie. «Und ich weiß auch noch, wie viel Uhr es war. Es war halb neun.»

Der Sergeant schrieb glücklich in seinem Notizbuch und sah dann auf. «Sie sind sehr sicher, was den Zeitpunkt betrifft. Warum?»

«Weil ich auf meine Uhr geschaut habe, natürlich.»

«Und wieso haben Sie auf Ihre Uhr gesehen? Hat er Sie nach der Zeit gefragt?»

«Nein, nein. Ich arbeitete an einem Bericht für die Bank. Mr. Gore rief mich an, um zu sehen, wie ich vorwärts kam. Ich war fast fertig und sah auf die Uhr, um zu überlegen, wie lange ich noch brauchen würde.»

Der Sergeant schüttelte verwundert den Kopf. «Für die Bank, sagten Sie? Machen Sie das öfter?»

Sie lächelte. «Ich nehme mir häufig Arbeit mit nach Hause, und Mr. Gore tut das, soviel ich weiß, beinahe jeden Tag. Das tun die meisten Leute von der Bank, das heißt, die leitenden Angestellten.»

Er nickte langsam. «Er rief Sie also an und fragte, wie Sie vorwärts kommen, und Sie sahen auf die Uhr und antworteten, Sie seien fast fertig.»

«Richtig.»

«Und auf Ihrer Uhr war es halb neun?»

«Hm-hm.»

Lächelnd stand der Sergeant auf. «Und sind Sie dann auch fertig geworden?»

Sie lächelte ebenfalls. «Ja, Sergeant.»

Der Sergeant las noch einmal, was er sich notiert hatte. «Sonst noch etwas, das Sie mir sagen könnten, Mrs. Mandell?»

«Zum Beispiel?»

«Ach, alles, was mit diesem Fall zusammenhängen könnte.»

Sie zögerte; dann schüttelte sie langsam den Kopf.

Dem Sergeant kam ein Gedanke. «Der Chief möchte vermutlich, dass ich dies mit der Maschine schreibe und von Ihnen unterzeichnen lasse», sagte er.

«Dann werde ich es natürlich unterzeichnen.»

Als Mandell ihn zur Haustür brachte, sagte der Sergeant: «Meine Schwester, die bei Ihnen Unterricht hat – Ihre Stunden gefallen ihr sehr.»

«Das freut mich», gab Mandell zurück. «Wie hieß sie noch?»

«Genau wie ich. Holcombe. Doris Holcombe.»

«Ach ja! Groß und blond. Eine gute Schülerin.»

«Das werde ich ihr ausrichten, Mr. Mandell.»

«Tun Sie das, Sergeant.»

33

Die Stimme am Telefon klang aufgeregt und ungeduldig. «Rabbi Small? Ich muss Sie sprechen. Es ist furchtbar wichtig. Haben Sie bestimmte Sprechstunden?»

«Wenn es furchtbar wichtig ist, habe ich vierundzwanzig Stunden am Tag Sprechstunde. Wer ist denn da?»

«Sie kennen mich nicht. Mein Name ist Segal. Es geht um … Wissen Sie, ich möchte lieber nicht am Telefon darüber reden. Wenn Sie mir sagen würden, wann ich Sie aufsuchen darf …»

«Ich habe den ganzen Abend Zeit, Mr. Segal. Sie können jederzeit kommen. Wenn Sie wollen, auch jetzt gleich.»

«Bin schon unterwegs, Rabbi.»

Zwanzig Minuten darauf schüttelten sie sich die Hand, und Rabbi Small sagte: «Ich habe schon von Ihnen gehört, Mr. Segal.»

«Wirklich? Haben Sie etwa an der Börse spekuliert?» Und als der Rabbi verneinend lächelte: «Ach so, ich weiß! Dieser Immobilienmakler, Mr. Maltzman, hat mit Ihnen gesprochen. Das hatte er nämlich vor. Aber er hat mir noch nicht Bescheid gegeben. Geht alles in Ordnung?»

«Wir würden uns freuen, wenn Sie Mitglied unserer Gemeinde würden, Mr. Segal. Aber eine besondere Zeremonie ist dazu nicht notwendig.»

«Aber die Bar Mitzwa …»

«Sie hatten Bar Mitzwa, als Sie dreizehn wurden, ob Sie das nun gefeiert haben oder nicht. Es bedeutet lediglich, dass Sie nach unseren Gesetzen großjährig sind.» Er setzte ihm die Bedeutung der Zeremonie auseinander und erklärte ihm, wie sie sich zu den gegenwärtigen Proportionen entwickelt hatte. Segal hörte zu, aber ohne großes Interesse.

«Gut», sagte er, als der Rabbi endete. «Wissen Sie, nachdem ich zugesagt hatte, habe ich darüber nachgedacht. Ich war bereit, mitzumachen, aber ich fand es doch ein wenig peinlich. Ich bin wahrhaft froh, dass es nicht nötig ist.»

«Wollten Sie mich deswegen sprechen, Mr. Segal?»

«O nein! Mit der Synagoge hat das nichts zu tun. Es geht mir um diesen William Green, der in den Mordfall verwickelt ist. Haben Sie die Sache verfolgt?»

«Ich habe in der Zeitung davon gelesen und die Nachrichten im Rundfunk gehört.»

«Wissen Sie, Rabbi, ich wohne augenblicklich im Hotel und nehme dort auch meine Mahlzeiten ein. Da hört man unwillkürlich, worüber sich die Leute unterhalten, und im Augenblick sprechen sie nur davon. Alle sind sich einig darin, dass dieser William Green der Mörder ist. Wie ich vermute, ist er fremd hier in der Stadt und war nur bei dem Ermordeten zu Besuch. Man scheint außerdem auch der Meinung zu sein, dass der junge Mann etwas sonderbar ist, dass er keine Freunde hat und sehr zurückhaltend ist. Ein Mann sagte, der Beweis für seine Schuld sei, dass die Polizei ihn in Gewahrsam hält. Daran ist sicherlich etwas Wahres, denn in der Zeitung stand, die Presse komme nicht an ihn heran, und in den Abendnachrichten heute wurde behauptet, er sei für Interviews mit Reportern nicht erreichbar. Dann hieß es noch, er sei der Sohn von Hester Grimes, der bekannten Nightclub- und Fernsehsängerin. Da habe ich aufgehorcht, Rabbi, denn ich kenne Hester Grimes.»

«Und Sie meinen, er ist gar nicht ihr Sohn?»

«Oh, das weiß ich nicht. Ich meine, so gut kenne ich sie nun wieder nicht. Ich wollte nur sagen … Hören Sie, ich werde immer wieder aufgefordert, an Ausschüssen für Bürgerinitiativen und Wohltätigkeitsaktivitäten teilzunehmen. Nicht etwa, weil ich mehr Nächstenliebe und Bürgersinn hätte als die anderen, sondern weil man meint, ich hätte verwaltungsfachliche und unternehmerische Qualitäten, vor allem aber, weil man annimmt, dass ich eine große Geldspende gebe und meine reichen Freunde ebenfalls dazu veranlasse. Nun hatte ich letztes Jahr mit einem Wohltätigkeitsbasar zu tun, zu dem wir viele Leute vom Showgeschäft geholt hatten. Und wenn die kommen, dann kümmern sich die Ausschussmitglieder um sie, gehen mit ihnen zum Essen aus, laden sie zu sich nach Hause ein und so weiter, weil sie für ihren Auftritt nämlich keine Gage bekommen, verstehen Sie? Jedenfalls, mir wurde Hester Grimes zugeteilt. Ich ließ sie vom Flughafen abholen und zu uns ins Hotel bringen.

Dort aßen wir zu Abend, und nach ihrem Auftritt bei dem Basar luden wir sie zu uns ein. Sie ist eine reizende, charmante Frau, und als wir da saßen und uns unterhielten, hat sie uns viel über sich erzählt. Grimes ist nur ihr Bühnenname, Rabbi. Ihr richtiger Name lautet Green.»

«Ach, daher also …»

«Sie heißt Esther Green. Sie ist Jüdin, Rabbi.»

Der Rabbi schürzte nachdenklich die Lippen, während Segal erwartungsvoll schwieg. Dann fragte er ruhig: «Und was soll ich Ihrer Ansicht nach tun, Mr. Segal?»

«Tja, also, Rabbi, da ist dieser junge Mann, fast noch ein Kind, ohne Freunde, die Mutter irgendwo in Europa und weiß vermutlich gar nichts von all dem hier. Ich bin zwar neu hier, und ich kenne die Stadt noch nicht, aber ich weiß, wie die Behörden arbeiten. Sie wollen keine Schwierigkeiten, und wenn ihnen etwas Mühe macht, sehen sie zu, dass sie die Sache möglichst schnell vom Hals kriegen. Wenn er unter Anklage gestellt wird, schickt man ihm einen Anwalt, vielleicht sogar einen Pflichtverteidiger, aber … Sehen Sie, es ist mir gleich, wie fair und anständig die Polizisten oder die Stadtväter hier sind, ich weiß, dass ein junger, unreifer Bursche nicht so behandelt wird wie ein Erwachsener und dass ein Fremder ohne Freunde anders behandelt wird als ein Einwohner der Stadt mit Familie und Freunden. Deswegen dachte ich, da er doch Jude ist und Sie hier der Rabbi sind, könnten Sie Ihren Einfluss geltend machen. Ich meine, selbst wenn ich ihm einen Anwalt besorgte, könnte der doch nicht einfach hingehen und sagen, er vertrete William Green, nachdem der gar nicht nach ihm gefragt hat. Verstehen Sie mich?»

«Also gut, Mr. Segal, ich werde versuchen, ob ich William Green sprechen kann, und dann werde ich ihm sagen, dass er nicht allein ist.»

34

Henry Maltzman trommelte ungeduldig mit den Fingern auf seiner Schreibtischplatte. «Wenn Sie Ihr Haus verkaufen wollen, Joe, müssen Sie renovieren. Sie müssen es streichen lassen ...»

«Streichen?» Krasker war entsetzt. «Das kostet mich mindestens tausend bis tausendfünfhundert Dollar!»

«Na und? Dafür verkaufe ich es um fünftausend mehr.»

«Geben Sie mir das schriftlich?»

«So weit kommt's noch! Hören Sie, Joe, kriegen Sie das doch endlich in ihren dicken Schädel: Häuser werden nicht gekauft, sie werden verkauft. Und wenn man sie verkaufen will, müssen sie attraktiv aussehen. Letzte Woche bin ich mit einem Interessenten zu Ihrem Haus rausgefahren; da zieht der ein Taschenmesser heraus und stößt es in den Türrahmen, dort, wo die Farbe abblättert. Ich hab ihn gefragt, was er da tut, und er hat geantwortet, er wollte sehen, ob das Holz verrottet ist. Kapiert? Wenn ein Haus ungepflegt ist, denken die Kunden immer, dass es schlimmer ist, als es aussieht. Aber so viel wird es Sie gar nicht kosten, wenn Sie es herrichten lassen. Es muss ja nicht erstklassige Arbeit sein, so als machten Sie es für sich selbst. Ich habe da ein paar junge Griechen, die klatschen Ihnen für billiges Geld ein bisschen Farbe drauf, und dann sieht es wieder großartig aus.»

Krasker ließ sich überzeugen. «Na schön. Die Männer sollen kommen und mir einen Kostenvoranschlag machen.»

Maltzman lehnte sich zufrieden lächelnd im Sessel zurück. «Ich werde persönlich mit ihnen sprechen und sie bitten, Ihnen einen möglichst günstigen Preis zu machen. Ich vermittle ihnen eine Menge Arbeit, und die Leute sind gut. Übrigens, was ist mit Sonntag? Ich verlasse mich darauf, dass Sie mitmachen.»

Krasker wand sich voll Unbehagen auf seinem Stuhl und heftete den Blick auf die Schreibtischplatte. Es war nicht so einfach, anderer Meinung zu sein als Henry Maltzman. «Ich weiß nicht, Henry», sagte er. «Ich habe lange darüber nachgedacht. Ich finde es schrecklich, einen Rabbi zu feuern, vor allem, wo er doch gar nichts getan hat.»

«Das ist es ja gerade: Er hat nichts getan», antwortete Maltzman schnell. «Ich weiß nicht, wie oft ich den Vorschlag gemacht habe, die Synagoge auszubauen, die Mitgliederzahl zu erhöhen, und statt einverstanden zu sein oder sich wenigstens neutral zu verhalten, hat er sich doch tatsächlich gegen mich gestellt und gesagt, er werde es nicht dulden, es sei gegen die Religion oder so ähnlich. Und praktisch jeder frühere Vorsitzende hat dieselben Schwierigkeiten mit ihm gehabt. Außerdem feuern wir ihn doch gar nicht. Wir stimmen nur gegen eine Verlängerung seines Vertrags.»

«Wo ist da der Unterschied?»

«Kommen Sie, Joe! Ich habe mich ganz genau erkundigt. Als er anfangs kam, erhielt er einen Einjahresvertrag, sozusagen als Probezeit. Dann bekam er einen Fünfjahresvertrag. Dann, vor ein paar Jahren, wurde ihm ein Vertrag auf Lebenszeit angeboten, und er lehnte ihn ab. Er wollte nur einen Einjahresvertrag, der jedes Jahr verlängert werden muss. Und was bedeutet das? Es bedeutet, dass er jederzeit gehen kann. Und jedes Mal, wenn sein Vertrag ausläuft, gibt es praktisch einen neuen – so wie bei einem Mietvertrag. Ich schlage ja nicht vor, dass wir ihm einen Brief schreiben, er müsse gehen, oder wir wollten einen neuen Rabbi. Ich möchte lediglich, dass ihm die Sekretärin schreibt: ‹Lieber Rabbi, der Vorstand hat mit acht zu sieben oder zehn zu fünf oder was sonst beschlossen, Ihren Vertrag nicht mehr zu verlängern.› Also das bedeutet doch nicht, dass er gefeuert wird. Es bedeutet, dass er so etwas ähnliches ist wie ein jederzeit kündbarer Pächter. Er könnte ohne weiteres noch jahrelang bleiben. Nur eben ohne festen Vertrag.»

«Würden wir ihn bezahlen?»

«Ja, natürlich! Wenn er arbeitet, müssen wir das. Wir würden ihn so bezahlen wie Stanley, den Hausmeister. Der hat ebenfalls keinen Vertrag.»

Krasker nickte. «Na schön, dann ist er jederzeit kündbar. Aber wie Sie schon sagten, er könnte noch jahrelang bleiben. Und was haben wir davon? Sie wollen ihn raus haben. Und ich muss zugeben, ich hätte auch lieber einen anderen Rabbi. Aber es ist doch alles umsonst, wenn er hier bleibt, ohne dass er einen Vertrag bekommt!»

«Mehr oder weniger», gab Maltzman zu. «Aber ganz doch sicher nicht. Wenn jemand keinen Vertrag hat, kann er jederzeit gefeuert werden. Okay, sagen wir, es kommt so weit, dass er gegen etwas opponiert, was wir vom Vorstand beschlossen haben. Dann können wir jederzeit sagen: ‹Wenn es Ihnen nicht passt, Rabbi, nehmen Sie Ihre Siebensachen und verschwinden Sie.› Aber ich glaube kaum, dass es so weit kommt. Ich bin überzeugt, sobald er diesen Brief bekommt, wird er sich hinsetzen und uns seine Kündigung einreichen. Bestimmt!» Er lächelte. «Und wir schreiben ihm sofort zurück, dass wir seine Kündigung akzeptieren.»

«Tja …»

«Ich verlasse mich auf Sie, Joe!»

«Aber was passiert, wenn wir abstimmen, und der Rabbi gewinnt?»

Maltzman zuckte die Achseln. «Gar nichts. Dann stehen wir wieder auf Feld eins. Die Sekretärin schreibt ihm, der Vorstand habe per Abstimmung beschlossen, seinen Vertrag zu verlängern, und …»

«Nein.» Krasker schüttelte ungeduldig den Kopf. «Es wird ganz sicher durchsickern, wer gegen den Rabbi gestimmt hat. Und das könnte peinlich werden, wenn man ihn wegen einer Bar Mitzwa oder einer Hochzeit aufsuchen muss.»

«Sicher, daran habe ich auch schon gedacht. Wir werden also geheim wählen. Die einzelnen Stimmen werden von der Sekretärin gezählt. Gewinnt der Rabbi, sagt sie es. Verliert der Rabbi, und es gibt Ärger, nennt sie die Stimmergebnisse. Namen werden nicht genannt, weil niemand seinen Stimmzettel unterschreibt.»

«Ja, aber, wie sieht es aus?»

«Kritisch, Joe. Verdammt kritisch. Ich muss zugeben, dass ich mich auf Sie verlasse. Gestern habe ich mit Bill Shaefer gesprochen. Sie machen seine Buchhaltung, nicht wahr?»

«Seit Jahren.»

«Nun, also, ich bin jeden Namen durchgegangen, und mit Ihnen sind wir gerade acht; das ist knapp. Bill war überzeugt, dass Sie mitmachen würden, aber ich sagte, das wollte ich von Ihnen selbst hören. Also, was ist nun, Joe? Kann ich mit Ihnen rechnen?»

Der Hinweis auf Bill Shaefer, einen seiner größten Klienten, beeindruckte Krasker. «Aber sicher, Henry. Ich wollte nur das Für und Wider erwägen. Verstehen Sie?»

«Selbstverständlich. Ich kann's ihnen nicht verdenken.» Er langte nach einem Aktenhefter auf seinem Schreibtisch.

Aber Krasker ging noch nicht. «Was Sie da am Sonntag bei der Sitzung über diesen Jordon gesagt haben – ist das wahr? Dass er ein Antisemit war?»

«Allerdings.»

«Weil ich nämlich diesen Klienten habe, einen Arzt, und wir unterhielten uns über den Mord, und der sagte, was für ein netter Mensch Jordon doch sei, und dass er immer große Spenden für den Krankenhausfonds gegeben habe.»

«Na und? Er hat vermutlich auch Hunde gemocht und war nett zu kleinen Kindern. Hitler hat auch Hunde gemocht. Und Musik. Aber uns hat er nicht gemocht. Das eine hat mit dem anderen nichts zu tun.»

«Na ja, ich dachte nur, es interessiert Sie vielleicht.»

35

Anne Kaufman war Silberschmiedin und hatte ihr Geschäft in der Innenstadt. Es war kaum mehr als ein kleines Loch mit einer anschließenden Werkstatt, wo sie auf einem hohen Hocker an ihrem Arbeitstisch saß und die Ringe, Anhänger, Ohrringe und Manschettenknöpfe herstellte, die sie in ihrem winzigen Laden verkaufte. Wenn die Türglocke ertönte, stieg sie von ihrem Hocker und kam nach vorn, um ihre Kundschaft zu bedienen.

Trotz ihres Altersunterschieds – Annes Kinder waren bereits in der High School – waren Anne und Molly Mandell eng befreundet. Molly hatte ihren Einfluss in der Bank dazu benützt, ihr das Darlehen zu beschaffen, mit dem sie ihr Geschäft aufgebaut hatte, deswegen war sie der Jüngeren dankbar. Und da sie beide den größten Teil des Tages im Geschäftsviertel der Stadt verbrachten, sahen sie einander häufig. Deswegen hatte sich Molly erboten, mit ihr über Maltzmans Plan zu sprechen.

Als Anne anrief, um sie zu fragen, ob sie schon eine Verabredung zum Lunch habe, hielt sie das für eine günstige Gelegenheit.

«Bisher nicht. Ich wollte eigentlich bei *Creighton* ein Sandwich essen. Was hast du denn vor?»

«Ich dachte, du könntest im Delikatessenladen vielleicht ein Sandwich kaufen und es mit herbringen. Ich mache uns einen Kaffee.»

«Klingt gut. Also bis heute Mittag.»

Als sie wenige Minuten nach zwölf Uhr kam, schloss Mrs. Kaufman die Ladentür ab und hängte ein Schild ins Fenster: *Bin um ein Uhr wieder zurück.* Sie bot ihrem Besuch den alten Korbsessel an, in dem sie sich gelegentlich ausruhte, und nahm selbst auf ihrem Hocker Platz. Sie schenkte Kaffee ein, und Molly packte ihr Sandwich aus; dann sagte sie: «Kanntest du diesen Ellsworth Jordon? In der Zeitung stand, er sei Aufsichtsratsmitglied eurer Bank gewesen.»

«O ja, den kannte ich», antwortete Molly grimmig. «Der

kam beinahe jeden Tag. Nicht weil er im Aufsichtsrat war, sondern weil er nichts anderes zu tun hatte. Die anderen Aufsichtsratsmitglieder bekommt man höchstens einmal im Monat zu sehen.»

«War er wirklich – du weißt schon – Antisemit?»

«Er war ein schmutziger alter Mann. Das war er.» Sie lächelte säuerlich. «Ob er Antisemit war, weiß ich nicht. Ich weiß nur, dass er mich ständig belästigte. Und er wusste, dass ich Jüdin bin.»

«Wirklich? Wie hat er dich denn …»

«Ach, du weißt schon, zufällig-absichtlich ein Klaps auf den Po und so.»

«Hast du das denn deinem Chef nicht gesagt?»

«Einmal habe ich's erwähnt, aber er hat sich so aufgeregt, dass ich ihm lieber nicht mehr damit gekommen bin.»

«Was hast du gemacht?»

«Ach, als er wieder einmal damit anfing, war ich darauf vorbereitet. Statt zusammenzuzucken, wie es natürlich gewesen wäre, blieb ich eisern und hab ihm den spitzen Ellbogen in die Rippen gebohrt.»

«Und was hat er gemacht?»

Molly lachte. «*Er* ist zusammengefahren – und hat einen Hustenanfall gekriegt.» Sie kaute ihr Sandwich; dann fragte sie: «Warum interessierst du dich so für Jordon?»

«Nun ja …» Mrs. Kaufman warf einen Blick in den schräg oben an der Wand angebrachten Spiegel, mit dessen Hilfe sie den Laden und die Ladentür überblicken konnte. «Heute Morgen saß ich hier oben und arbeitete, wie immer. Als die Tür aufging, blickte ich auf und sah, dass es diese beiden alten Weiber waren, die ewig kommen, aber nie etwas kaufen. Deswegen hatte ich es nicht eilig, rüberzugehen. Aber ich konnte sie reden hören, und eine von ihnen sagte, das wüssten doch alle, dass es die Juden getan hätten, weil er sie ‹gefressen hätte›. Genau diesen Ausdruck benutzten sie. Er habe versucht, eine geheime Absprache zu arrangieren, dass niemand ihnen ein Grundstück auf dem Point verkauft, und deswegen hätten sie's getan. Dann hustete ich oder räusperte mich, und vermutlich merkten sie, dass ich sie hören konnte, denn im Spiegel sah ich, wie eine von ihnen den Finger auf die Lippen legte und zur Werkstatt hier herübernickte.»

«Hm. Ist ja interessant. Was hast du gemacht?»

«Gar nichts», antwortete Mrs. Kaufman. «Nach einer Weile ging ich raus. Eine von ihnen bat mich, ihr ein bestimmtes Stück aus dem Schaufenster zu zeigen, und ich erklärte ihr, das sei schon verkauft, der Kunde werde es morgen abholen. Vielleicht spürten sie, dass sie nicht willkommen waren. Wie dem auch sei, daraufhin gingen sie. Und ich rief dich an.»

«Machst du dir Sorgen?», fragte Molly.

«Ein bisschen schon», gab Anne zu.

«Ist doch sinnlos, sich über alles aufzuregen, was die Leute so daherreden», versuchte Molly sie zu beruhigen.

«Aber wenn die das sagen, sagen andere das vielleicht auch.»

«Und was sollen wir dagegen tun?»

«Irgendwas *müssen* wir einfach dagegen tun, finde ich», sagte Anne. «Vielleicht könnte Rabbi Small …»

«Rabbi Small? Glaubst du etwa, du könntest ihn dazu bewegen, in irgendeiner Sache was zu unternehmen?»

«Na ja …»

«Hör mal, Anne, von Rabbi Small brauchst du überhaupt nichts zu erwarten. Das hat er praktisch selber gesagt, als Henry Maltzman ihn wegen der Gleichberechtigung der Frauen beim Gottesdienst aufsuchte. Er behauptet, eine Veränderung zieht andere nach sich, und davon könnten einige negativ sein, deswegen wolle er kein Risiko eingehen. Also, ich bitte dich!»

«Na gut, das hat was mit Religion zu tun, aber dies ist eine Frage des ... des ...»

«Des Rechts? Der Politik? Na schön. Letzte Woche hat der Magistrat dafür gestimmt, seine Billigung der Verkehrsampeln bei der Synagoge noch einmal zu überdenken. Übrigens, das war auch eine von Ellsworth Jordons schmutzigen Machenschaften. Und hat Rabbi Small etwas dagegen unternommen? Hat er wenigstens an die Presse geschrieben und gegen den Beschluss des Magistrats protestiert?»

«Das weißt du doch gar nicht. Vielleicht hat er doch etwas getan, oder er ...»

Mollys Augen blitzten vor Belustigung. «Also, du glaubst doch wohl nicht etwa, dass Rabbi Small Jordon ermordet hat, wie?»

«Aber Molly! Wie kannst du nur so was sagen! Ich meine, er hat vielleicht mit dem Magistrat gesprochen oder wird es noch tun.»

Molly schüttelte den Kopf. «Wenn gehandelt werden muss, brauchst du auf Rabbi Small nicht zu zählen. Darüber müssen wir uns klar sein. Er ist großartig darin, uns zu erklären, was wir nicht tun dürfen und was der Talmud darüber sagt, aber wenn es um aktive Taten geht, kannst du ihn sofort vergessen.»

«Ja, aber was sollen wir denn tun?»

«Einen anderen Rabbi nehmen», antwortete Molly prompt.

«Aber wie? Und woher sollen wir wissen, ob der andere besser ist?»

«Wir nehmen ihn nur, wenn er uns entsprechende Unterlagen einreicht. Und was Rabbi Small angeht …» Molly erklärte ihr Maltzmans Plan.

Sie diskutierten ihn eingehend. Anne erhob Einwände, wies auf Probleme und Schwierigkeiten hin. Aber als Molly ging, um in ihr Büro zurückzukehren, konnte sie Maltzman berichten, dass ihre Freundin zugesagt hatte.

36

«Er ist auf Children's Island», sagte Chief Lanigan. «Was wollen Sie von ihm?»

«Was macht er drüben auf der Insel?», erkundigte sich Rabbi Small.

«Er wohnt dort. Er arbeitet dort. Am ersten Abend kam er hierher zurück und schlief in einer unserer Zellen. Da er jedoch nicht unter Anklage steht, konnte ich ihn nicht hier behalten. Und in Jordons Haus konnte ich ihn auch nicht zurückkehren lassen, selbst wenn er das gewollt hätte. Wir haben das Haus versiegelt. Und in der Bank arbeiten wollte er jetzt noch nicht wieder. Er meint, die Leute würden ihn mit neugierigen Fragen belästigen. Dann fielen mir die Hegertys ein. Sie wohnen ungefähr bis Thanksgiving auf der Insel, reparieren die Hütten, streichen sie und hängen für den Winter die Fensterläden ein. Dabei ist ihnen jede Hilfe willkommen.

Also habe ich sie gefragt, und der Junge war einverstanden, sogar interessiert, und so hab ich's dann arrangiert.»

«Er steht doch nicht unter Arrest?»

«Nein. Der District Attorney meint, wir haben keine Beweise gegen ihn. Andererseits wollen wir ihn aber noch eine Weile hier behalten. Und dies schien mir die ideale Lösung zu sein.»

«Hat er einen Anwalt? Ist seine Mutter benachrichtigt worden?»

«Wozu braucht er einen Anwalt? Er ist nicht angeklagt, sage ich Ihnen. Und was seine Mutter betrifft – er will nicht, dass die was erfährt. Weil er glaubt, sie würde dann sofort angerannt kommen. Na ja, er ist achtzehn, also volljährig, daher ...»

«Wie komme ich zu ihm?», fragte der Rabbi.

Lanigan lächelte. Er lehnte sich im Sessel zurück und verschränkte die Hände über dem Bauch. «Tja, wenn Sie ein Boot hätten, könnten Sie vielleicht rüberrudern. Oder Sie könnten sich von jemandem mit einem Motorboot rüberfahren lassen. Oder Sie könnten sich von der Hafenpolizei rüberfahren lassen. Aber das würde ich an Ihrer Stelle nicht tun, denn im Grunde geht Sie die Sache ja gar nichts an.»

Rabbi Small berichtete von seinem Gespräch mit Ben Segal. «Da er also eine jüdische Mutter hat, ist der Junge ebenfalls Jude, und als einziger Rabbi hier in der Stadt ...»

«Kommt das nicht auf den Vater an?»

«Nein, bei uns auf die Mutter», antwortete der Rabbi.

«Kennen Sie den Vater?»

Der Rabbi schüttelte den Kopf.

Lanigan lächelte. «Und wenn ich Ihnen nun sagen würde, es war Ellsworth Jordon?»

Wenn er erwartet hatte, den Rabbi mit dieser Mitteilung erschüttern zu können, wurde er jetzt enttäuscht. «Deswegen wohnte er also bei ihm! Es wundert mich nicht im Geringsten.»

«Vielleicht erklärt das auch Jordons Antisemitismus», sinnierte Lanigan. «Ich meine, wenn er diese Hester Grimes oder Esther Green sehr geliebt und sie ihn abgewiesen hat ...»

«Andererseits», wandte der Rabbi ein, «hat sie ihn vielleicht abgewiesen, weil er Antisemit war.»

«Auch möglich», gab Lanigan zu. «Es interessiert Sie vielleicht, zu hören, dass Jordon Billy zu seinem Erben machen wollte.»

«Hat Ihnen der junge Mann das gesagt?»

«Nein, ich hab's von Jordon's Anwalt. Laut Billy war Jordon nichts weiter als ein alter Freund der Familie. Entweder weiß er nicht, dass Jordon sein Vater war, oder er will es nicht sagen.» Er musterte den Rabbi nachdenklich. «Wenn Sie ihn sehen, werden Sie es ihm mitteilen?»

Mit unbewegtem Gesicht fragte der Rabbi zurück: «Soll das heißen, Sie möchten, dass ich es ihm sage?»

Lanigan gab sich unbeteiligt. «Es könnte ganz interessant sein.»

Lächelnd schüttelte der Rabbi den Kopf. «Das muss seine Mutter tun, falls sie es will. Wenn sie es all diese Jahre lang geheim gehalten hat, wird sie schon ihre Gründe gehabt haben, und dann kann ich mich nicht einmischen. Nein, ich möchte nur mit ihm sprechen.»

«Warum?»

«Weil das meine Aufgabe ist», antwortete der Rabbi prompt. «Er ist allein, hat keine Familie und keine Freunde, und er hat Probleme. Ich …»

«Wie kommen Sie darauf, dass er Probleme hat? Er steht nicht unter Anklage.»

«Weil Sie sagten, es gebe keine Beweise gegen ihn. Das lässt darauf schließen, dass er zu den Verdächtigen gehört. Und obwohl Sie keine Beweise haben, suchen Sie wahrscheinlich danach und …»

«Wir suchen nach allen möglichen Beweisen», wandte Lanigan ein. «Ganz gleich, auf wen sie hindeuten.»

«Gewiss, und wenn Sie welche finden, die auf ihn hindeuten, wird der District Attorney Anklage gegen ihn erheben, und da es sich um einen Mordfall handelt, muss er ins Gefängnis, während sein Pflichtverteidiger, ein überarbeiteter Mann, immer wieder Aufschub erwirkt, um Zeit für die Ausarbeitung der Verteidigungsstrategie zu gewinnen. Und die ganze Zeit sitzt der Junge hinter Gittern. Ich bitte lediglich um die Möglichkeit, mit ihm zu sprechen und ihn kennen zu lernen. Nein, mehr noch, damit er mich kennen lernt, sodass er, falls etwas passiert, sich an mich und durch mich an die jüdische Gemeinde wenden kann. Was finden Sie so schlimm daran? Also, wie und wo kann ich mir ein Motorboot leihen?»

«Ach was, verdammt! Ich lasse Sie mit dem Polizeiboot rüberbringen.»

37

«Ich glaube, ich habe bisher noch nie einen Rabbi gesehen», sagte Billy. Und dann, ein wenig besorgt: «Sind Sie gekommen, um für mich zu beten?»

Sie saßen auf der Veranda vor einer der Lagerhütten. Billy hockte auf der obersten Stufe, an den Stützpfeiler gelehnt, in einem schmutzigen Overall, der ihm mehrere Nummern zu groß war, und der Rabbi saß auf dem Geländer, den Mantelkragen gegen den frischen Wind vom Wasser her hochgeschlagen.

«Das hatte ich eigentlich nicht vor.» Rabbi Small blickte zu dem kleinen Anlegesteg hinüber, gegen den das Motorboot der Hafenpolizei bei jeder Welle schlug. Der Polizist, der ihn hergefahren hatte – in dickem Rollkragenpullover statt in der Uniformbluse – lag lang auf dem Steg, die Mütze auf dem Gesicht, und genoss die warme Nachmittagssonne. Jetzt rollte er sich herum und winkte dem Rabbi zu, der freundlich zurückwinkte. Dann wandte er sich wieder dem jungen Mann zu. «Natürlich, wenn Sie gern möchten, dass ich …»

«Nein, nein! Ich meine, es ist mir gleich.» Und damit es nicht undankbar klang, ergänzte er: «Ich meine, wenn Sie hierher gekommen wären, um für mich zu beten, dann hieße das, dass ich in der Tinte säße, nicht wahr? Tue ich das?»

«Das weiß ich nicht», antwortete der Rabbi. «Ich bin gekommen, weil ich hörte, dass Sie Jude sind, und weil ich der Rabbi in dieser Stadt bin.»

«Ja, aber so ein Jude bin ich nicht.»

«Nein? Was für einer denn?»

«Nun ja, ich bin nur Jude, weil meine Mutter Jüdin ist. Sie wissen schon, weil ich so geboren bin. Der Agent von meiner Mutter, Sol Katz, der redet immer von ‹wir Juden›, darum habe ich meine Mutter gefragt, und sie hat mir erklärt, es gäbe zweierlei Juden – solche wie Sol, die an die jüdische Religion glauben, und solche wie uns, die nicht daran glauben, aber Juden sind, weil sie zufällig als Juden geboren wurden. In Wirklichkeit aber sind wir einfach Amerikaner. Das stimmt doch, nicht wahr?»

«So kann man es auch sehen», gab der Rabbi zu. «War das auch Mr. Jordons Ansicht?»

«Ach, darüber haben wir nie gesprochen.»

«Nein? Worüber denn?»

Der junge Mann lachte. «Meist über Geld. Er redete ständig von Aktien und Wertpapieren und wie man erkennt, ob man sie kaufen soll oder nicht, wissen Sie, aufgrund ihrer Bilanzen. Und Grundbesitz und Häuser und dass man kaufen soll, was im Wert steigen wird. Er war der Ansicht, Geld sei wichtig, weil man unabhängig ist, wenn man genug davon besitzt. Und wenn man unabhängig ist, kann man alles aussprechen, was einem in den Sinn kommt. Und wenn man alles aussprechen kann, kann man auch alles denken …»

«Das war doch sicher umgekehrt, nicht wahr?»

«Nein», versicherte Billy. «So hat er es gesagt. Wenn man weiß, man kann alles sagen, dann kann man auch denken, wie man will. Aber wenn man das Gefühl hat, nicht sagen zu können, was man will, dann neigt man dazu, gewisse Dinge nicht zu denken.»

«Ich verstehe. Und Sie mochten ihn?»

«Na klar mochte ich ihn. Und er mochte mich, glaube ich,

auch. Natürlich hat er das nie gesagt, weil ... na ja, so was sagte er einem eben nicht ins Gesicht.» Nachdenklich legte er den Kopf auf die Seite. «Er war schon komisch. Manchmal wirkte er richtig gemein, aber sicher konnte man es nicht sagen. Zum Beispiel sagte er manchmal richtig böse Dinge zu Martha, und sie schimpfte zurück. Und er lachte bloß. Später erklärte er mir dann, das täte er, damit sie wüsste, dass sie zur Familie gehört und nicht nur Dienstbote sei. Verstehen Sie?»

«Ich glaube schon.»

«In manchem war er ja ziemlich eigen», fuhr der junge Mann fort. «Mit der Zeit, zum Beispiel, weil nämlich, wie er sagte, jeder Mensch nur so und so viel davon hat, und mehr nicht. Im Wohnzimmer auf dem Kaminsims stand eine Uhr, und die stellte er jeden Tag nach dem Radio. Und wenn ich, sagen wir, zu spät zum Essen kam, und wenn's auch bloß ein paar Minuten waren, funkelte er mich wütend an und zeigte schweigend auf die Uhr. Man merkte genau, wie zornig er war.

Und Geld. Bis auf den letzten Penny. Zum Beispiel, wenn Martha einkaufen ging, dann gab er ihr Geld, und am Ende der Woche gab sie ihm die Kassenzettel vom Supermarkt und den anderen Läden und das restliche Geld. Und wenn es zu wenig war, auch nur um drei Cent, dann sagte er es ihr und ließ es sich von ihr geben. Und einmal, da war's anders herum, und er hatte gerade kein Kleingeld bei sich. Sie sagte, es sei schon gut, aber da wurde er böse. ‹Es ist nicht gut›, behauptete er, ging ins Schlafzimmer, suchte in seiner Kommodenschublade und holte das passende Kleingeld heraus.»

«Wie hat er Sie genannt?», fragte der Rabbi.

«Meistens Billy. Aber manchmal, wenn er sich ein bisschen über mich geärgert hatte, nannte er mich Sir.»

«Und wenn er sich sehr über Sie geärgert hatte?», fragte der Rabbi lächelnd.

«Dann sprach er überhaupt nicht mit mir», antwortete der junge Mann prompt. «Und wenn er wirklich wütend wurde, schickte er mich auf mein Zimmer. Und wenn er an die Decke ging, wie ... wie neulich abends, dann schloss er mich ein.»

«Und wie haben Sie darauf reagiert?»

«Na ja, als es zum ersten Mal passierte, das war, weil ich meiner Mutter nicht geschrieben hatte, und er hatte ihr versprochen, dass er dafür sorgen würde, dass ich schrieb. Er wurde ganz rot im Gesicht und regte sich so furchtbar auf, dass ich Angst hatte, er kriegt einen Herzanfall. Er hatte nämlich ein schwaches Herz. Deswegen bin ich brav in mein Zimmer gegangen. Aber innerlich war ich ziemlich sauer darüber, dass er mich wie ein Kind behandelte. Deswegen dachte ich, ach was, zum Teufel ... Oh, bitte entschuldigen Sie!»

«Schon gut», wehrte der Rabbi ab. «Solche Ausdrücke benutzen doch heutzutage alle.»

«Na ja, ich dachte, warum soll ich hier bleiben. Also schob ich das Fenster hoch und riss aus. Sehen Sie, ich hatte Mr. Gore versprochen, ihm bei seinem Silber zu helfen, und ich wollte ihn nicht enttäuschen. Zurückgekommen bin ich auf demselben Weg, aber falls er mich gehört haben sollte, hat er nichts gesagt. Dann, ehe ich zu Bett ging, hörte ich, wie er den Schlüssel rumdrehte. Das bedeutete, er wusste, dass ich weggewesen war. Und am nächsten Morgen tat er, als wäre nichts passiert. Und von da an war es immer so.» Er lachte. «Einmal schloss er mich drei Tage lang ein, und jeden Tag kletterte ich zum Fenster hinaus und ging zur Bank. Eines Tages kam er sogar in die Bank und sah mich natürlich, aber er tat, als wäre ich nicht da.» Abermals lachte er fröhlich auf. «Das war wirklich komisch. Ich kam von der Bank nach Hause, und da stand mein Essen in meinem Zimmer. Wissen Sie, es war wie ein Spiel zwischen uns. Ich dachte mir, schlagen darf er dich nicht und mein Taschengeld zurückbehalten auch nicht und so. Und mich anzuschreien traute er sich nicht, wohl wegen seinem schwachen Herzen, oder weil das vielleicht zu einem richtigen Krach geführt hätte, bei dem wir dann Dinge gesagt hätten, die … na ja, die wir hinterher bereuen würden.»

«Wenn es ein Spiel war, warum sind Sie dann nach New York ausgerissen?», erkundigte sich der Rabbi neugierig.

Der junge Mann wurde ernst. «Das war was anderes. Das war in Gegenwart von Mr. Gore. Der wusste, dass ich aus dem Fenster steigen würde, weil ich es ihm erzählt hatte. Als guten Witz. Aber das direkt vor seinen Augen zu tun … Ich dachte, ich könnte ihm nie wieder ins Gesicht sehen. Begreifen Sie das?»

«Ich glaube schon. Sagen Sie, haben Sie Ihre Mutter informiert, über … über das, was geschehen ist?»

Der junge Mann schüttelte den Kopf.

«Meinen Sie nicht, dass Sie das tun sollten, da er doch ein alter Freund der Familie war?»

«Wozu? Dann glaubt sie nur, sie müsste herkommen und sich um mich kümmern. Aber mir geht's gut. Und sie hat einen Riesenerfolg da drüben, also warum alles abblasen?»

Der Rabbi nickte. Er sprang vom Geländer und sagte: «Ich muss jetzt gehen, aber wenn Sie wieder in der Stadt sind, würde ich mich freuen, wenn Sie mich mal besuchten.»

«Sicher, warum nicht? Aus einem besonderen Grund?»

«N-nein, aber falls Sie mal Hilfe brauchen …»

«Was für Hilfe?»

Der Rabbi lächelte. «Irgendeine Hilfe.»

38

An jedem Mittwochabend hielt der Magistrat seine Sitzung ab, und der Rabbi hatte sich den Tag im Kalender notiert. Kurz nach dem Dinner rief er Lanigan auf dem Revier an, um ihn zu fragen, ob er teilnehmen werde.

«Man erwartet von mir, dass ich an allen Magistratssitzungen teilnehme, und wenn nichts besonderes vorliegt, gehe ich auch gewöhnlich hin. Sie machen sich Sorgen wegen der Verkehrsampeln, wie? Dann kommen Sie doch mal kurz herüber, damit wir unser Vorgehen abstimmen können.»

«Ich komme sofort.»

«Wie sieht's aus?», erkundigte sich der Rabbi, als er fünfzehn Minuten später in Lanigans Büro saß.

«Ich habe nachgedacht, nachdem Sie anriefen», berichtete Lanigan. «Diese Magistratsmitglieder nehmen sehr viel Rücksicht aufeinander. Ich habe das schon ein paar Mal erlebt. Wenn einer um neuerliche Diskussion eines Antrags bittet, unterstützen ihn die anderen aus Höflichkeit. Wenn er seine Bitte dann wieder zurückzieht, unterstützen sie ihn dabei auch. Deswegen habe ich Albert Megrim angerufen.

Ich dachte, vielleicht können wir ihn überreden, den Antrag, den er letzte Woche gestellt hat, zurückzuziehen.»

«Und?»

«Er war nicht da. Ich habe mit seiner Frau gesprochen. Die sagt, er kommt am Mittwoch nie zum Dinner nach Hause. Er geht in den *Agathon*, isst dort und fährt dann gleich zur Sitzung. Also dachte ich, wir fahren am besten in den *Agathon*.»

«Sie meinen, wir beide?»

Lanigan musterte ihn fragend. «Gehen Sie nicht gern hin? Weil es bei mir nämlich genauso ist. Die haben für Katholiken genauso wenig übrig wie für Juden.»

«Nun ja, wir gehen schließlich dienstlich hin.»

«Das habe ich mir auch gesagt», erwiderte Lanigan. «Ich bin gelegentlich mal zum Dinner dorthin eingeladen worden und habe jedes Mal unter einem Vorwand abgesagt. Doch wie Sie ganz richtig meinten, diesmal ist es rein dienstlich.»

Unterwegs erklärte ihm Lanigan den Grund für seine Strategie. «Wenn wir der Sache ihren normalen Verlauf lassen, werden wir möglicherweise ohnehin gewinnen. Aber man kann nie wissen. Neulich abends hat Sturgis im Republican Club erklärt, wie wichtig es sei, dass die Stadt ihre Ausgaben niedrig halte. Er stimmt vielleicht dagegen, nur weil es Geld kostet und er das Gefühl hat, er müsste konsequent sein. Und Cunningham, der pensioniert ist, macht sich ständig Sorgen über die Steuern. Megrim wiederum könnte dagegen stimmen, weil er zuvor eine Neuabstimmung beantragt hat. Damit hätten sie dann die Mehrheit, und wir ständen dumm da.»

«Und nun?»

«Tja, nun versuchen wir Megrim zu überreden, dass er seinen Antrag zurückzieht, und wenn er das tut, und wenn die anderen ihn unterstützen, sind wir wieder bei unserem ursprünglichen Abstimmungsergebnis angelangt, das zugunsten der Verkehrsampeln ausgefallen war.»

Im Club wurde ihnen mitgeteilt, Megrim sitze in der Bar. «Den Korridor entlang bis ganz zum Ende, dann die linke Tür.»

Als sie die Bar betraten, waren nur Albert Megrim und Dr. Springhurst anwesend. Das Magistratsmitglied erhob sich, als er sie sah. «Ich habe Sie schon erwartet, Hugh», sagte er. Und auf Lanigans fragenden Blick: «Ich habe eben zu Hause angerufen, und da berichtete mir Alice von Ihrem Anruf. Sie kämen her, sagte sie mir. Rabbi Small? Gesehen habe ich Sie schon, aber kennen gelernt haben wir uns noch nicht. Ist Ihnen Dr. Springhurst bekannt?»

«Ich kenne Rabbi Small», sagte der Pastor.

«Wir haben uns bei der Seelsorgerkonferenz kennen gelernt», bestätigte der Rabbi.

«Wir kommen wegen der Verkehrsampeln, Al», sagte Lanigan, als sie Platz genommen hatten.

«Das habe ich mir gedacht, als ich sah, dass Sie den Rabbi mitgebracht haben», entgegnete Megrim. «Warten Sie mal, das Thema kommt, glaube ich, heute Abend zur Sprache. Was wollen Sie?»

«Nun ja, nachdem Sie vor ein paar Wochen dafür stimmten, haben Sie letzte Woche eine Neuabstimmung beantragt», sagte Lanigan. «Vermutlich, weil Ellsworth Jordon Sie darum gebeten hat, wie?»

«Ganz recht. Er war Anlieger und war nicht benachrichtigt worden.»

«Sicher, aber jetzt betrifft ihn das nicht mehr», stellte Lanigan gefühllos fest.

«Ich soll dagegen stimmen, wo ich doch derjenige war, der Neuabstimmung beantragt hat?»

«Warum denn nicht? Sie haben die Neuabstimmung beantragt, nachdem Sie dafür gestimmt hatten. Aber ich sehe nicht ein, warum Sie überhaupt abstimmen müssen. Warum können Sie nicht einfach ihren Antrag auf Neuabstimmung zurückziehen?»

«Weil der Magistrat bereits für eine Neuabstimmung gestimmt hat», erwiderte Megrim.

«Na und? Sie haben darüber abgestimmt, weil Sie es so wollten, aus Höflichkeit einem Magistratsmitglied gegenüber. Wenn Sie nun sagten, Sie wollten Ihren Antrag auf Neuabstimmung zurückziehen, würde jemand etwas dagegen einzuwenden haben?»

«Nun, möglicherweise nicht.»

«Worum geht es hier überhaupt?», erkundigte sich Dr. Springhurst. Megrim erklärte es ihm, und Lanigan fügte hinzu: «Mein Interesse daran geht dahin, dass ich nicht jeden Tag dort einen Mann postieren müsste.»

«Und was hatte Jordon dagegen?», fragte der Doktor.

«Als Anlieger hatte er das Recht, benachrichtigt zu werden», antwortete Megrim, «und das hat man vergessen. Er war ziemlich aufgebracht darüber. Behauptete, der Magistrat sei überheblich. Deswegen stellte ich Antrag auf Neuabstimmung. Ich weiß nicht mal, ob er tatsächlich etwas gegen die Verkehrsampeln vor der Synagoge hatte. Er war wohl einfach nur sauer darüber, dass man ihn nicht benachrichtigt hatte.»

«Oh, ich glaube bestimmt, dass er etwas dagegen hatte», meinte Dr. Springhurst jetzt. «Ich glaube, er hatte etwas dagegen, weil die Synagoge davon profitiert hätte.»

«Wie kommen Sie darauf?», fragte der Rabbi.

«Ich bin fest davon überzeugt», sagte Dr. Springhurst. «Ellsworth Jordon war ein einsamer alter Mann ohne Freunde und Familie. Einmal in der Woche kam er hierher in die Bar. Warum hierher? Weil man in einer Bar herumsitzen und sich zwanglos mit jedem unterhalten kann. Im Speisesaal oder sonst wo im Club bekam man ihn nie zu sehen. Nur hier. In einer Bar braucht man kein Blatt vor den Mund zu nehmen, man kann die ungeheuerlichsten Dinge sagen, ohne deswegen einen Vorwurf zu bekommen. Wenn es ganz schlimm wird, glauben die Leute, man hat zu viel getrunken und tolerieren es.» Er lächelte ein wenig. «Vielleicht komme auch ich deswegen her. Jedenfalls erinnere ich mich, dass er vor einiger Zeit hier war, als wir uns über den Antrag auf Mitgliedschaft von diesem Ben Segal unterhielten, der die Rohrbough Corporation übernommen hat. Ellsworth sagte, er werde gegen ihn stimmen, weil er Jude sei, obwohl es absolut eindeutig war, dass diejenigen, die damals mit am Tisch saßen, für seine Aufnahme waren. Gewiss, wir haben keinen von Ihren Leuten in unserem Club, Rabbi, aber ich glaube auch nicht, dass jemals für einen ein Antrag gestellt worden ist. Merkwürdig ist nur, dass ausgerechnet Larry Gore für Segal gutsagte, und der ist, wie ich hörte, mit Jordon verwandt.»

«War Gore dabei, als er das sagte?», erkundigte sich Lanigan.

«O nein!» Dr. Springhurst schüttelte den Kopf. «Manchmal brachte ihn Gore mit her und holte ihn wieder ab, wenn er nach Hause fuhr. Ellsworth fuhr nicht gern im Dunkeln. Aber Gore blieb niemals hier. Er ging immer sofort zum Schießstand hinunter. Er ist ganz wild auf die Schießerei, wie ich hörte. Club-Champion, glaube ich.»

«Ganz recht. Larry trinkt nicht», bestätigte Megrim. «Ich erinnere mich gut an den Abend, als Jordon über Segal und Ihre Leute im Allgemeinen herzog. Er hasse sie, weil alle Juden Christen geworden seien, und solchen Unsinn. Aber ich habe ihn noch öfter so reden hören. Er machte kleine, garstige Bemerkungen. Na schön, ich mache mit. Ich werde meinen Antrag zurückziehen.» Als ihm ein Gedanke durch den Kopf schoss, sah er Rabbi Small neugierig an. «Ich nehme an, von Ihrem Standpunkt aus war Jordons Tod die Strafe des Himmels für seine Einstellung Ihrer Rasse gegenüber, nicht wahr?»

«Aber nein!», widersprach der Rabbi schnell. «Dieser Gedanke wäre mir zuwider.»

Megrim riss die Augen auf. «Wirklich?»

«Selbstverständlich», antwortete der Rabbi. «Weil die logische Folgerung daraus wäre, dass entweder jeder böse Mensch, der lebt und wohlhabend ist, gar nicht richtig böse ist, oder dass Gott nicht weiß, was er tut.»

Dr. Springhurst lachte. «Aha, dann glauben Sie also genau wie wir daran, dass die Bösen nach dem Tod bestraft werden.»

«N-nein, daran glauben wir auch nicht», antwortete der Rabbi. «Das würde heißen, den Menschen seines freien Willens berauben. Wir glauben, dass Tugend ihr eigener Lohn ist und dass das Böse seine eigene Strafe birgt.»

«Aber wenn er gesund, wohlhabend und glücklich ist?», warf Lanigan ein.

«Ist er trotzdem reduziert. Durch seine Sünde ist er weniger, als er war. Das ist wie ein Staubkörnchen auf einem feinen Mechanismus. Es hält ihn nicht an, aber es verhindert, dass er mit der Präzision funktioniert, die er ursprünglich besaß. Und jede weitere Sünde und Schlechtigkeit vermindert das Potenzial der Maschine weiter.»

«Und eine gute Tat ist wie ein Öltropfen auf dem Mechanismus?», fragte Dr. Springhurst.

«So ungefähr.»

Megrim warf einen Blick auf die Uhr und stand auf. «Wenn wir pünktlich zur Sitzung kommen wollen, müssen wir jetzt gehen.»

«Moment noch, Albert», sagte Dr. Springhurst. «Ich möchte den Rabbi nur noch fragen, was er damit meinte, als er sagte, dass Lohn und Strafe nach dem Tod den Menschen seines freien Willens berauben.»

Der Rabbi, der – ebenso wie Lanigan – auch aufgestanden war, blieb stehen. «Nun», sagte er, «es kommt darauf an, was Sie unter freiem Willen verstehen.»

«Die Freiheit der Wahl, natürlich. Das Recht, zu wählen …»

«Zwischen Brot und Toast?», unterbrach ihn der Rabbi herausfordernd. «Zwischen rechts und links an einer Kreuzung? Diese Art von freiem Willen haben die niederen Tierarten. Für den Menschen bedeutet der freie Wille die Freiheit der Wahl, etwas zu tun, von dem er weiß, dass es falsch, böse, schlecht ist, nur, weil es ihm materiellen Vorteil bringt. Aber dazu bedarf es einer fairen Chance, nicht entdeckt und bestraft zu werden. Würde jemand stehlen, wenn er von Polizei umgeben wäre und sicher wüsste, dass er verhaftet und bestraft werden wird? Und andererseits, wie viel ist eine gute Tat wert, wenn man des Lohnes sicher ist? Da Gott angeblich allsehend und allwissend ist, bleibt keine Übertretung unentdeckt, bleibt keine gute Tat verborgen. Was für ein freier Wille ist denn das? Wie unterscheidet er sich von dem freien Willen der Versuchsratte, die mit Futter belohnt wird, wenn sie in einem Irrgarten den einen Weg wählt, und einen elektrischen Schock erhält, wenn sie den anderen wählt?»

«Und was geschieht denn Ihrem Glauben zufolge nach dem Tod?»

Der Rabbi lächelte. «Wir geben nicht vor, das zu wissen.»

Dr. Springhurst machte ein nachdenkliches Gesicht. «Ein überaus interessanter Standpunkt.» Er erhob sich und reichte Rabbi Small die Hand. «Sagen Sie, trinken Sie auch gelegentlich mal ein Glas? Oder verstößt das gegen Ihre Prinzipien oder Ihre Religion?»

«Nein, nein, ich trinke schon zuweilen. An jedem Sabbat und an den meisten Feiertagen ist es uns sogar vorgeschrieben.»

«Würden Sie mir dann die Ehre erweisen, einmal des Abends hierher zu kommen und etwas mit mir zu trinken?»

«Mit Freuden, Doktor.»

39

Obwohl Rabbi Small lieber zu Hause arbeitete, benutzte er am Donnerstag immer das Rabbinerbüro in der Synagoge, denn dann kam die Putzfrau, die Miriam half, das Haus für den herannahenden Sabbat zu säubern, und das Geräusch des Staubsaugers sowie der Geruch der Möbelpolitur machten ihm das Konzentrieren unmöglich.

Kaum hatte er das Büro betreten, den Mantel abgelegt und hinter dem Schreibtisch Platz genommen, da klopfte es an der Tür, sie wurde aufgestoßen, bevor er antworten konnte, und herein kam Morton Brooks, der Direktor der Religionsschule. Er war ein auffallender, jugendlich wirkender Mann ungefähr ebenso alt wie der Rabbi, das heißt, Anfang Vierzig. Da er früher einmal Buchhalter im jiddischen Theater von New York gewesen war und man ihm dort, um eine Schauspielergage zu sparen, gelegentlich eine winzige, stumme Rolle gegeben hatte, betrachtete er sich als dem Theater zugehörig und schlug hier angeblich nur die Zeit tot, während er auf einen Anruf von einem Agenten wartete, der ihn wieder dorthin zurückholte. Gekleidet war er überaus modisch in einem Freizeitanzug mit ausgestellter Hose und buntem, offen stehenden Hemd. Um den Hals trug er ein farbenfrohes, lässig seitlich geknotetes Tuch.

«Warum klopfen Sie an, wenn Sie ja doch nicht warten, bis ich Herein rufe?», fragte ihn der Rabbi verdrossen.

«Warum? Ich hab Sie vom Ende des Korridors aus gesehen, daher wusste ich, dass Sie allein sind.»

«Und warum klopfen Sie dann überhaupt?»

Brooks hockte sich zwanglos auf eine Schreibtischecke, schlug die Beine übereinander und sagte: «Um Ihnen Gelegenheit zu geben, würdevoll und steif zu sein.»

Lächelnd lehnte sich der Rabbi zurück. «Na schön, ich bin so würdevoll und steif, wie es nur geht. Ist was Besonderes?»

«Ich wollte Sie nach der Entscheidung des Magistrats wegen der Verkehrsampeln fragen. Die ist doch gestern Abend gefallen, nicht wahr?»

«Ich glaube schon.»

«Dann sind Sie gar nicht hingegangen? Hören Sie, David, das war aber wichtig! Sie hätten hingehen müssen.»

«Oh, aber ich habe was Besseres getan», erwiderte der Rabbi voller Genugtuung. «Ich habe vor der Sitzung Albert Megrim aufgesucht, den Mann, der den Antrag auf Neuabstimmung gestellt hat, und der hat versprochen, seinen Antrag zurückzuziehen.»

«Wirklich?» Mit neuem Respekt sah Brooks den Rabbi an. «Wie kommt das denn?»

«Ach, es war Chief Lanigans Idee. Die Polizei ist ebenso daran interessiert, die Ampeln aufzustellen, wie wir. Daher fanden wir, es sei das Beste, wenn ich nicht mit zur Sitzung ginge, damit Megrims Antrag als strikt parlamentarische Maßnahme galt.»

Das Telefon klingelte. Es war Henry Maltzman. «Ich habe bei Ihnen zu Hause angerufen, Rabbi, aber Sie waren nicht da.» Das klang vorwurfsvoll.

«Nein, ich bin hier.»

«Ich wollte Ihnen nur mitteilen, dass der Magistrat für die Verkehrsampeln gestimmt hat.»

«Oh, das sind aber gute Nachrichten!»

«Ich hatte Sie bei der Sitzung zu sehen erwartet, Rabbi. Es wäre Ihre Pflicht gewesen, dort zu sein.»

«Nun, ich …»

«Aber es ist alles gut gegangen. Ich habe kurz vor Beginn der Sitzung mit Megrim gesprochen. Er war einverstanden, seinen Antrag zurückzuziehen.»

«Wie schön!»

«Ich wollte es Ihnen nur mitteilen.»

Als der Rabbi auflegte, sagte Brooks, der beide Seiten der Konversation hatte mitanhören können: «Warum haben Sie es ihm nicht gesagt, David?»

«Um mich mit ihm um die Anerkennung dafür zu streiten?»

«Um ihm zu zeigen, dass Sie Ihre Pflicht tun und dass Sie es waren, der dieses Ergebnis erzielt hat. Er hat Sie beschuldigt, Ihre Pflicht zu vernachlässigen.»

Der Rabbi zuckte die Achseln.

Brooks schüttelte mitleidig den Kopf. «David, David, Sie lernen es nie! Bei einem Job wie dem Ihren und dem meinen muss man ständig und immer gedeckt sein. Man darf nicht zulassen, dass sie auch nur eine Kleinigkeit gegen uns in die Hand kriegen. Vergessen Sie nicht, sie sind der Feind.»

«Wer sind ‹sie›?»

«Der Vorsitzende, der Vorstand, jawohl, die Gemeinde, die Eltern. Vergessen Sie nicht, wir stehen im Blickpunkt der Öffentlichkeit, das heißt, die Öffentlichkeit sucht immer etwas zu kritisieren an uns. Und das heißt, wir müssen uns wehren.» Er glitt vom Schreibtisch und ging auf und ab. Als er dann fortfuhr, geschah es im Ton eines Lehrers vor seiner Klasse. «Es ist aus zwei Gründen so furchtbar wichtig. Der eine ist, dass wir die Dinge richtig stellen müssen. Und der zweite und wohl noch wichtigere, ihnen zu zeigen, dass wir uns nicht herumschubsen lassen. Dann überlegen sie zweimal, bevor sie sich mit einem auf einen Kampf einlassen. Und dieser Maltzman, David, der mag Sie nicht.»

«Woher wissen Sie das?»

«So etwas sehe ich. Ich sehe es, wenn er mit Ihnen spricht. Ihre Vibrationen harmonieren nicht.»

«Vibrationen?»

«Vibrationen. Sie wissen doch, dass jeder Mensch Vibrationen abgibt wie … wie eine Stimmgabel. Und wenn zwei Menschen zusammenkommen, deren Vibrationen nicht harmonieren, gibt es einen Missklang.»

«Ach so. Und meine Vibrationen passen nicht zu seinen?»

«Ehrlich gesagt, David, Ihre Vibrationen harmonieren mit denen der meisten anderen Menschen nicht. Sie sind nicht jedermanns Geschmack. Es ist nicht leicht, Sie zu mögen. Ich kann es, aufgrund meiner Ausbildung.»

«Wirklich? Was für eine Ausbildung ist das denn?»

Brooks sah ihn verwundert an. «Meine Ausbildung am Theater, natürlich. Ein Schauspieler schlüpft immer in die Persönlichkeit der Rolle, die er spielt. Stimmt's? Dabei trainiert er sein Verständnis für die Menschen. Und vergessen Sie nicht, David, verstehen heißt vergeben, ja sogar mögen.»

«Ich werd's mir merken.»

Sein Sarkasmus war an Brooks verschwendet. «Na schön. Setzen wir also voraus, dieser Maltzman will Sie loswerden. Und Wollen ist für einen Mann wie Maltzman gleichbedeutend mit Handeln. Na und?, werden Sie sagen. So was kommt vor. Aber diesmal, David, ist es anders.» Er blieb vor dem Schreibtisch stehen und blickte mitleidig auf den Rabbi hinab. «Wissen Sie, was schuld daran ist, dass Sie nach all den Jahren noch hier sind, David? Ich werde es Ihnen sagen. Trägheit. Einfach ganz schlichte Trägheit. Die Vorsitzenden und ihre guten Freunde im Vorstand wären Sie gelegentlich ganz gern losgeworden, aber die Gemeinde hat nicht mitgemacht. Und warum? Trägheit. Es war ihnen zu mühsam. Es hätte Diskussionen bedeutet und Kampf und Parteinahme. Jetzt aber ist die Lage anders. Ich habe gehört, dass Frauen sagten, die einzige Möglichkeit, Gleichberechtigung beim Gottesdienst zu erreichen, bestehe darin, einen anderen Rabbi zu nehmen. Sie sehen also, jetzt ist es die Gemeinde, oder vielmehr die Frauen in der Gemeinde, die Sie loswerden wollen. Deswegen frage ich: Was werden Sie unternehmen?»

«Ich verschwinde», sagte der Rabbi und stieß seinen Stuhl zurück.

«Wirklich?» Brooks war entgeistert.

«Ganz recht. Ich nehme mir den Nachmittag frei. Es ist draußen zu schön, um in der Stube zu hocken.»

«Ach so! Einen Augenblick dachte ich ... Himmel, ich würde ja gern mit Ihnen gehen, aber ich muss noch zwei Bar Mitzwas drillen.»

40

Es war nicht etwa Ärger über Morton Brooks, was Rabbi Small veranlasste, sein Arbeitszimmer so abrupt zu verlassen. Denn insgeheim hatte er sogar Spaß an dessen Impertinenz, an seiner theatralischen Angeberei. Während Brooks' kleiner Vortrag über die Gemeindepolitik seine Reaktion zwar ausgelöst haben mochte, war der eigentliche Grund für den plötzlichen Aufbruch, dass er genug hatte – von der Synagoge, von Maltzman, von seiner eigenen Position als Rabbi. Er wollte weg von all dem, sei es auch nur für ein bis zwei Stunden, weg vom Telefon, irgendwohin, wo ihm kein Gemeindemitglied mit Fragen oder Beschwerden kommen konnte.

Er stieg in seinen Wagen und nahm die Straße nach Boston in der unbestimmten Vorstellung, die Großstadt würde ihm – wenigstens vorübergehend – jene Anonymität gewähren, nach der er sich sehnte. Doch als er auf der Hauptstraße mit ihrem dichten Autoverkehr dahinrollte, überlegte er sich, wenn er in der Stadt sei, müsse er wahrscheinlich ewig nach einem Parkplatz suchen, und wenn er ihn gefunden habe, sei es vermutlich Zeit zur Heimfahrt. Also bog er stattdessen auf die Straße nach Revere ab, einem nahe gelegenen Erholungsort mit einem lang gestreckten Strand, gesäumt von einer ebenso langen Reihe Vergnügungsbuden, von denen die meisten um diese Jahreszeit geschlossen sein würden. Dort konnte er sich auf die Strandmauer setzen oder in den Strandpavillon mit Blick aufs Meer und zusehen, wie die Wellen heranrollten. Wenn ihn dort jemand ansprechen sollte, dann höchstens, um nach der Zeit zu fragen, um Feuer zu bitten oder eine Bemerkung über das Wetter zu machen.

Es war ziemlich menschenleer, und die meisten Buden hatten, wie er vermutet hatte, jetzt geschlossen, ihre sonst so bunt dekorierten Fassaden durch ungestrichene Holzverschalungen, die sie im Winter schützen sollten, verunstaltet. Hier und da jedoch war eine Bude offen, der Besitzer stützte sich auf die Theke, blickte erwartungsvoll die Straße auf und ab, für den Fall, dass einer der wenigen Passanten Interesse zeigen sollte, und rief ihnen zu, wenn sie vorbeigingen: «Treten Sie näher! Jedes Los gewinnt! Niemand verliert! Treten Sie näher!»

Ein paar Eis- und Hot-Dog-Stände hatten ebenfalls geöffnet, und in der Ferne entdeckte der Rabbi einen Laden, der so aussah, als gäbe es dort Kaffee. Er hoffte, dass er ihn in einem Pappbecher mitnehmen und im Pavillon trinken konnte, während er einfach dasaß und nichts tat. Auf einmal hörte er, dass jemand seinen Namen rief; er blieb stehen und sah sich um. Der Einzige, der ihn gerufen haben konnte, war ein hoch gewachsener junger Mann in T-Shirt und Blue Jeans, der am Tisch einer Schießbude lehnte, an der er soeben vorbeigekommen war. Er kehrte um.

«Mann, ich war nicht ganz sicher, ob Sie das wirklich waren, Rabbi. Ich meine, hier draußen bei uns …»

Jetzt erkannte der Rabbi ihn. «Sumner, nicht wahr?»

«Hm-hm. Sumner Leftwich. Ich war vor zwei Jahren in Ihrer Nachkonfirmationsklasse. Kommen Sie öfter hier heraus?»

«Nein, nicht oft. Arbeiten Sie ständig hier? Ich dachte, Sie gingen noch zur Schule.»

«Stimmt. Massachusetts State. Ich helfe hier manchmal aus. Die Bude gehört dem Vater meiner Freundin. Wenn das Geschäft so flau geht wie jetzt, kann ich hier genauso gut lernen wie zu Hause oder in der Bibliothek. Und ich bekomme noch Geld dafür.» Er musterte den Rabbi schüchtern. «Wollen Sie's nicht mal versuchen, Rabbi? Zehn Schuss fünfundzwanzig Cent.»

«Ich habe noch nie einen Schuss abgegeben.»

«Ist nichts dabei, Rabbi. Sie zielen und ziehen ab. Das heißt, Sie *ziehen* nicht richtig ab, sondern drücken den Abzug ganz langsam durch.»

Der Rabbi blickte die Straße hinauf und hinunter und sagte sich, der junge Mann habe schließlich bis jetzt kaum Kunden gehabt. Also fischte er einen Vierteldollar aus der Tasche und beobachtete interessiert, wie der junge Mann einen Ladestreifen in die Kammer schob.

Der Rabbi setzte das Gewehr an die Schulter und spähte durch das Visier zu einer Reihe von Tonröhrchen, einer Reihe dahingleitender Enten, einer Reihe Karnickel, die hintereinander daherhoppelten, und zu einem riesigen Pendel hinüber, das langsam hin und her schwang. Dann erinnerte er sich unbestimmt, dass es beim Schießen zu einem Rückstoß kommt; also nahm er die Brille ab und steckte sie sorgfältig in seine Brusttasche. Als er jetzt wieder ein Ziel anvisierte, erkannte er nur weiße Flecken und Kleckse. Aber das war nicht weiter wichtig; es gab ja so viele Dinge, die man treffen konnte.

Immer wieder zog er ab, bis ihm ein Klicken verriet, dass er keine Munition mehr hatte. Er legte das Gewehr hin und setzte die Brille auf.

«Perfekte Serie», sagte der junge Mann grinsend.

«Wirklich?»

«Aber sicher. Zehn Schuss, zehn Fahrkarten. Wahrscheinlich stimmt was nicht mit dem Visier. Hier, versuchen Sie das mal. Kostet Sie nichts.»

«Nein, danke. Wirklich …»

«Ach was, los, Rabbi!»

Achselzuckend nahm der Rabbi abermals die Brille ab und setzte das Gewehr an die Schulter. Als er es diesmal hinlegte, schüttelte der junge Mann bedauernd den Kopf, zum Zeichen, dass er schon wieder danebengeschossen hatte.

«Ich glaube, es liegt an Ihnen, Rabbi, nicht am Gewehr.»

«Ich fürchte, ich werde nie ein guter Schütze werden», entgegnete der Rabbi. «Übrigens, ich wollte mir gerade einen Kaffee holen. Soll ich Ihnen einen mitbringen?»

«Ja, könnte ich gut gebrauchen. Milch und nur ein bisschen Zucker. Wenn Sie denen sagen, er ist für mich, wissen sie schon, wie ich ihn trinke.»

Als der Rabbi mit dem Kaffee zurückkam, sagte Sumner: «Hören Sie, Rabbi, was halten Sie davon, wenn Sie eine Extraklasse einrichten würden oder eine Art Club für die jungen Leute, die jetzt im College sind?»

«Das haben wir einmal versucht, aber es kamen so wenige, dass wir es wieder aufgaben.»

«Ja, aber ich habe da eine Idee …»

Erst nach einer ganzen Weile gelang es ihm, sich zu verabschieden. Er beschloss, nach Barnard's Crossing zurückzukehren, denn wahrscheinlich war es ihm bestimmt, dass er seine Pflichten nicht hinter sich lassen konnte.

41

Außerhalb von Boston hatte McLure, als State Detective, immer mehr oder weniger das Kommando gehabt. In den kleineren Städten und Dörfern gab es nur selten mal einen Mordfall, die Polizei besaß wenig Erfahrung und war dankbar für seinen fachmännischen Rat. Als ihm der Fall Jordon zugewiesen wurde, hatte er keinerlei Schwierigkeiten erwartet, vielmehr angenommen, die Polizei von Barnard's Crossing würde mit ihm kooperieren – das war der Ausdruck, den er benutzte –, statt, wie sich herausstellte, er mit ihr. Er ärgerte sich darüber, dass Chief Lanigan ihm Aufträge erteilte und seine Ergebnisse bewertete, genau wie er es mit seinen eigenen Untergebenen tat. Und auch als McLure dem District Attorney gegenüber andeutete, er sei es nicht gewöhnt, so zu arbeiten, wurde ihm keine Genugtuung zuteil.

«Ich weiß, Sergeant. Ich kann mir Ihre Gefühle vorstellen», entgegnete der District Attorney beruhigend. «Aber Barnard's Crossing ist eine merkwürdige Stadt. Sie wurde in der Kolonialzeit von ein paar Leuten gegründet, die Salem verlassen hatten, weil sie sich von den örtlichen Behörden nicht vorschreiben lassen wollten, was sie zu tun und zu lassen hatten. Jahrelang hatten sie praktisch überhaupt keine Regierung. Und weil sie noch immer nicht mit der großen Herde trotten, haben sie etwas dagegen, dass Fremde kommen und sich einmischen. Sie, Sergeant, sind dort ein Fremder. Bei diesem Verbrechen handelt es sich um einen lokalen Fall, und Hugh Lanigan, der ein Einheimischer ist, obwohl seine Familie katholische Iren waren, kennt die Szene besser als jeder Fremde. Er weiß, wie man mit diesen Leuten umgehen muss.»

Ganz typisch war sein Auftrag, Henry Maltzman zu vernehmen. «Sollte ich ihn nicht lieber herbringen, damit wir ihm richtig Daumenschrauben anlegen können?», sagte er zu Lanigan. «Schließlich ist er derjenige, der gesagt hat, er würde Jordon eine Kugel durch den Kopf jagen.»

«O nein, Sergeant, so kann man Henry nicht behandeln», entgegnete Lanigan. «Er ist ein komischer Mensch. Man muss ihn mit Glacéhandschuhen anfassen. Außerdem ist uns bekannt, dass er in der Synagoge war, als der Mord geschah. Das hat uns die Frau des Rabbis gesagt, und ihr Wort genügt mir. Ich glaube kaum, dass wir aus Henry viel herauskriegen, doch da er diese Drohung ausgestoßen hat, müssen wir ihn routinemäßig überprüfen.»

Da es sich um Routine handelte, empfand McLure diesen Auftrag als nicht besonders dringlich, und so suchte er Maltzman erst am Donnerstag nach dem Mord in dessen Geschäftsräumen auf. Er stellte sich vor, und Maltzman führte ihn in sein Büro.

Sobald er saß, zog McLure Bleistift und Notizbuch heraus und fragte brüsk: «Also, um wie viel Uhr haben Sie Jordon an jenem Freitag aufgesucht?»

Maltzman grinste. «Wie kommen Sie darauf, dass ich bei ihm gewesen bin?»

«Sie haben ihn doch angerufen, nicht wahr?»

Maltzman zuckte die Achseln. «Ich telefoniere viel. Das gehört dazu, wenn man Immobilienmakler ist. Manchmal hänge ich zwei Stunden lang an der Strippe und habe das Gefühl, der Hörer ist mir am Ohr angewachsen.»

«Wir wissen aber, dass Sie ihn angerufen haben», sagte McLure.

«Kann sein, dass ich ihn angerufen habe.» Maltzman zuckte gelassen die Achseln.

«Und Sie haben gesagt, Sie würden ihm eine Kugel durch den Kopf jagen.»

Maltzmans Grinsen wurde breiter. «Wer sagt das?»

«Wir haben unsere Informationen», behauptete McLure eisern.

Maltzman blickte nachdenklich zur Decke. «Wissen Sie, ich kann mir nicht vorstellen, woher», erklärte er. «Es ist einfach unmöglich. Sie behaupten, ich hätte ihn angerufen und gedroht, ihm eine Kugel durch den Kopf zu jagen. Also, wenn sein Apparat keinen Nebenanschluss hat und zufällig jemand mitgehört hat, können Sie diese Information gar nicht haben.»

«Wir haben sie von Jordon persönlich», fuhr McLure ärgerlich auf. «Er hat den Gästen, die er erwartete, erzählt, dass Sie ihn kurz zuvor angerufen hätten …»

«Er lügt. Oder vielmehr, er hat gelogen. Sie wollen behaupten, dass Jordon jemandem erzählt hat, ich hätte angerufen. Und der hat es dann Ihnen gesagt. Das ist Hörensagen, und zwar von jemandem, der nicht anwesend ist, um Ihre Behauptung zu bestätigen. Und woher sollte der wissen, dass ich es war, der angerufen hat? Also ich bitte Sie, Sergeant!»

«Na schön, Mr. Maltzman, versuchen wir's anders herum. Sagen Sie mir, wo Sie am Freitagabend waren.»

«Ich war jedenfalls nicht bei Jordon. So viel steht fest.»

«Das reicht nicht, Mr. Maltzman. Wo waren Sie?»

«Das geht Sie nichts an.»

«Es geht hier um Mord, Mr. Maltzman. Wir können Sie zur Aussage zwingen.»

«Ach, wirklich? Vielleicht vor Gericht, nachdem ich vereidigt worden bin. Aber bestimmt nicht hier in meinem eigenen Büro, nachdem Sie mir nichts als Ihre Marke gezeigt haben.»

«Und wenn ich Sie aufs Revier mitnehme?»

«Haben Sie einen Haftbefehl?»

Jetzt dämmerte es McLure, dass Lanigan Recht gehabt hatte, dass man Maltzman wirklich mit Glacéhandschuhen anfassen musste. Unvermittelt wechselte er die Taktik. «Hören

Sie, Mr. Maltzman, hier ist ein Mord begangen worden, und es ist Ihre Pflicht als Staatsbürger, der Polizei bei der Suche nach dem Mörder zu helfen.»

«Nun, Sergeant, da bin ich ganz Ihrer Meinung. Ich selbst halte sehr viel von Gesetz und Ordnung. Sobald Sie mir Fragen stellen, die mit diesem Fall in Zusammenhang stehen, werde ich sie nach bestem Wissen und Gewissen beantworten.»

«Schön, Mr. Maltzman. Es freut mich, dass Sie das jetzt einsehen. Also, wir möchten von Ihnen wissen, wo Sie am Freitagabend waren.»

Maltzman schüttelte langsam den Kopf.

«Was ist los? Erinnern Sie sich nicht mehr?»

«Ich werde Ihre Frage nicht beantworten.»

«Warum nicht? Sie haben eben erklärt, Sie würden jede Frage beantworten, die ich ihnen stelle.»

«Nur, wenn sie mit diesem Fall in Zusammenhang steht.»

«Diese Entscheidung überlassen Sie ruhig uns, Mr. Maltzman», sagte McLure selbstsicher.

«Hören Sie, Sergeant, lassen wir diesen Unsinn. Angenommen, ich sage, dass ich bei einem Basketballspiel gewesen bin, würde das zur Lösung ihrer Probleme beitragen?»

«Und – waren Sie dort?»

«Nein.» Zum Zeichen, dass er nichts mehr zu sagen hatte, stand Maltzman auf.

McLure protestierte. «Mr. Maltzman, so können Sie nicht …»

«Wenn Sie von mir erwarten, dass ich ihnen helfe, lediglich, indem ich Ihnen sage, wo ich am Freitagabend war, hat es keinen Sinn, dieses Gespräch fortzusetzen.»

«Wieso? Was könnten Sie mir sonst noch sagen? Haben Sie irgendwelche Informationen?»

«Die habe ich allerdings, Sergeant. Ich kann Ihnen erzählen, was für ein Mensch Ellsworth Jordon war. Er war ein widerlicher, gemeiner, giftiger, geiziger, antisemitischer Schweinehund, und wenn Sie vorhaben, alle zu vernehmen, die ihn gelegentlich mal zum Teufel gewünscht oder gesagt haben, sie würden ihm eine Kugel durch den Kopf jagen, dann müssten Sie die halbe Stadt befragen und so ungefähr alle, die jemals etwas mit ihm zu tun gehabt haben. Und jetzt entschuldigen Sie mich bitte, ich habe zu tun.»

42

Trotz seiner Enttäuschung meldete McLure, als guter Polizist, am nächsten Tag Lanigan das Ergebnis seines Gesprächs mit Henry Maltzman. Falls er erwartet hatte, der Chief werde ärgerlich sein, hatte er sich geirrt. Im Gegenteil, sowohl Lanigan als auch Jennings amüsierten sich sehr über seinen Bericht. Es schien ihnen sogar eine gewisse Genugtuung zu bereiten, dass ein Einwohner ihrer Stadt einem Fremden Trotz geboten und ihn übertölpelt hatte.

«Hat er Ihnen tatsächlich gesagt, das ginge Sie nichts an?», fragte Lanigan lachend. «Das ist typisch Henry Maltzman. Wahrscheinlich haben Sie ihn mit Ihrer Art in Harnisch gebracht. Aber machen Sie sich keine Sorgen. Ich werde dieser Tage mal bei ihm vorbeischauen und mir seine Aussage holen, damit die Unterlagen vollständig sind.»

«Nur, damit die Unterlagen vollständig sind?» McLure war pikiert. «Halten Sie ihn denn nicht für verdächtig?»

«Nein, bestimmt nicht», antwortete Lanigan weise. «Und ich frage mich, warum Sie das tun.»

«Weil er ein Jude ist.»

«Und was hat das damit zu tun?» Lanigans Stimme hatte an Schärfe zugenommen.

«Alles. Ich habe Erkundigungen über Jordon eingezogen und überall herumgehorcht. Er mochte die Juden nicht und hat das zu erkennen gegeben. Und zwar nicht nur durch eine Bemerkung hier und da. Zum Beispiel gehörte ihm ein Grundstück in der Stadt, und das wollte er ihnen nicht verkaufen. Ich habe sogar von einem Gentlemen's Agreement munkeln hören. Also, das verstößt gegen das Gesetz. Und vergessen Sie nicht, dass Maltzman Immobilienmakler ist. Ich kenne eine Menge Juden. Zum größten Teil sind das gute, gesetzestreue Mitbürger. Wenn sie tatsächlich Verbrecher werden, dann nur als Schreibtischtäter. Aber jetzt gibt es eine ganz neue Generation bei ihnen, wie diese Israelis, die keine Sekunde zögern, sondern sofort zurückschlagen. So kommt mir dieser Maltzman vor. Ein jüdischer Captain bei den Marines – dann muss er ja einfach so sein. Wenn der zu Jordon gegangen wäre und es hätte eine Auseinandersetzung gegeben – der wäre nicht einfach still davongeschlichen. Der hätte zurückgeschlagen.»

Lanigan nickte. «Ich will nicht behaupten, dass es unvorstellbar ist. Und außerdem ist Henry hitzig. Als Offizier bei den Marines hat er gelernt, mit Waffen umzugehen. Aber diese vielen Schüsse, das passt nicht zu ihm. Und er hat ein Alibi. Wir wissen, dass er in der Synagoge war, als der Mord begangen wurde.»

McLure stand auf. «Ich wünschte, ich hätte einen Dollar

für jedes wasserdichte Alibi, das ich geknackt habe. Wenn Sie nichts dagegen haben, werde ich weitermachen mit meinen Ermittlungen über Bruder Maltzman.»

Als McLure fort war, sagte Jennings: «Wissen Sie, Hugh, irgendetwas stört mich doch bei Maltzmans Alibi in der Synagoge. Sehen wir mal in der Akte nach. Ja, da ist es. Wir haben Mrs. Small gefragt, ob Maltzman in der Synagoge war, und sie hat geantwortet: «Ich glaube schon. Ja, ich bin sicher, dass er da war.»

«Und?»

«Nun, wenn sie gesagt hat, ich glaube schon, würde das denn nicht heißen, dass sie keineswegs sicher war?»

«Keine Ahnung. Wahrscheinlich nur so eine Redensart.»

«Aber so etwas hätte sie doch wissen müssen, Hugh! Haben Sie jemals an einem Gottesdienst in der Synagoge teilgenommen?»

«Nein.»

Jennings grinste voller Genugtuung. «Das kommt davon, dass ihr Katholiken nicht bei unserem Kirchenbesuchsprogramm vor zwei Jahren mitgemacht habt. Euer Pater Regan war zwar dafür, dass die Leute in seine Kirche kamen, aber er wollte nicht, dass seine Leute andere Kirchen besuchten. Sehen Sie, Hugh, ihr Katholiken seid manchmal recht engstirnig, bei manchen Dingen, während wir Methodisten …»

«Kommen Sie zur Sache, Eban – bitte!»

Jennings richtete den Blick seiner blassblauen Augen auf den Chief und sagte in einem Ton, der zugleich gekränkt und verzeihend klang: «Das tu ich ja, Hugh. Denn sehen Sie, da gibt es so eine Art Plattform in der Synagoge, und da steht in der Mitte die Bundeslade, in der sie ihre heilige Schrift aufbewahren. Und rechts und links von der Bundeslade stehen je zwei besonders schöne Sessel. Der Rabbi und der Gemeindevorsitzende sitzen auf der einen Seite, während der Vizevorsitzende und der Kantor auf der anderen sitzen, das heißt, solange er nicht singt, der Kantor, meine ich, und das tut er meistens, und dann steht er ganz vorn …»

«Weiter, Eban!»

«Sicher, Hugh. Also ich meine, Maltzman ist doch der Vorsitzende, also müsste er direkt neben Rabbi Small sitzen, wenn er anwesend wäre, und dann wüsste Mrs. Small hundertprozentig genau, ob er da war, denn auf der Plattform können ihn alle sehen.»

«Dann hat er an jenem Abend vielleicht nicht da oben gesessen, sondern unten bei den anderen Gemeindemitgliedern.»

«Das meine ich ja, Hugh. Wenn ich Sie zum Beispiel fragen würde, ob Pater Regan am Sonntag in der Kirche war, würden Sie antworten: ‹Natürlich war er da.› Wenn ich Sie jedoch fragen würde, ob Mrs. Murphy am Sonntag in der Kirche war, würden Sie vielleicht sagen, Sie glaubten schon, und dann würde es Ihnen möglicherweise einfallen und Sie würden sagen: ‹Doch, ich bin sicher, dass sie da war.›»

«Wer ist Mrs. Murphy?»

«Ach was, Sie wissen schon! Ich hab sie doch nur als Beispiel genommen.»

«Na schön. Worauf wollen Sie hinaus?»

«Nun ja. Warum hat Henry Maltzman nicht auf seinem Platz gesessen? Vielleicht, weil er an jenem Abend nervös war und nicht vor aller Augen da oben sitzen wollte?»

«Eher, würde ich sagen, weil er zu spät gekommen ist, nachdem der Gottesdienst schon begonnen hatte, und … Aber ja, vielleicht ist er wirklich zu spät gekommen!» Lanigan trommelte mit den Fingern auf dem Tisch. «Wenn er zu spät gekommen ist, wollte er sicher nicht bis ganz nach vorn durchgehen und dann auf die Plattform hinaufsteigen …»

«Vor allem, wenn er nervös war, oder?»

«Na schön. Wir haben Miriam nicht gefragt, um wie viel Uhr er gekommen ist, darum hat sie auch nichts gesagt. Denn schließlich wusste sie nicht, warum wir sie überhaupt gefragt haben. Okay, Eban, an jenem Abend müssen mindestens hundert Personen in der Synagoge gewesen sein, und irgendjemand von ihnen muss gesehen haben, wie Henry kam.»

«Am Freitagabend steht immer ein Beamter von uns vor der Synagoge, der den Verkehr zum Parkplatz regelt. Vielleicht hat der irgendwas bemerkt.»

«Gut. Erkundigen Sie sich, und wenn Sie was erfahren haben, werde ich mir Henry vorknöpfen.»

43

«Das ist die Stelle, an der der Bus eingesetzt wird», erklärte Sergeant Holcombe, «der Fahrer kann sich also auf gar keinen Fall irren. Er sagt, es sind nur zwei Personen eingestiegen, und keine davon war Martha Peterson. Er kennt die beiden Passagiere gut, weil sie jeden Abend mit dem Acht-Uhr-Bus nach Lynn fahren.»

Chief Lanigan faltete die Hände hinter seinem Kopf und

lehnte sich im Stuhl zurück. «Sie hat vielleicht ein Taxi genommen.»

«Ich habe mich bei beiden Taxiunternehmen der Stadt erkundigt», antwortete der Sergeant. «Und bei den anderen, in den benachbarten Orten. Bis Lynn bin ich sogar gegangen. Die noch weiter entfernten, Revere oder Chelsea, hätten es nicht rechtzeitig schaffen können.»

«Es sei denn, ein Wagen von ihnen wäre hier in der Nähe gewesen und hätte Funkverbindung gehabt», meinte Jennings.

«Ja, aber ich glaube kaum, dass man sich überhaupt an sie wenden würde», entgegnete der Sergeant. «Soll ich sie trotzdem überprüfen?»

«Nein, lassen Sie nur», antwortete Lanigan. «Wenn sie noch einmal zurückgefahren wäre, hätte sie den Bus genommen. Und wenn sie gemerkt hätte, dass es für den Acht-Uhr-Bus zu spät war, hätte sie auf den um halb neun gewartet. Und wenn sie unbedingt sofort hätte hinfahren wollen, hätte sie eins von den hiesigen Taxis gerufen.»

«Vielleicht wollte sie nicht, dass jemand davon erfährt», meinte Jennings. «Vielleicht hat sie deswegen ein Taxi aus einem anderen Ort bestellt.»

«Warum sollte sie wollen, dass niemand davon erfährt?», fragte Lanigan. «Sie wollte ihn schließlich nicht umbringen. Sie wusste doch gar nicht, dass eine Waffe auf dem Tisch lag. Sie wäre nur hingefahren, um ihr Gehalt abzuholen oder um sich ein bisschen mit ihm zu streiten. Oder um ihm die Möglichkeit zu geben, mit ihr zu streiten, damit sie sich hinterher versöhnen konnten und sie ihren Job zurückbekam. Na schön, Sergeant, was ist mit der Zeit vor acht Uhr? Hätte sie früher hinfahren können, sich möglicherweise von jemandem mitnehmen lassen …»

«Nein, Sir. Das wäre zu knapp. Diese Nachbarin von ihr, die ist ziemlich neugierig, die hat sie kommen hören und war überzeugt, dass sie das Haus nicht mehr verlassen hat. Außerdem hat sie gehört, wie sie sich gegen acht mit Stanley durch den Türspalt unterhalten hat …»

«Woher wusste sie, dass es gegen acht war?», erkundigte sich Jennings.

«Weil gerade ein neues Fernsehprogramm anfing», antwortete er.

«Heutzutage erfährt man den Zeitpunkt eines Ereignisses immer nur durch die Fernsehprogramme», sagte Jennings.

«Na schön, Sergeant», sagte Lanigan. «Irgendwas Neues über Stanley Doble?»

«Nein, Sir. Ich bin noch mit den Ermittlungen in Salem beschäftigt.»

«Okay, machen Sie da weiter.» Und zu Jennings sagte er: «Ich glaube, damit ist Martha aus dem Spiel. Schade.»

«Warum? Wollten Sie ihr unbedingt was anhängen? Was haben Sie gegen Martha Peterson?»

«Gar nichts. Nur dass das Schema der Schüsse auf eine Frau zu passen scheint, auf eine Frau, die mit geschlossenen Augen einfach drauflosballert. So kam es jedenfalls dem Polizeiarzt vor, und so kommt es mir ebenfalls vor. Nun ist Martha aber die einzige Frau, von der wir wissen, und jetzt scheint sie aus dem Schneider zu sein.»

«Dieser Wagen, den Stanley in die Einfahrt einbiegen sah», sagte Jennings. «Der hätte doch auch von einer Frau gefahren worden sein können.»

«Möglich, aber ich glaube viel eher, dass Stanley das nur geträumt hat. Oder er ist bei weitem schlauer, als wir gedacht haben. Vergessen Sie nicht, dass er uns diese Version als Beweis dafür aufgetischt hat, dass er Jordon nicht noch einmal aufgesucht hat.»

«Ja, aber ich kann mir einfach nicht vorstellen, dass Stanley Jordon erschossen haben soll.»

«Und warum nicht?»

«Eben wegen dieser vielen Schüsse», antwortete Jennings. «Stanley geht häufig auf Jagd, und jedes Mal bringt er etwas mit nach Hause.»

«Ja, aber an dem Abend war er betrunken.»

«Na und? Glauben Sie, auf einem Jagdausflug wäre er nüchtern?»

«Hm. Da bleibt uns nicht viel, oder?»

«Es gibt immer noch Billy.»

«Tja, wir kommen immer wieder auf Billy zurück», bestätigte Lanigan düster.

«Die Idee, dass Billy es sein könnte, gefällt Ihnen wohl nicht – oder?»

«Ihnen vielleicht?»

«Na ja, wenn er es war …»

«Ja, aber wenn er es nun nicht war? Wir haben genauso wenig gegen ihn einen Beweis wie gegen jeden anderen. Aber was passiert, wenn ich alles, was wir haben, Clegg vorlege? Der sieht sofort, dass Billy der wahrscheinlichste Verdächtige ist – weil er die Waffe mitgebracht hat, weil Jordon ihn vor seinem Chef gedemütigt hat, weil er davongelaufen ist. Aber mehr noch: der Junge ist hier ganz allein und hat keine Freunde, und das macht ihn zur bequemen Zielscheibe.»

«Aber Clegg ist ein recht anständiger Bursche, deswegen …»

«Er ist der District Attorney, und das bedeutet, er ist vor allem Politiker. Und das bedeutet weiter, er ist an Publicity interessiert. Jetzt haben wir hier einen Verdächtigen, dessen Ma eine Fernsehgröße ist. Können Sie sich vorstellen, was Clegg damit bewirken kann? Und wissen Sie auch, was er Billy und seiner Mutter damit antun kann?»

«Okay. Dann haben wir also nur noch Maltzman.»

«Haben Sie ihn überprüft?»

«Wann denn?» Jennings seufzte. «Ich musste doch fast immer hier bei ihnen bleiben. Aber ich habe durchgegeben, dass Patrolman MacIsaac sich hier melden soll, sobald er dienstfrei hat. Der hatte an jenem Abend vor der Synagoge Dienst. Vielleicht hat er …»

«Sie haben MacIsaac vor der Synagoge Dienst machen lassen?»

Jennings grinste. «Na ja, ich fand, das passt.» Er warf einen Blick auf die Uhr. «Er müsste jeden Moment kommen.» Er schaltete die Gegensprechanlage ein und sprach mit dem Diensthabenden. «Ist MacIsaac schon da?»

«Kommt gerade herein, Lieutenant», lautete die metallisch verzerrte Antwort.

«Gut. Schicken Sie ihn rein.»

MacIsaac war ein hoch gewachsener junger Mann mit knochigem, sommersprossigem Gesicht und roten Haaren. Er war ziemlich neu als Polizist, und er starb fast noch vor Ehrfurcht vor dem Chief. Vor dem Schreibtisch nahm er Haltung an.

«Hatten Sie letzte Woche am Freitagabend Dienst vor der Synagoge?», erkundigte sich Lanigan.

«Jawohl, Sir. Jeden Freitagabend. Der Streifenwagen setzt mich kurz nach acht ab und holt mich dann ungefähr um neun wieder ab.»

«Um neun? Der Gottesdienst beginnt doch um halb neun, nicht wahr?»

«Jawohl, Sir, aber es kommen immer Leute zu spät. Manche sogar erst, wenn ich schon wegfahre. Wie ich hörte, gibt es nach dem Gottesdienst Erfrischungen, und ich glaube, manche kommen nur deswegen und um sich zu unterhalten. Das sagt jedenfalls Stanley Doble. Der kommt manchmal raus und unterhält sich mit mir. An diesem Freitagabend nun war der Streifenwagen um Viertel nach neun noch immer nicht da, und ausgerechnet um die Zeit traf jemand erst ein. Es war der Vorsitzende persönlich. Mr. Maltzman.»

«Woher wissen Sie, dass es Mr. Maltzman war?», fragte Jennings. «Kennen Sie ihn?»

«O ja, natürlich! Wir haben unser Haus bei ihm gekauft. Als er mich sah, hielt er mit seinem Wagen an, und wir unterhielten uns ein bisschen. Er fragte mich, ob viele Leute da wären. Und ich antwortete, es sähe so aus.»

«Sind Sie sicher, dass es Viertel nach neun war?»

«Na ja, kurz nach neun begann ich mich zu fragen, warum der Streifenwagen nicht kam. Und dann kam Mr. Maltzman, und wie ich schon sagte, ich redete mit ihm, und dabei sah ich, dass der Streifenwagen kam und am Bordstein hielt, um auf mich zu warten. Ich fragte Sergeant Lindquist, der am Steuer saß, wieso sie so spät dran wären. Das war, nachdem Mr. Maltzman weiterfuhr, um zu parken, direkt danach, wissen Sie. Und der Sergeant sah auf seine Uhr und antwortete, es sei doch erst Viertel nach.»

«Um wie viel Uhr ist Maltzman ganz genau gekommen? Das ist wichtig.»

«Nun ja, ich würde sagen, zwischen zehn und Viertel nach neun.»

Als MacIsaac fort war, sagte Lanigan: «Ich glaube, wir sollten uns ein bisschen mit Henry Maltzman unterhalten. Und zwar hier, auf dem Revier. Jetzt möchte ich nämlich wirklich wissen, wo er war.»

«Und wenn er nicht kommen will und behauptet, es geht Sie nichts an, wie bei McLure?»

«Dann werde ich dafür sorgen, dass er kommt. Ich werde mir von Richter Turner einen Haftbefehl besorgen und ihn hierher bringen lassen.»

«Einen Haftbefehl wegen Mordverdacht?»

«Genau.»

«Glauben Sie wirklich, dass er es war?»

«Nein. Aber er wird reden; sonst wird er hier sitzen bleiben, bis ...»

«Glauben Sie, dass er etwas weiß, was uns weiterhilft?», fragte Jennings.

«Ich glaube kaum.»

«Hören Sie, Hugh», sagte Jennings ernst, «Sie sind irgendwie frustriert bei diesem Fall, und Sie urteilen voreilig. Wenn Sie nicht glauben, dass er wirklich etwas weiß, das uns weiterhilft und ...»

«Montagmorgen werde ich zunächst einmal mit dem District Attorney sprechen. Ich werde ihm auseinander setzen müssen, dass wir nicht den geringsten Beweis gegen irgendjemanden haben. Ich werde mit ihm jeden analysieren, der mit dem Fall zu tun hat, und wenn wir zu Maltzman kommen, werde ich sagen, dass ich nicht weiß, wo er zum Zeitpunkt des Mordes war, weil er gesagt hat, das gehe uns nichts an. Na? Und das von einem Mann, der gedroht hat, Jordon umzulegen? Genau so umzulegen, wie wir ihn auch tatsächlich gefunden haben?»

«Ich verstehe. Ich frage mich nur, wie die Juden hier in der Stadt reagieren werden, vor allem Rabbi Small, Ihr Freund.»

Lanigan nickte. «Vielleicht sollte ich ihn zuvor unterrichten.»

44

Vor der Abänderung der Statuten hatte es immer drei Vizevorsitzende gegeben. Das war deswegen so eingerichtet, damit der erste Vizevorsitzende den Vorsitzenden ablösen konnte, sobald dessen Amtszeit abgelaufen war, und dann konnten die anderen beiden die Leiter raufklettern, und man brauchte nur einen neuen Vizevorsitzenden zu wählen. Das Ziel war eine Art sich selbst erneuernder Vorstand, auf dessen Zusammensetzung die Gemeindemitglieder dann wenig Einfluss hatten. Es klappte nie. Man wählte weiterhin drei Vizevorsitzende, aber diese Positionen waren ausschließlich Ehrenämter.

Nach der neuen Ordnung gab es nur einen Vizevorsitzenden, dessen einzige Funktion es war, in Abwesenheit des Vorsitzenden die Sitzungen zu leiten. Barry Fisher hatte zwar nicht für das Amt des Vizevorsitzenden kandidieren wollen, hatte sich dann aber doch einverstanden erklärt, weil Henry Maltzman ihn darum gebeten hatte. Er war ein guter Freund von Maltzman und ihm seit der gemeinsamen Schulzeit treu ergeben. Jetzt, im mittleren Alter, standen sie einander noch näher, zum Teil, weil Fishers Versicherungsagentur Maltzmans Immobiliengeschäft sehr schön ergänzte und sie in der Lage waren, einander Gefälligkeiten zu erweisen. Es war zwar bedauerlich, dass sich ‹die Mädchen›, ihre Ehefrauen, nicht gut verstanden, aber das beeinträchtigte ihre Freundschaft kaum. Sie trafen sich mehrmals in der Woche des Abends und fuhren gemeinsam zu Hockey- oder Baseballspielen nach Boston oder besuchten den örtlichen Fitnessclub. Sie gingen fast täglich miteinander zum Lunch oder konferierten per Telefon.

Es war Samstagnachmittag, und sie hatten soeben ein Spiel Squash beendet, das Barry Fisher, schlank und drahtig, mühelos gewonnen hatte. Er war überhaupt gut bei Spielen mit Ball und Schläger, durchquerte mit seinen langen Beinen flink das Spielfeld und erwischte mit seinen langen Armen auch noch Bälle, die fast unmöglich zu sein schienen. Wie gewöhnlich, entschuldigte er sich: «Ich hab eben Glück gehabt.»

Woraufhin Maltzman gewöhnlich großmütig erwiderte: «Nein, Barry, du bist einfach gut.» Um dann klagend hinzuzufügen: «Jesus, du schwitzt ja nicht einmal!»

«Vielleicht habe ich nichts, weswegen ich schwitzen müsste.»

Sie duschten, trockneten sich ab und gingen dann in den Umkleideraum. Als Barry Fisher sah, dass sie allein waren, fragte er: «Was meinst du, wie sieht es mit morgen aus?»

«Alles klar», antwortete Maltzman. «Wir haben acht Stimmen. Einwandfrei.»

«Dann steht es acht zu sechs. Ich würde sagen, das ist ziemlich knapp.»

«Zwei Stimmen Unterschied. Was willst du mehr?»

«Ja, Hank, aber wenn einer von uns sich auf die Gegenseite schlägt, steht es unentschieden, sieben zu sieben.»

«Dann habe ich immer noch die entscheidende Stimme. Aber glaub mir, Barry, unsere acht Stimmen sind bombensicher.»

«Könnte man nicht noch einen von den anderen sechs gewinnen? Wie wär's mit Jessica Berger oder Linda Svolitch?»

Maltzman schüttelte den Kopf. «Allen Glick hat mit Jessica gesprochen. Keine Chance. Sie war mit Mrs. Small in irgendeinem Ausschuss zusammen und lobt sie in den höchsten Tönen. Glaubst du wirklich, die würde gegen eine Verlängerung des Vertrages stimmen?»

«Und Linda?»

«Du meinst, weil sie für Women's Lib ist, nicht wahr? Also, ich hatte auch an sie gedacht, obwohl sie eher orthodox ist. Deswegen habe ich mit Mike Svolitch gesprochen. Ja, und wenn man ihn reden hört, ist Rabbi Small der Allergrößte. Gut, dass ich ihn nicht direkt gefragt habe, sonst wäre er bestimmt sofort damit zum Rabbi gerannt.» Er lachte. «So aber habe ich ihm nur gesagt, ich hätte munkeln hören, einige Vorstandsmitglieder, unter anderem auch Linda, hätten vor, gegen die Verlängerung des Vertrages von Rabbi Small zu stimmen; ob da wirklich etwas Wahres dran wäre.»

«Du hast dich also dumm gestellt», sagte Fisher bewundernd.

«Genau. Und als er mir sagte, was er und Linda von dem Rabbi halten, hab ich sofort einen Rückzieher gemacht und gesagt, manche Leute hätten doch nie was Besseres vor, als Gerüchte rumzuerzählen. Nein, diese sechs Stimmen sind genauso sicher wie meine acht.»

«Ich halte es immer noch für ziemlich knapp, Hank. Hör mal, ich habe da eine Idee. Wir wär's, wenn ich den Antrag stelle, da es eine geheime Wahl ist, solle man dem Vorsitzenden erlauben, genauso zu wählen wie alle anderen? Schließlich wählt der Präsident der Vereinigten Staaten ja auch. Manche fahren dafür sogar in ihre Heimatstadt. Das sieht man immer wieder im Fernsehen.»

«Nichts zu machen, Barry», antwortete Maltzman energisch.

«Aber warum nicht? Dann wären es neun gegen sechs, und ...»

«Ich will dir sagen, warum nicht. Weil du dann eine große Sache daraus machst. Dann klingt es ungeheuer wichtig, und irgendjemand merkt, dass was faul dran ist. Dann gibt es eine Diskussion, der eine oder andere würde bestimmte Dinge sagen, andere darauf reagieren. Ich könnte mir vorstellen, dass ein paar ganz Dickköpfige sogar die Sitzung verlassen, und dann sind wir nicht mehr beschlussfähig. Nein, ich will, dass es ein ganz normaler Punkt der Tagesordnung bleibt, genau wie die Abstimmung über die Lichtrechnung oder die Versicherung. Geheim soll die Wahl lediglich sein, damit die Vorstandsmitglieder keine Hemmungen zu haben brauchen, so zu wählen, wie sie es wirklich wollen. Mehr nicht. Verstanden?»

«Aber wenn es hinterher großes Geschrei gibt? Wenn eine Neuabstimmung beantragt wird?»

«Wie denn? Eine Neuabstimmung beantragen kann nur,

wer mit der Mehrheit gestimmt hat. So lautet die parlamentarische Regel. Okay, sagen wir, sie fühlen sich nicht wohl in ihrer Haut, laufen rum und sammeln Stimmen für ein Referendum. Aber bevor sie das geschafft haben, ist der Brief an den Rabbi, in dem wir ihm mitteilen, dass sein Vertrag nicht verlängert wird, längst rausgegangen. Und wie ich den Rabbi kenne, werden wir postwendend ein Kündigungsschreiben von ihm bekommen. Und er bekommt dann sofort wieder von mir einen Brief, in dem ich mein Bedauern ausdrücke und so, seine Kündigung aber akzeptiere.»

45

Sie hatten das Sonntagsdinner beendet, und da Molly nicht zu Hause war, hatte Mrs. Mandell das Geschirr eingeräumt, während Herb im Wohnzimmer die Sonntagszeitung las. Jetzt erschien sie an der Zimmertür und bemerkte: «So war das nicht, bei deinem Pa und mir, vor allem an einem Sonntag.»

«Was?» Herb blickte von seiner Zeitung auf. «Was hast du eben über Pa gesagt?»

«Ich habe gesagt, dein Pa wäre niemals auf den Gedanken gekommen, ohne mich auszugehen, genauso, wie ich auch ohne ihn niemals ausgegangen wäre. Einige von unseren Freunden, das heißt die Ehemänner, gingen regelmäßig einmal die Woche aus, zu einer Logenversammlung oder zum Bowling. Wenigstens haben sie das gesagt. Aber dein Pa nicht. Wenn ich nicht mitkommen konnte, oder auch nur, wenn ich keine Lust hatte, ging er auch nicht. Und bei mir war es dasselbe. Na schön, zum Bridge oder zu einem

Schwesternschaft-Luncheon ging ich wohl allein, wenn er im Büro war. Aber abends oder am Sonntag, wenn er zu Hause war, niemals! So bin ich nun mal erzogen worden, mit dem Gedanken, dass eine richtige Ehe so sein soll, zwei Menschen immer zusammen. Aber heutzutage ist ja alles anders.»

«Ach, hör doch auf, Ma! Im Museum gibt's eine Ausstellung von Peter-Archer-Silber, die hat ihr Chef selbst arrangiert, und sie hat ihm dabei geholfen. Wenn er also alle Bankangestellten einlädt, muss sie natürlich mitgehen. Sieh mal, wenn unser Schuldirektor eine Party für das Lehrerkollegium geben würde, müsste ich doch auch hingehen, nicht wahr?»

Sie schniefte missbilligend. «Glaubst du etwa, er hätte SIE gefeuert, wenn SIE ihm gesagt hätte, SIE könnte nicht mitkommen? Oder er hätte ihr das Gehalt gekürzt? Das scheint doch ein echter Gentleman zu sein, ihr Chef. Und sicherlich hätte er mehr von ihr gehalten, wenn SIE ihm gesagt hätte: ‹Tut mir leid, Mr. Gore, aber ich gehe niemals ohne meinen Mann aus, und der kann nicht mitkommen, weil er heute zu einer wichtigen Vorstandssitzung in der Synagoge muss.›»

«O ja, natürlich!», spöttelte er. «Und neulich am Freitag, als ich den Gottesdienst der Bruderschaft in der Synagoge leitete, hätte ich wohl auch sagen sollen, ich könnte nicht kommen, weil Molly zu Hause bleiben musste, wie?»

«Das war was anderes. Das war kein gesellschaftliches Ereignis, das war Religion.»

«Der Gottesdienst am Freitagabend ist immer eher ein gesellschaftliches Ereignis als ein religiöses. Der springende Punkt ist, sie ist hier geblieben ...»

«Vielleicht hatte sie ihre Gründe, hier zu bleiben, während du weggingst.»

«Was soll das heißen?»

Die ganze Woche hatte sie es ihm schon erzählen wollen, aber es hatte sich nie eine Gelegenheit ergeben. Immer wieder hatte sie ihre Story rekapituliert und sich vorgenommen, wenn es so weit war, ruhig und gelassen zu bleiben, als sage sie es ihm nur aus Sorge und Pflichtgefühl; doch nun, da die Gelegenheit plötzlich gekommen war, begannen ihre Augen zu glitzern, und sie spie ihm ihre Worte hasserfüllt ins Gesicht. «Das soll heißen, dass SIE nicht sehr lange zu Hause geblieben ist, nachdem du fort warst. SIE dachte, ich schlafe. SIE dachte, ich höre sie nicht, aber ich habe SIE doch gehört. Ich habe gehört, wie der Wagen startete, da bin ich aus dem Bett gestiegen und hab aus dem Fenster geschaut, und da hab ich gesehen, wie SIE wegfuhr.»

«Das hast du geträumt.»

«O nein, bestimmt nicht!» Und jetzt war sie tatsächlich ruhig. Sie brachte sogar ein kleines Lächeln zustande. «Ich schlief gar nicht. Vielleicht bin ich eingedöst, wie manchmal, wenn ich hier in meinem Sessel sitze. Aber geschlafen habe ich nicht. Ich hörte SIE telefonieren. Dann hörte ich Schritte auf der Treppe und merkte, dass SIE auf Zehenspitzen zu mir heraufkam. Also tat ich, als schliefe ich. Und tatsächlich, SIE machte leise die Tür einen Spalt auf und schaute herein. Dann schlich SIE wieder auf Zehenspitzen nach unten. Da war ich aber hellwach, kann ich dir sagen! Und kurz darauf klappte die Hintertür. Dann hörte ich den Wagen starten, ich stieg aus dem Bett, spähte durch die Vorhänge hinaus und sah SIE wegfahren. Das war ungefähr zu dem Zeitpunkt, wo in der Synagoge der Gottesdienst angefangen haben muss, und nach Hause kam SIE erst nach neun. SIE kam dann noch einmal herauf, um nach mir zu sehen, und ich tat wieder, als schliefe ich fest.»

Unvermittelt schoss es Herb durch den Kopf, dass Maltzman an jenem Abend erst ziemlich spät in die Synagoge gekommen war, kurz nach neun. «Ich glaube trotzdem, dass du das geträumt hast», sagte er.

«Wirklich? Dann frag SIE doch! Warte nur ab, was SIE dann sagt!»

Sie hatten das Sonntagsdinner beendet, und Laura Maltzman hatte sich auf den Weg gemacht, um ihre Mutter im Genesungsheim zu besuchen, während ihr Mann sich anschickte, zur Vorstandssitzung in die Synagoge zu fahren. Er hatte gerade sein Jackett angezogen, als es klingelte. Es war Lieutenant Jennings.

«Ich komme wegen der Jordon-Sache, Mr. Maltzman. Ich möchte Sie bitten, mit aufs Revier zu kommen und ein paar Fragen zu beantworten, die Chief Lanigan Ihnen stellen möchte. Und eventuell eine offizielle Aussage zu machen.»

«Und wenn ich mich nun für diese Jordon-Sache nicht interessiere?»

«Das können Sie dem Chief auf dem Revier erzählen.»

Mit belustigt funkelnden Augen fragte Maltzman: «Haben Sie einen Haftbefehl, Lieutenant?»

«Habe ich.»

Verdutzt stammelte Maltzman: «Sie … Sie haben einen?»

«Bitte sehr.»

Als Jennings in seine Brusttasche langte, wehrte Maltzman

hastig ab: «Schon gut, ich glaube Ihnen. Sie wollen also, dass ich mit aufs Revier komme, eine Aussage mache und einige Fragen beantworte. Na schön. Aber ich habe in wenigen Minuten drüben in der Synagoge eine wichtige Sitzung. Sobald sie beendet ist, komme ich hin.»

Mit nervös hüpfendem Adamsapfel schüttelte Jennings den Kopf. «Nein, Sir. Ich habe Anweisung, Sie sofort mitzubringen.»

«Hören Sie, Sie können doch nicht einfach hier eindringen und mich von meinen Pflichten abhalten …»

«O doch, das kann ich. Solange ich einen Haftbefehl habe.»

«Ich möchte mit Chief Lanigan sprechen. Welche Nummer?»

«Das nützt Ihnen auch nichts. Er ist noch nicht da. Seine Anweisungen für mich lauteten, Sie aufs Revier zu bringen, bevor er zurück ist. Also machen Sie keine Schwierigkeiten, Mr. Maltzman.»

Maltzman biss sich auf die Lippen und überlegte. Schließlich sagte er: «Nun gut. Ich will nur meiner Frau eine Nachricht hinterlassen, damit sie weiß, wo ich bin.» Er ging in die Küche. Als der Lieutenant ihm folgte, sagte er: «Keine Angst, ich reiße nicht durch die Hintertür aus.» Mit einer Heftzwecke befestigte er den Zettel an dem Anschlagbrett und langte nach dem Telefon auf dem Regal darunter. «Ich muss telefonieren.»

«Wollen Sie Ihren Anwalt anrufen?», erkundigte sich Jennings höflich.

Maltzman lächelte verkniffen. «Noch nicht.» Er wählte Barry Fishers Nummer. «Barry? Hank. Hör mal, mir ist was dazwischen gekommen, deswegen kann ich heute nicht zur Sitzung kommen … Ich weiß, ich weiß. Macht ihr es nur ohne mich, und zwar genau, wie verabredet … Hör mal, Barry, wir haben acht sichere Stimmen. Wenn du den Vorsitz übernimmst, haben wir immer noch sieben. Sieben zu sechs ist genauso gut wie acht zu sechs … Ja … Ja … Wiederhören.»

Er wandte sich zu Jennings um. «Okay», sagte er, «gehen wir.»

Sie hatten das Sonntagsdinner beendet, und Miriam hatte die Kinder nach oben gescheucht, wo sie fernsehen konnten, ohne ihren Daddy zu stören, der lesen wollte. Als es klingelte und sie Chief Lanigan sah, fragte sie mit spitzbübischem Lächeln: «Na, Chief – waren Sie wieder mal zufällig in unserer Gegend? David – es ist Chief Lanigan!»

«Nein, Miriam», antwortete Lanigan ernst. «Diesmal hatte ich den Besuch geplant.» Und er erklärte ihr den Grund.

«Glauben Sie wirklich, dass Maltzman ihn erschossen hat?», fragte der Rabbi.

Lanigan wand sich ein bisschen. «Ich kann nicht sagen, ob er es war oder nicht. Das müssen Richter und Geschworene entscheiden. Ich leite lediglich die Ermittlungen.»

«Dann verdächtigen Sie ihn ernsthaft?»

«Was soll das heißen? Ob ich ihn für einen geborenen Killer halte? Natürlich nicht. Aber wer von den Beteiligten ist das schon? Ich weiß nur, dass er Jordon am selben Tag bedroht hat. Er hat gesagt, er würde ihm eine Kugel durch den Kopf jagen. Und genauso ist Jordon gestorben. Das genügt für uns, um aktiv zu werden. Aber ich habe ihn mir nicht gleich geschnappt, weil ich dachte, er wäre zum Zeitpunkt des Mordes in der Synagoge gewesen. Dann stellte sich heraus, dass er nicht dort war. Und damit war er dringend verdächtig. Als wir ihn dann fragten, wo er an jenem Abend gewesen sei, antwortete er, das gehe uns nichts an. Tja, morgen muss ich Clegg Bericht erstatten, und wenn ich ihm sage, dass ich von Maltzman keine Erklärung verlangt habe, weil er gesagt hat, das ginge uns nichts an, würde er denken, ich sei unfähig, und dann würde er gegen ihn Anklage erheben.»

«Dann verhaften Sie ihn also, damit er redet?»

«Genau.» Er sah auf seine Armbanduhr. «In diesem Augenblick, würde ich sagen.»

«Und wenn er nichts sagt?»

«Stecke ich ihn über Nacht in eine Zelle», antwortete Lanigan prompt. «Und am nächsten Vormittag spreche ich mit Clegg, und wenn ich mich nicht sehr irre, wird der ihn vor den nächsten Richter schleppen und Anklage erheben. Und dann eine Presseerklärung abgeben. Und da es ein Mordfall ist, kommt eine Kaution nicht in Frage, und er wird hinter Gittern bleiben. Tut mir Leid, David, aber so ist es nun mal.»

Der Rabbi nickte.

«Tut mir wirklich Leid.»

«Vielen Dank, dass Sie es mir gesagt haben.»

46

Falls Mrs. Mandell gehofft hatte, ihr Sohn werde seine Frau bei ihrer Rückkehr zur Rede stellen, so wurde sie enttäuscht. Als Molly das Haus betrat, rief sie laut: «Hallo, Mutter! Alles gut gegangen mit dem Dinner?», gab ihrem Mann einen liebevollen Kuss und lief die Treppe zum Schlafzimmer hinauf. «Ich muss mich umziehen», sagte sie dabei. «Ich hab einer Bekannten versprochen, ihr bei ihrem Bridge zu helfen.»

Wenige Minuten später erschien sie wieder. Sie hatte das Kleid, das sie in Boston getragen hatte, gegen Hose und Pullover vertauscht, bequeme Kleidung, die sie für Barnard's Crossing passender fand.

«Welcher Bekannten?», fragte Herb, als sie zur Tür eilte.

«Ach, kennst du nicht», antwortete sie vage. «Eines von den Mädchen im Büro.»

Kaum hatte sie die Tür hinter sich geschlossen, da stand er auf, reckte sich träge und verkündete: «Na, dann gehe ich wohl besser auch. Macht es dir was aus, allein zu bleiben, Ma?»

«Nein. Aber wozu die Eile? Du hast noch viel Zeit.»

Er hatte tatsächlich noch eine halbe Stunde Zeit, aber die wollte er im Moment nicht unbedingt mit seiner Mutter verbringen. Er hätte ja doch nur Molly gegen ihre Andeutungen in Schutz nehmen müssen.

«Ja, aber es findet noch eine Versammlung vor der Sitzung statt, an der ich teilnehmen soll. Einige Vorstandsmitglieder wollen etwas Wichtiges besprechen.»

Er fuhr zum Strand hinunter und parkte. Da das Wetter schön geblieben war und immer noch Leute kamen, die am Wasser spazieren gingen oder sich hinsetzten und die Brandung beobachteten, waren die Essbuden noch geöffnet. Er kaufte sich einen Kaffee und nahm ihn mit zum Wagen zurück.

Es standen mehrere Wagen in seiner Nähe; in einem davon saß ein Pärchen und schmuste, was ihn unerklärlicherweise ärgerte. Er trank seinen Kaffee, rauchte eine Zigarette und dachte über Mollys Verhalten nach. Er musste zugeben, dass seine Mutter wahrscheinlich doch nicht geträumt und tatsächlich gesehen hatte, was sie behauptete. Na und? Der Anruf, den sie gehört hatte, musste der von Gore gewesen sein. Und dann war sie für eine halbe Stunde weggefahren. Na schön, sie hatte den ganzen Abend an diesem Bericht gearbeitet und brauchte ein bisschen frische Luft. Gewiss, sie hätte Ma nicht allein lassen dürfen, aber schließlich war sie ja zuvor hinaufgegangen, um nach ihr zu sehen. Und Molly meinte ja schon immer, dass Ma in der Nacht nicht so hilflos sei, wie sie immer tat. Und das war sie natürlich auch nicht. Er wusste, dass seine Mutter dazu neigte, ihren Zustand zu dramatisieren – um Mitleid zu erregen und vielleicht auch, weil sie einsam war. Aber dennoch …

Er setzte den Wagen in Bewegung und fuhr zur Sitzung. Dabei beschloss er, Molly gegenüber nichts zu sagen. Es gab schon genug Spannungen zwischen den beiden Frauen, was möglicherweise normal war, wenn eine Frau mit ihrer Schwiegermutter im selben Haus lebte. Aber falls Molly auf die Idee kam, seine Mutter spioniere hinter ihr her und klatsche dann später bei ihm über sie, könnte das einen heiligen Terror auslösen. Und wer wusste denn, wohin das noch führen würde?

Als Herb eintraf, begaben sich die Vorstandsmitglieder gerade an ihre Plätze. Er nickte jenen zu, deren Blick er begegnete, und setzte sich schüchtern auf den nächstbesten Stuhl. Barry Fisher stand auf, um die Tür zu schließen. Dann ging er zu dem Platz am Kopfende des Tisches und verkündete: «Henry hat mich angerufen, ihm sei etwas Wichtiges dazwischengekommen, und er könne heute nicht an der Sitzung teilnehmen. Also kommen wir zur Tagesordnung. Wenn ich mich recht erinnere, hatten wir beschlossen, diesmal über das Budget zu sprechen, über sonst nichts, also können wir wohl auf das Verlesen des Protokolls und der Ausschussberichte verzichten. Sie, Herb, hatten mehr Zeit zum Überprüfen des Budgets verlangt. Deswegen haben wir die Abstimmung auf heute verschoben. Also, haben Sie es sich angesehen?»

«Hm-hm.»

«Okay, dann wollen wir anfangen. Erster Punkt: Haushaltskosten. Möchten Sie uns etwas über die Zahlen sagen, Mike?»

«Ich dachte, wir gehen das Budget Punkt für Punkt durch, Herr Vorsitzender.»

«Tun wir.»

«Warum nehmen wir dann nicht den Ersten zuerst?»

«Okay.»

«Der erste Punkt sind die Heizkosten. Wie Sie sehen, haben wir die dafür vorgesehene Summe erhöht. Also, ich hätte nun ja einfach auf die ursprüngliche Summe den Betrag draufschlagen können, den wir im letzten Jahr für die Heizung nachzahlen mussten, aber ich hielt es für richtiger, diesen Betrag um zehn Prozent zu erhöhen, weil wir uns auf eine eventuelle Ölpreiserhöhung gefasst machen müssen.»

«Andererseits, Mike, war der letzte Winter extrem kalt. Es ist nicht sehr wahrscheinlich, dass der nächste genauso kalt werden wird.»

«Also, ich habe im Fernsehen gehört, dass das ganze Klima wahrscheinlich kälter wird. Der Mann meinte, es könnte durchaus sein, dass wir einer neuen Eiszeit entgegengehen. Das hat irgendwas mit der Ozonschicht zu tun.»

«Ach was! Das ist doch Science Fiction. Wir dürfen keinen zweiten Winter wie den letzten bekommen. Das würde das Land nicht durchstehen.»

«Soll der Kongress vielleicht ein Gesetz dagegen verabschieden, Bill?»

Sie debattierten darüber, zankten sich wie Hunde um einen Knochen und akzeptierten schließlich den ursprünglichen Betrag. Das gleiche geschah mit dem nächsten Punkt und dem übernächsten. Insgesamt verhielten sich die weiblichen Vorstandsmitglieder geschäftsmäßiger und logischer als die Männer, neigten aber auch dazu, miteinander zu flüstern, verloren zuweilen den Faden und verlangten, dass die letzten Argumente wiederholt wurden.

«Okay, jetzt also die Gehälter. Möchten Sie dazu etwas sagen, Doris?»

«Allerdings.» Doris Melnick war Vorsitzende des Schulausschusses. «Als Mike mich nach den Gehältern der einzelnen Lehrer fragte, antwortete ich ihm, die könne ich ihm nicht nennen, ich könne ihm nur die Gesamtsumme aller Gehälter des Lehrkörpers geben. Den Grund dafür möchte ich jetzt erklären. Unser Schulausschuss bespricht mit jedem Lehrer sein Gehalt – streng vertraulich. Das haben wir von Anfang an so gehalten, und es hat sich als richtig erwiesen. Kein Lehrer weiß, wie viel der andere bekommt, solange dieser es ihm nicht sagt. So können wir dem besseren Lehrer, falls notwendig, ein bisschen mehr geben, ohne dass Neid und Eifersucht aufkommen ...»

Sie diskutierten natürlich darüber, weil sie über jeden

Punkt der Tagesordnung diskutierten; zum Schluss aber bekam Mrs. Melnick ihren Willen, und sie stimmten über die Gesamtsumme ab.

Da das Gehalt des Kantors vertraglich festgelegt war, sollte man meinen, in diesem Punkt sei eine Diskussion unnötig gewesen. Dennoch wurde die Frage gestellt, ob nicht der Kantor die Honorare, die er für seine Dienste bei Beerdigungen und Hochzeiten und vor allem für die Vorbereitung der Jungen auf den gesanglichen Teil der Bar Mitzwa-Zeremonie bekam, abgeben solle, da dies schließlich zu den normalen Pflichten seines Berufs zählte. Es war ein Problem, das jedes Jahr wieder aufgeworfen wurde, jedes Mal mit denselben Argumenten dafür und dagegen.

«Nehmen wir an, er muss ein besonders dummes Kind auf die Bar Mitzwa vorbereiten und braucht dafür außergewöhnlich viel Zeit, und der Vater des Jungen ist ihm dankbar und möchte ihm für seine Mühe ein paar Extra-Dollar geben …»

«Also, wenn ich Kantor wäre, dann wäre mir das unangenehm. Was ist denn schließlich so ein Honorar? Ein Trinkgeld, weiter nichts – oder?»

«Ja, aber was ist ein Trinkgeld? Ein Zeichen der Anerkennung, nicht wahr? Hat man einen guten Kellner, gibt man ihm ein gutes Trinkgeld. Hat man einen schlechten, gibt man ihm gar nichts oder nur das Minimum. Jedenfalls mache ich das so.»

«In vielen Restaurants werden die Trinkgelder zusammengelegt.»

«Ich möchte mal wissen, wie ihr das machen wollt. Wollt ihr etwa öffentlich verkünden, Honorare für den Kantor seien verboten? Oder wollt ihr, dass er sie einsteckt und dann dem Vorstand übergibt? Und woher wollt ihr wissen, ob er auch wirklich alles abgibt? Wollt ihr den Spender fragen, wie viel er ihm gegeben hat?»

Schließlich ließen sie alles so, wie es war, genau wie sie es in all den vorangegangenen Jahren getan hatten. Stanley Dobles Gehalt löste kaum Diskussionen aus. Aber es kamen einige – zumeist anekdotische – Dinge über ihn selbst zur Sprache.

«Wisst ihr noch, wie er am Freitagabend stockbesoffen war?»

«Und Freitag vor einer Woche, als die Bruderschaft den Gottesdienst veranstaltet hat – wie er überhaupt nicht gekommen ist?»

«Mir wäre es lieber, wenn er gar nicht käme, als wenn er betrunken ankäme.»

Der Vorschlag eines weiblichen Vorstandsmitglieds, man solle sich vielleicht nach einem anderen Hausmeister umsehen, der ein bisschen zuverlässiger wäre, wurde sofort vom Vorsitzenden selbst abgelehnt. «Nichts zu machen. Natürlich könnten wir eine Menge Hausmeister kriegen, die zuverlässiger sind, aber woher sollen wir einen nehmen, der das kann, was Stanley kann? Wenn irgendwo mal was kaputt ist – und das Haus ist jetzt so alt, dass ständig irgendetwas kaputt geht –, kann Stanley es gewöhnlich reparieren, ob's nun die Installationen sind, die elektrischen Leitungen oder die Heizung. Er ist ein recht guter Tischler, verbringt fast den ganzen Sommer mit Streichen, Fugen abdichten und alles für den Winter in Ordnung bringen. Na schön, er flippt manchmal aus und trinkt zu viel, und man kann sich nicht immer auf ihn verlassen. Aber sehen wir's doch mal so: Wenn er hundertprozentig zuverlässig und immer nüchtern wäre, würde er gar nicht bei uns als Hausmeister arbeiten. Ich finde, wir haben's ganz gut mit ihm getroffen. Und wenn's jetzt keine weiteren Diskussionen mehr über Stanley gibt, können wir zum letzten Punkt übergehen, zum Rabbi.»

Das war Herb Mandells Stichwort. Er hob die Hand, und als er das Wort erhielt, sagte er: «Herr Vorsitzender, mir scheint, dass dieser Punkt ein bisschen anders liegt als die übrigen.»

«Ach ja? Wieso denn?»

«Nun, bei den anderen ging es vor allem um die Gehaltsfragen. Bei diesem aber handelt es sich nicht so sehr um das Gehalt des Rabbi, da er ja einen festen Vertrag hat, der in jedem Jahr verlängert wird. Ich meine, sein Gehalt liegt bis auf die Lebenskostensteigerung fest, deswegen können wir darüber nicht diskutieren. Nein, die eigentliche Frage ist die Verlängerung.»

«Da haben Sie Recht, Herb», bestätigte Cy Morgenstern. «Also, was schlagen Sie vor?»

«Nun, ich finde, wir sollten über diesen Punkt geheim abstimmen. Ich meine, falls jemand gegen den Rabbi stimmen will, müsste er das tun können, ohne zu fürchten, dass der Rabbi davon erfährt und dann möglicherweise böse auf ihn ist.»

Der Vorsitzende strich sich nachdenklich das Kinn. «Das klingt vernünftig», sagte er dann. «Also gut, wir werden geheim abstimmen.» Und zur Sekretärin sagte er: «Gladys, verteilen Sie doch bitte etwas Papier. Wir stimmen mit Ja oder

Nein. Wer für die Verlängerung des Vertrages ist, schreibt Ja, wer dagegen ist, schreibt Nein. Alles verstanden?»

Die Sekretärin riss mehrere Seiten aus ihrem Notizbuch, faltete sie und riss sie zu Vierteln, die sie rund um den Tisch verteilte.

«Können Sie's denn auch wirklich entbehren?», fragte Pollock, der Witzbold.

«Für Ja oder Nein ist es groß genug», sagte Mrs. Melnick, die typische Lehrerin. Und dann, mit zuckenden Lippen: «Hoffentlich können Sie's richtig schreiben.»

«Falls nicht, geben Sie mir dann Nachhilfestunden?» Hämisch grinste er sie an.

Einige beschrieben ihre Stimmzettel in aller Offenheit, die meisten jedoch kritzelten hinter der vorgehaltenen Hand. Die Ersteren falteten ihre Stimmzettel nur einmal und warfen sie nachlässig auf den Tisch, damit sie weitergereicht wurden. Die Vorsichtigeren falteten sie mindestens zweimal und reichten sie persönlich der Sekretärin, ja standen sogar auf und gingen zu ihr hinüber, um sie ihr in die Hand zu drücken.

Während Herb darauf wartete, dass sein Nachbar fertig wurde, damit er sich dessen Bleistift ausleihen konnte, wurde er von Zweifeln heimgesucht. Er hatte nichts gegen den Rabbi. Er tat dies nur, weil Molly und Maltzman es so wollten. Molly und Maltzman. Molly, die sich davonschlich, obwohl sie bei seiner Mutter bleiben sollte, und Maltzman, der zu spät zum Gottesdienst kam. Molly und Maltzman, die ihre Köpfe zusammensteckten und an ihren Listen arbeiteten. Molly, die einer Bekannten bei ihrer Bridgepartie half – «Kennst du nicht» –, und Maltzman, der anrief, er könne nicht an der Sitzung teilnehmen. Sein Nachbar reichte ihm den Bleistift. Herb zögerte einen Moment; dann schrieb er Ja.

Die Sekretärin wartete, bis alle Stimmzettel abgegeben waren. Dann begann sie sie zu entfalten und teilte sie in zwei Häufchen. Erst zählte sie das eine, dann das andere. Und verkündete: «Dreizehn Stimmen insgesamt. Sieben Ja, sechs Nein. Die Ja-Stimmen haben gewonnen.»

47

«Was machen wir jetzt?», fragte Miriam tragischen Tones, als Lanigan fort war.

Der Rabbi schüttelte den Kopf. «Ich weiß nicht, ob wir überhaupt etwas tun können. Das kommt auf Maltzman an, und wenn der ...»

«Ach was, Maltzman ist mir egal. Ich dachte vielmehr an die Gemeinde, und wie die Stadt wohl reagieren wird.»

«Du meinst, wie die Stadt auf die Gemeinde reagieren wird? Glaube mir, Miriam, es wird überhaupt keine Reaktion geben. Die Leute denken heute nicht mehr so. Sie glauben nicht mehr, dass die Taten einzelner die Einstellung der Gruppe spiegeln, der sie angehören. Falls es eine Pressemeldung gibt, wird vermutlich auf die Tatsache hingewiesen, dass er ein prominentes Mitglied der Gemeinde ist, und damit meine ich die Stadt Barnard's Crossing und nicht die jüdische Gemeinde. Man wird erwähnen, dass er der Vorsitzende der Synagoge, Präsident der Handelskammer und ein großes Tier im Veteranenbund ist. Ein Prominenter eben. Das ist alles.»

«Ja, aber auch um seiner selbst willen – meinst du nicht, du solltest versuchen, ihm zu helfen?»

«Was kann ich denn schon tun?»

«Also, David, ich weiß nicht, was in letzter Zeit in dich gefahren ist!», brauste sie auf. «Du bist so gleichgültig geworden. Es sieht so aus, als würde der Vorstand deinen Vertrag diesmal nicht verlängern, aber was tust du? Du kämpfst nicht darum, sondern sagst, du willst es Gott überlassen. Und jetzt, wo der Vorsitzende der Gemeinde wegen Mord verhaftet worden ist, sagst du nur: ‹Was kann ich denn schon tun?› Glaubst du wirklich, dass er's getan hat?»

«Nein.»

«Weil er nicht der Typ ist?»

«Jeder Typ ist zu einem Mord fähig und zu allem anderen», erwiderte er ernst. «Wer kennt die verborgenen Tiefen eines Mitmenschen? Nein, ich halte ihn nicht für schuldig, und zwar aus eben dem Grund, aus dem Lanigan ihn verhaftet hat: weil er nicht reden will. Ich meine, wenn er es wirklich getan hätte, dann hätte er sich ein Alibi zu verschaffen gesucht, oder er wäre mit einer plausiblen Erklärung gekommen, und wenn er auch nur gesagt hätte, er habe verschlafen. Aber der Polizei zu sagen, das gehe sie nichts an, lässt auf ein gutes, ein wasserdichtes Alibi schließen, auf das er verweisen kann, falls es absolut nötig ist.»

«Du meinst also, er deckt jemanden?»

«Möglicherweise. Aber ich glaube eigentlich nicht. Wenn er nur dieses eine Mal zum Freitagsgottesdienst zu spät gekommen wäre, dann könnte es möglich sein, dass er so spät kam, weil er etwas gesehen hat, vielleicht einen guten Freund, der ungefähr zur Tatzeit Jordons Haus betreten oder verlassen hat. Aber Maltzman ist am Freitag davor ebenfalls zu spät gekommen und letzten Freitag wieder. Insgesamt hat er, glaube ich, während der letzten drei bis vier Freitage nicht neben mir gesessen. Nein, nein, es muss sich hier um etwas handeln, das jede Woche zur selben Zeit stattfindet. Und er will's nicht sagen, weil er sich schämt oder weil es ihm peinlich ist.»

«Meinst du, dass er eine Freundin hat?», erkundigte sich Miriam eifrig.

«Möglich, in Anbetracht seines Rufes. Aber ich bezweifle es. Weil ich Laura Maltzman jedes Mal auf ihrem gewohnten Platz in der ersten Reihe gesehen habe, und sie saß da von Anfang an. Hinterher, beim Imbiss, war sie dann wieder mit ihm zusammen, und alles schien zwischen ihnen in Ordnung zu sein.»

«Aber wenn sie's vielleicht gar nicht weiß …»

«Das könnte einmal passieren. Er könnte eine wichtige Geschäftsbesprechung vorschützen und ihr sagen, sie soll schon vorgehen, er komme nach. Aber nicht jeden Freitag. Was er auch tut, ich bin überzeugt, dass sie davon weiß.»

«Mag sein … Doch, natürlich, sie muss davon wissen. Vielleicht nimmt er an einem Kursus teil.»

«Das könnte er der Polizei doch sagen. Nein, es muss etwas sein, das jeden Freitag um dieselbe Zeit stattfindet, etwas, von dem sie weiß und das sie billigt, das aber dennoch so peinlich ist, dass …» Er schnalzte mit den Fingern. «Du hast den Nagel auf den Kopf getroffen, Miriam!»

«Wirklich?»

«Er nimmt tatsächlich an einem Kursus teil: an einem Kursus, einer Behandlung beim Psychiater.»

«O David, ja! Genau das ist es! Henry Maltzman ist haargenau der Mann, der sich schämen würde, wenn es sich herumspräche, dass er zum Psychiater geht. Er würde fürchten, die Leute hielten ihn für verrückt. Aber das wäre doch eine Aktionsbasis für uns. Wenn du mit ihm sprechen und andeuten würdest …»

«Er würde nicht mit mir sprechen wollen», erwiderte der Rabbi nüchtern. «Selbst wenn ich ihn besuchen dürfte, würde er sofort den Mund halten, wenn er merkt, worauf ich hinaus will. Aber weißt du, es könnte sich lohnen, mit Laura zu sprechen.»

«Warum mit Laura?»

«Weil ich ihr offen sagen kann, was ich denke. Wenn ich Recht habe, besteht die Möglichkeit, dass sie mir den Namen des Arztes nennt. Und dann … Warte mal, ich fahre jetzt sofort zu ihr.»

Eine Zeit lang, nachdem ihr Mann das Haus verlassen hatte, blieb Miriam auf Grund seiner Sicherheit froh gestimmt. Dann kamen ihr Zweifel. Wahrscheinlich war Laura Maltzman genauso halsstarrig wie ihr Mann. Möglicherweise dachte sie so wie er über psychiatrische Behandlungen. Und wenn nicht, hielt sie es vielleicht für unloyal, das zu verraten, was ihr Mann so hartnäckig für sich behielt. Es musste doch eine andere Möglichkeit geben! Und dann hatte sie eine Idee. Sie griff nach dem Telefon und rief im städtischen Krankenhaus an.

«Sie haben doch sicher eine Liste der einheimischen Ärzte, nicht wahr?», erkundigte sie sich bei der Vermittlung, ängstlich bemüht, das Zittern in ihrer Stimme zu unterdrücken. «Könnten Sie mir …»

«Einen Moment. Ich verbinde Sie weiter.»

Sie atmete ein paar Mal tief durch, und es gelang ihr, zu der Frau, die sich jetzt meldete, energisch zu sagen: «Ich hätte gern eine Liste der hiesigen Psychiater, die Sie empfehlen können.»

«Wer ist denn dort, bitte?»

«Mrs. Small.»

«Mrs. David Small? Die Frau des Rabbi?»

«Ganz recht. Können Sie mir helfen?»

«Mrs. Small, ich bin Mrs. Clausen. Der Rabbi meldet sich bei mir an, wenn er zu seinen regelmäßigen Besuchen kommt. Es geht ihm doch hoffentlich gut?»

«O ja! Es geht hier um einen Fall, den er bearbeitet, und er hat mich gebeten …»

«Verstehe. Nun, es sind nicht allzu viele. Wahrscheinlich denken Sie an die Ärzte, die hier in der Gegend praktizieren, nicht wahr? Denn wir haben auch eine ganze Anzahl, die zwar hier wohnen, ihre Praxis aber in Boston haben. Sehen wir mal …»

«Wissen Sie zufällig, welche von ihnen Patienten auch am Abend empfangen?»

«Wenn's sich um einen Notfall handelt …»

«Nein, ich meine regelmäßig.»

«Nun, das schränkt die Zahl ziemlich ein. Einen Moment. Dr. Boles hat es früher getan, aber ich weiß, dass er es jetzt nicht mehr tut. Er ist zu alt. Abner Gordon tut es normalerweise nicht, würde es aber vielleicht tun, wenn der Rabbi mit ihm spricht, vor allem, wenn er sich für den Fall interessiert. Ich meine, wenn es dabei um etwas geht, über das er gerade eine Abhandlung schreibt.»

Schließlich hatten sie eine Liste von vier Namen, von denen Miriam zwei sofort ausschied, weil sie ganz eindeutig jüdisch klangen. Sie war überzeugt, dass Maltzman bei einem jüdischen Arzt vermutete, die Chance, dass etwas in der Gemeinde durchsickere, sei wesentlich größer. Einer der letzten beiden Namen war weiblich. Minutenlang überlegte Miriam; dann sagte sie sich, dass Maltzman seine persönlichen Sorgen wohl eher einer Frau als einem Mann anvertrauen würde.

«Dr. Sayre? Ich hätte gern gewusst, ob ich bei Ihnen zur Behandlung …»

Eine energische Altstimme fragte: «Mit wem spreche ich, bitte?»

«Mein Name ist … Myra, Myra Little.»

«Miss oder Mrs.?»

«Miss.»

«Also gut. Und weswegen wollen Sie zu mir kommen?»

«Es ist … Ich möchte das nicht so gern am Telefon sagen … Ich meine, falls jemand mithört …»

«Wer hat Sie an mich verwiesen, Miss Little?»

«Na ja, kein Arzt, sondern einer von Ihren Patienten. Henry Maltzman.»

«Ah ja.» Es war nichts als höfliche Zustimmung und bedeutete möglicherweise gar nichts, aber sie verlieh Miriam den Mut, weiterzumachen.

«Er sagte mir, Sie nähmen manchmal auch abends Patienten, das ist nämlich die einzige Zeit, wo ich kommen könnte.»

«Das stimmt, aber nur manchmal.»

«Tja also, könnte ich vielleicht am Freitagabend einen Termin haben? So gegen halb neun?»

«Freitagabend? Sehen wir mal. Oh, das ist Mr. Maltzmans Termin.»

«Sind Sie ganz sicher, Frau Doktor? Weil er nämlich sagte …»

«Ganz sicher. Er …»

Aber Miriam hatte schon aufgelegt, und die Ärztin blickte verdutzt auf ihr Telefon, das so unvermittelt verstummt war.

Als der Rabbi kurz darauf heimkam, sah man ihm seine Enttäuschung an. «Ich hätte zuvor anrufen sollen», sagte er. «Als ich hinkam, war niemand da.»

«Macht nichts, David», antwortete sie. «Macht wirklich nichts.» Sie war freudig erregt über ihren Erfolg, fürchtete jedoch, er könne ihr Handeln missbilligen.

Der Rabbi hörte schweigend zu, als sie ihm alles berichtete. Dann schüttelte er verwundert den Kopf und lächelte. «Wie ich vorhin bereits bemerkte, wer kennt die verborgenen Tiefen seiner Mitmenschen?»

«Bist du jetzt böse? War das sehr schlecht von mir?»

«Der Talmud verbietet, den Kaufmann nach dem Preis seiner Ware zu fragen, wenn man nicht die Absicht hat, etwas zu kaufen. So etwas weckt in ihm die Hoffnung, ein Geschäft machen zu können, und bereitet ihm unnötigen Kummer, wenn man ihn enttäuscht. Ich nehme an, dasselbe trifft auf die Ärzte zu.» Er warf den Kopf in den Nacken und lachte fröhlich. «Aber es war herrlich clever von dir. Und jetzt sollte ich wohl Lanigan aufsuchen.» Er zögerte. «Hast du vielleicht noch andere kluge Ideen, die du ausprobieren kannst, während ich weg bin, Miriam?»

«Ach David!»

«Also, Chief, ich versichere ihnen, dass ich an jenem Abend – und an jenem Tag – keinen Fuß in die Nähe des Jordon-Hauses gesetzt habe. Und ich bin bereit, das zu beschwören. Ich weiß verdammt genau, dass Sie mich keineswegs verdächtigen, etwas mit dem Mord zu tun zu haben, und ich betrachte es als schwere Verletzung meiner Rechte.»

Lanigan lauschte mit wachsender Ungeduld. Schließlich explodierte er. «Verdammt noch mal, hier geht es nicht um verkehrswidriges Parken! Hier geht es um Mord und …»

Über die Gegensprechanlage kam die Stimme des Diensthabenden. «Chief, Rabbi Small ist hier. Er möchte Sie sprechen.»

«Sagen Sie ihm, ich bin beschäftigt. Vielleicht später.»

«Jawohl, Sir, aber er sagt, es sei furchtbar wichtig, und er muss Sie unbedingt sofort sprechen.»

«Na schön.» Zu Henry Maltzman sagte er: «Bis jetzt habe ich Sie mit Glacéhandschuhen angefasst, aber wenn ich zurückkomme, Henry, werden Sie reden, oder ich lasse Sie von Lieutenant Jennings in eine Zelle sperren. Dann haben Sie erst morgen wieder Gelegenheit, den Mund aufzumachen. Passen Sie gut auf ihn auf, Eban.»

Als er hinausging, sagte er statt einer Begrüßung zu Rabbi Small: «Ich hoffe, es ist wirklich wichtig, David.»

«Es *ist* wichtig, Chief», antwortete der Rabbi ernst und berichtete ihm von Miriams Einfall.

Lanigan lachte: «Während Sie nicht zu Hause waren, wie? Sie ist einfach großartig. Wenn Sie nach Hause kommen, fragen Sie sie doch, ob Sie nicht hier für uns arbeiten will. Na schön. Wir werden das wahrscheinlich bei Dr. Sayre überprüfen müssen, aber für den Augenblick reicht's.» Und, als sich der Rabbi zum Gehen wandte: «Ach ja, und grüßen Sie Miriam herzlich von mir.»

Wieder in seinem Büro, musterte Lanigan Maltzman säuerlich. «Okay, Sie können gehen», sagte er dann. «Der Lieutenant wird alles erledigen.»

«Ist Rabbi Small meinetwegen gekommen? Lassen Sie mich deswegen raus?»

«Gehen Sie schon! Sonst überlege ich's mir noch anders.»

48

Als Herb von der Vorstandssitzung nach Hause kam, sah er verwundert, dass Molly bereits da war. «Dein Bridge hat aber nicht sehr lange gedauert», sagte er.

«Oh, ich hatte gar nicht vor, zu bleiben. Ich habe ihr nur bei der Dekoration geholfen. Es sollte eine Geschenk- und Bridgeparty für eine Braut werden.»

«Mutter?»

Sie deutete zur Decke. «Ruht sich aus.» Dann fragte sie eifrig: «Na, wie ist die Sitzung verlaufen? Wie geplant?»

«Nein, der Vertrag von Rabbi Small ist verlängert worden. Es war knapp, aber der Rabbi hat gewonnen.»

«Aber wieso denn? Henry hatte doch acht Stimmen.»

Er lächelte säuerlich. «Ich nehme an, er musste ein bisschen Druck ausüben, um die acht zusammenzukriegen. Aber dann hat er sich mit seiner Idee von der geheimen Abstimmung selbst reingelegt.» Voller Genuss erklärte er es ihr. «Denn siehst du, woher soll Big Brother Henry wissen, wie jeder gestimmt hat, wenn die Abstimmung geheim vor sich geht?»

«Das verstehe ich nicht.» Sie schien völlig verwirrt zu sein, schien es nicht begreifen zu können. «Ich verstehe es einfach nicht.»

«Oh, das macht nichts», antwortete er munter. «Es gibt sehr viele Dinge, die *ich* auch nicht verstehe.» Es war das Zusammentreffen der beiden Tatsachen gewesen, dass Maltzman der Sitzung fernblieb, während sie angeblich zu einem Bridgenachmittag ging, was ihn veranlasst hatte, seine Meinung zu ändern. Jetzt musste er sie zur Rede stellen. «So verstehe ich zum Beispiel nicht, warum du an jenem Abend ausgegangen bist, als ich den Gottesdienst der Bruderschaft leiten musste, während du doch bei Mutter bleiben solltest.» Er merkte, dass er ihr einen Schreck eingejagt hatte, und sie besaß sogar den Anstand, zu erröten.

«Hat Stanley dir das gesagt? Ich hatte mir doch gedacht, dass es seine Klapperkiste war, die ich gesehen habe, als ich in die Einfahrt einbog.»

«In was für eine Einfahrt?»

«Die Einfahrt von Ellsworth Jordon, natürlich. Ich bin hingefahren, um den Bericht abzuliefern, an dem ich gearbeitet hatte.»

«Hat Gore dich darum gebeten?»

«Nein, ich habe mich dazu erboten.»

«Warum?»

«Weil ich merkte, dass Larry fürchtete, den Bericht nicht rechtzeitig abliefern zu können. Dann hätte die Bank vermutlich einen wichtigen Kunden verloren. Jordon konnte in solchen Dingen sehr eklig sein.»

«Und du hast ihn abgeliefert?»

Sie schüttelte den Kopf. «Als ich hinkam, war alles dunkel.

Ich dachte, er wäre vielleicht früh zu Bett gegangen oder auch weggegangen, deswegen fuhr ich wieder nach Hause.» Sie zögerte. «Ich hab immer wieder daran denken müssen, dass er vielleicht … Glaubst du, er könnte da schon … du weißt doch … tot gewesen sein?»

«Möglich wäre es», gab er vorsichtig zu. «Aber da du ihn nicht gesehen hast und es auch nicht wissen konntest, hättest du doch nichts für ihn tun können. Also vergessen wir das Ganze lieber.»

«Aber als dieser Polizist kam und sich nach Mr. Gores Anruf erkundigte, hätte ich ihm da nicht sagen müssen, dass ich an dem Abend zu Jordon gefahren bin?»

«Großer Gott, ja! Das hättest du unbedingt tun müssen. Es könnte ein wichtiger Hinweis sein. Warum hast du ihm nichts davon gesagt?»

«Weil du hier warst», antwortete sie mit einem Anflug von Bitterkeit. «Deswegen wollte ich nicht sagen, dass ich weggefahren bin, obwohl ich versprochen hatte, zu Hause zu bleiben. Ich wollte den Beamten später aufsuchen und ihm alles sagen, aber ich hab's immer wieder aufgeschoben und bin nie dazu gekommen. Und wenn sie jetzt merken, dass ich Informationen zurückgehalten habe …»

«Wie sollten sie das in Erfahrung bringen?»

«Nun ja, Stanley hat es dir gegenüber doch auch erwähnt, nicht wahr? Genauso gut kann er es der Polizei gegenüber erwähnen.»

Bei dem Bewusstsein, dass sie zu Jordon gefahren war, statt zu Maltzman, fiel ihm ein Riesenstein vom Herzen. Jetzt schämte er sich seiner Zweifel an ihrer Treue, und er empfand große Zärtlichkeit für sie. Er verstand, dass sie sich Sorgen machte und ein bisschen verängstigt war, und er wollte ihr diese Angst gern nehmen. Andererseits, nachdem er sie in dem Glauben gelassen hatte, dass er es von Stanley erfahren hatte, wäre es dumm, jetzt noch zuzugeben, dass er es von seiner Mutter wusste.

«Ach was, ich glaube nicht, dass Stanley zur Polizei gehen würde. Warum sollte er auch?» Und er erläuterte ihr ausführlich, dass die Menschen normalerweise nicht gleich zur Polizei laufen, auch wenn sie wichtige Informationen haben – einfach, weil sie nicht in etwas hineingezogen werden wollen; dass es bei Leuten wie Stanley, die sich zuweilen betrinken und dann womöglich deshalb verhaftet werden, noch weniger wahrscheinlich ist, dass sie der Polizei helfen; dass sie der Polizei gegenüber eine angeborene Abneigung empfinden; und dass sie überhaupt nichts zu fürchten habe.

Aber er merkte, dass er sie nicht hatte überzeugen können. Schließlich sagte er: «Weißt du was? Ich gehe zum Rabbi und frage ihn, was wir tun sollen.»

«Was hat denn der damit zu tun?»

«Er steht mit Chief Lanigan auf sehr freundschaftlichem Fuß. Wie ich hörte, kommen sie auch manchmal privat zusammen. Ich könnte ihm die Sachlage erklären. Schließlich kennt er uns, und er kennt Mutter. Vielleicht spricht er mit Lanigan, dann brauchen wir das nicht zu tun. Oder er ebnet uns wenigstens den Weg.»

«Nein, den Rabbi können wir nicht um Hilfe bitten.»

«Warum denn nicht?»

«Weil wir dann ein schlechtes Gewissen hätten. Ich … Wir haben ihn doch weg haben wollen. Jetzt können wir nicht einfach eine Kehrtwendung machen und ihn um Hilfe bitten.»

Herb grinste. «Keine Sorge, Liebling. Denn ich habe für den Rabbi gestimmt, und vermutlich war es meine Stimme, die den Ausschlag gegeben hat.»

«*Du* hast für ihn gestimmt?»

Zu spät wurde ihm klar, dass er sich in eine Falle hineinmanövriert hatte, und dass er am besten jetzt restlos auspackte.

«Ich war eifersüchtig», erklärte er offen. «An jenem Abend, als du fortgefahren warst, kam Henry Maltzman erst nach neun zum Gottesdienst. Und dann, letzten Sonntag, als ich die Zeitung holen gegangen war, saß er hier, und du schienst … na ja, überaus freundlich zu ihm zu sein. Und dann heute bist du zu diesem Bridgenachmittag gegangen, und als ich zu unserer Sitzung kam, hörte ich, dass Henry angerufen und gesagt hatte, es sei ihm etwas dazwischen gekommen. Also habe ich zwei und zwei zusammengezählt und …»

«Du warst eifersüchtig auf Henry Maltzman? Du dachtest, ich flirte mit Henry Maltzman? Ich hätte gedacht, dass du mich besser kennst! So ein professioneller Macho-Typ wie dieser Maltzman – nicht für mich!»

«Bitte verzeih», sagte er. «Weißt du, Molly, ich liebe dich so sehr, dass ich manchmal einfach nicht logisch denken kann.»

Sie wurde weich. Er war ein richtiger großer Junge. Sie kam zu ihm, nahm ihn in die Arme und murmelte: «Dummer Herbie!»

Er strahlte. «Aber es hat sich alles zum Guten gewendet, nicht wahr? Denn jetzt kann ich den Rabbi ruhig um einen Gefallen bitten.»

«Wissen Sie, Rabbi, sie ist so loyal. Als sie merkte, dass Gore sich Sorgen machte, weil er dem Alten den Bericht wahrscheinlich nicht pünktlich zukommen lassen konnte, erbot sie sich, ihn hinzubringen. Ich glaube, sie dachte, Gore würde sonst einen guten Kunden verlieren. Jordon war so.» Er lachte. «Und das Komische dabei ist, dass die Endsummen nicht einmal stimmten.»

«Hatte es denn dann überhaupt einen Sinn, den Bericht abzuliefern?»

«Das habe ich auch gefragt, Rabbi. Aber Gore meinte wohl, Hauptsache sei, dass der Bericht pünktlich da war.»

«Und dem Kriminalbeamten hat sie nicht mitteilen können, dass sie hingefahren war, weil Sie bei der Befragung anwesend waren?»

«Genau. Sie wollte ihn später aufsuchen und ihm alles sagen, aber Sie wissen ja, wie das so geht: Sie hat es immer wieder aufgeschoben.»

«Weiß sie, dass es ihre Mutter war, die Ihnen erzählt hat, dass sie an dem Abend weggefahren ist?»

«N-nein. Sie denkt, es war Stanley, weil ich gerade aus der Synagoge gekommen war, von der Vorstandssitzung, wissen Sie …»

«Wieso Stanley?»

«Weil sie glaubte, seinen Wagen gesehen zu haben, als sie in Jordons Einfahrt einbog, und da hat sie natürlich angenommen, dass er sie gesehen hat. Und ich habe nicht widersprochen.»

«Aha. Und was soll ich jetzt tun?»

«Na ja, ich dachte, nachdem Sie Chief Lanigan doch so gut kennen, könnten Sie es ihm vielleicht erklären.» Eifrig fragend sah er den Rabbi an.

«Nein, Mr. Mandell. Sie müssen einsehen, dass ich das nicht tun kann. Chief Lanigan würde ihre Frau trotzdem vernehmen müssen. Das ist seine Pflicht. Und im Endeffekt würde ein Versuch von mir, Ihnen den Weg zu ebnen, ihn höchstens misstrauisch machen.»

«Was sollen wir dann aber tun?»

«Ich würde Ihnen raten, Mr. Mandell, mit Ihrer Frau zusammen so bald wie möglich zu Chief Lanigan zu gehen, heute Nachmittag oder jetzt gleich, wenn Sie Zeit haben, und ihm die ganze Geschichte so zu erzählen, wie Sie sie mir erzählt haben. Wahrscheinlich wird er ärgerlich sein, weil Sie so lange damit gewartet haben, aber je länger Sie jetzt noch warten, desto unangenehmer wird es für Sie sein. Und wenn er es von anderer Seite erfährt, könnte es sogar sehr ernst für Sie werden.»

Etwas später, als Miriam merkte, dass der Rabbi ungewöhnlich geistesabwesend war, fragte sie ihn: «Machst du dir Gedanken über die Mandells, David? Glaubst du, Lanigan wird sie ziemlich hart rannehmen?»

«Das glaube ich auf jeden Fall, und wenn er's nur tut, um ihnen zu zeigen, dass man der Polizei in einem Mordfall keine Informationen vorenthalten darf. Aber das ist zum größten Teil nur gespielt, weil er genau weiß, dass das immer wieder geschieht. Er hat mir mehr als einmal erklärt, dass das bei der Polizei zum täglichen Brot gehört. Nein, was mir Sorgen macht, ist vielmehr, dass Mrs. Mandells Story anscheinend beweist, dass sich Stanley zum kritischen Zeitpunkt in der Nähe von Jordons Haus befand. Möglicherweise entschließt sich Lanigan, dieser Spur zu folgen und ihn zu verhaften.»

«Aber er ist doch unschuldig ...»

«Wahrscheinlich wird er letzten Endes davonkommen. Bis dahin aber werden sie ihm das Leben schwer machen. Sie könnten folgern, wenn sie seinen Wagen erkannt hat, müsste er den ihren ebenfalls erkannt haben, und weil er ihnen das verschwiegen hat, sei das ein Zurückhalten von wichtigen Informationen.»

«Aber Mr. Mandell hat es doch gar nicht von Stanley erfahren. Seine Mutter hat ihm gesagt, dass Molly das Haus verlassen hat.»

«Sicher. Aber das wird Mr. Mandell nicht zugeben wollen, denn seine Frau wird dabei sein, und er will nicht, dass sie es erfährt. Irgendwie finde ich das alles Stanley gegenüber furchtbar unfair.»

Zwei Stunden später jedoch erhielt der Rabbi einen Anruf, der ihm bewies, dass seine Befürchtungen grundlos waren. Es war Herb Mandell. Und er war wütend und anscheinend ein bisschen verängstigt. Das merkte man an seinem sarkastischen Ton. «Ich danke Ihnen vielmals für Ihren Rat, Rabbi! Wir haben getan, was Sie uns vorgeschlagen haben. Lanigan hat Molly über eine Stunde lang ausgefragt. So lange, bis sie in Tränen ausbrach. Aber das ist noch nicht alles. Er verlangt, dass sie die Stadt nicht verlässt. Ihnen haben wir es zu verdanken, dass sie nun zu den Verdächtigen zählt und dass ihr auf Schritt und Tritt Polizisten folgen.»

«Oh, aber doch nicht ...»

«Nein? Nun, vor ein paar Minuten habe ich zum Fenster

hinausgesehen und festgestellt, dass in unserer Straße, schräg gegenüber von unserem Haus, ein Wagen mit zwei Polizisten parkt. Und ich möchte wetten, dass in der Francis Street auch einer steht, damit sie sehen können, ob einer von uns zur Hintertür hinausgeht.»

«Sie müssen sich irren, Mr. Mandell. Gewiss, Chief Lanigan wird sie in der Nähe haben wollen, damit er sie jederzeit zu einer Aussage holen kann. Wenn Sie wollen, setze ich mich mit ihm in Verbindung und erkundige mich, falls möglich, wie die Lage steht.»

«Jawohl, das will ich!»

50

Nachdem er Maltzman entlassen hatte, schlug Lanigan Lieutenant Jennings vor, nach Hause zu gehen und sich ein bisschen auszuruhen.

«Gute Idee, Hugh. Meine Frau hat sich schon darüber beschwert, dass sie seit zwei Wochen immer allein essen muss. Aber was ist mit Ihnen? Wollen Sie nicht auch heimfahren?»

«Später vielleicht. Jetzt muss ich erst mal alles für meine Sitzung mit Clegg vorbereiten. Wir sehen uns morgen.»

Wenige Stunden später jedoch, als Jennings inmitten der ringsum verstreuten Sonntagszeitungen auf dem Diwan schlummerte, wurde er durch einen Anruf von Lanigan geweckt. Es habe eine neue Entwicklung gegeben. Ob er gleich kommen könne.

Er merkte, dass der Chief erregt war. «Bin sofort da!»

Obwohl er kaum zehn Minuten darauf eintraf, knurrte Lanigan ihn mürrisch an: «Wo bleiben Sie denn?» Und als

Jennings mit hüpfendem Adamsapfel indigniert antworten wollte: «Na, lassen Sie nur. Es gibt zum ersten Mal einen Lichtblick. Es ist tatsächlich jemand ungefähr zur Tatzeit in der Nähe gewesen. Und wir brauchen es nicht zu beweisen. Sie gibt es zu.»

«Sie?»

«Ganz recht.» Er berichtete dem Lieutenant vom Besuch der Mandells. «Von Anfang an hatte ich das Gefühl, dass das Schema der Schüsse ein wesentlicher Hinweis in diesem Fall sein musste. Doc Mokely hat das ganz richtig erkannt, als er sagte, es sehe so aus, als hätte eine Frau die Augen zugekniffen und drauflosgeballert, bis die Waffe leer war. Und ich bin da völlig seiner Meinung. Deswegen wollte ich unbedingt wissen, was Martha an jenem Abend gemacht hat. Als wir sie streichen mussten, dachte ich, der Junge könnte in Frage kommen, aber ganz wohl war mir bei dieser Idee nicht. Und jetzt kommt eine zweite Frau …»

«Aber sie sagt doch, es war alles dunkel, und Stanley sagt auch, es war alles dunkel.»

«Jordon hat nur das Erdgeschoss bewohnt, und das liegt praktisch ganz hinter den Bäumen versteckt. Von der Straße aus kann man nicht sehen, ob im Wohnzimmer Licht brennt. Und außerdem, was sollte Mrs. Mandell denn anderes sagen?»

«Ja, Hugh, aber wo ist das Motiv? Warum sollte sie Jordon umbringen wollen?»

«Das weiß ich nicht. Warum sollte sie sich freiwillig erbieten, den Bericht abzuliefern, wo sie dann doch ihre Mutter …»

«Ihre Schwiegermutter.»

«Na schön, ihre Schwiegermutter allein lassen musste. Sie wollte nicht mit in den Gottesdienst gehen, wo sie den großen Auftritt ihres Mannes hätte miterleben können, weil sie die alte Dame angeblich des Abends nicht allein lassen durfte. Also, ich weiß nicht, was es zwischen ihr und Jordon gab, aber als ich vorhin die Akte noch einmal durchsah, habe ich einen gewissen Hinweis gefunden. Als wir Gore verhört haben, sagte er, Jordon habe seine Sekretärin belästigt. Und das genau ist Mrs. Mandell – seine Sekretärin. Und was meinte er mit ‹belästigen›? Es könnte natürlich nichts weiter sein, als dass ein schmutziger alter Mann einer hübschen jungen Frau einen Klaps auf den Hintern gegeben hat. Aber es könnte ebenso gut sein, dass Gore ein Techtelmechtel zwischen den beiden beobachtet hat und dass Mrs. Mandell das kaschieren wollte, indem sie behauptete, Jordon hätte sie belästigt.»

Jennings kniff die Lippen zusammen und schüttelte den Kopf.

«Ich weiß, viel ist es nicht. Ich sagte ja, es ist nur so ein gewisser Hinweis. Aber ich möchte, dass Sie sich bei den Bankangestellten umhören; nehmen Sie sich jeden einzeln vor. Aber behutsam, verstehen Sie? Sehen Sie zu, was Sie herausbringen. Klatsch, Gerüchte, alles, was ich als Aufhänger für eine richtige Vernehmung der Dame benutzen kann.»

«Sicher, Hugh. Aber eine Frau, die in einer Bank arbeitet – die kann man sich nur schwer als Mörderin vorstellen.»

«Dies war kein Profi-Mord, Eban, also kann es durchaus jemand wie Mrs. Mandell gewesen sein, ein normaler Durchschnittsmensch wie der Gemüsehändler, ein Lehrer, sogar ein Cop. Sicher, manche stellen sich gleich danach selbst. Aber gewöhnlich nicht aus Reue, sondern weil sie überzeugt sind, entdeckt zu werden. Manchmal dagegen sind sie clever, und der Fall wird nie gelöst. Stimmt's?»

«Ja, schon.»

«Und noch etwas, Eban. Das Haus der Mandells muss beobachtet werden.»

«Glauben Sie, die laufen davon?»

«Nein, kaum. Aber wenn ich morgen mit Clegg spreche, und er will mit ihr reden, möchte ich nicht feststellen müssen, dass sie sich entschlossen hat, eine Tante in Kanada zu besuchen. Postieren Sie einfach einen Beamten bei ihrem Haus. Ob sie was merkt, spielt keine Rolle. Es wäre sogar gut, wenn sie was merkt. Dann wird sie zweifellos unruhig und nervös. Also arrangieren Sie das jetzt, und dann können Sie wieder nach Hause gehen. Vor morgen können Sie mit der Befragung in der Bank ohnehin nicht anfangen.»

«Fahren Sie ebenfalls nach Hause?»

«Nein. Ich glaube, ich fahre noch mal zum Jordon-Haus und sehe mich ein bisschen um.»

51

Als der Rabbi auf dem Revier anrief, wurde ihm mitgeteilt, der Chief sei nicht da.

«Können Sie mir sagen, wo er ist?»

Der Diensthabende antwortete ausweichend: «Tja, also, Rabbi, ich weiß nicht so recht …»

Der Rabbi rief Lanigans Privatnummer an, und Mrs. Lanigan sagte: «Nein, Rabbi, hier ist er nicht. Ist es denn wichtig?»

«Sehr wichtig sogar.»

«Dann werde ich Ihnen wohl sagen müssen, wo Sie ihn erreichen. Er hat mir gesagt, er wolle sich noch mal in Jordons Haus umsehen.»

Als Lanigan die Tür öffnete und sah, wer sein Besucher war, zeigte er sich nicht allzu erfreut. «Ach, Sie sind das!», lautete seine Begrüßung. Aber dann fügte er hinzu: «Kommen Sie rein. Ich nehme an, ich bin Ihnen was schuldig für Ihre Hilfe bei Maltzman.»

Als der Rabbi das Wohnzimmer betrat, sah er sich neugierig um. Er deutete auf den Lehnsessel. «Hat man da den Toten gefunden?»

«Hm-hm.»

Er deutete auf die Uhr, die am Boden lag. «Und die Uhr?»

«Sie wurde da unten gefunden. Außer der Leiche ist nichts bewegt worden. Ursprünglich stand die Uhr dort auf dem Kamin. Sie wurde von einer Kugel getroffen und zu Boden geschleudert.» Er deutete auf verschiedene Dinge im Zimmer. «Ein zweiter Schuss hat das Porträt da mitten in den Mund getroffen. Ein weiterer die Glühbirne, wieder ein anderer den kleinen Knauf auf der Lampe, und einer hat das Pillenfläschchen da auf den Fußboden geworfen. Das stand, laut Martha Peterson, der Haushälterin, ursprünglich dort auf dem Tisch. Aber wenn Sie mich sprechen wollen, kommen Sie doch mit ins Esszimmer. Das benutze ich als Büro.»

Lanigan setzte sich an den Tisch, sammelte die Papiere ein, die er vor sich ausgebreitet hatte, und legte sie wieder in den Aktenhefter. Der Rabbi nahm auf der anderen Tischseite Platz. Die Ellbogen auf der Tischplatte, das Kinn auf die Hände gestützt, musterte Lanigan seinen Besucher und stellte fest: «Wie ich annehme, kommen Sie wegen Mrs. Mandell.»

«Ganz recht. Ist sie verdächtig?»

Lanigan schürzte die Lippen. «Kein Kommentar.»

«Wenn sie nämlich verdächtig ist», fuhr der Rabbi fort, «bin ich in einer ziemlich peinlichen Situation. Sehen Sie, Mrs. Mandell ist auf meinen Rat hin zu ihnen gekommen. Das heißt, sogar auf mein nachhaltiges Drängen hin.»

Lanigan überlegte. Der Rabbi war sein Freund, und als fair denkender Mann hielt er seine Bitte um Information für berechtigt. Außerdem, was konnte es schaden? Er konnte sich darauf verlassen, dass der Rabbi vertrauliche Auskünfte auch vertraulich behandelte.

«Na schön», sagte er schließlich. «Sie ist verdächtig.»

«Nur, weil sie an jenem Abend hier war?»

«Deswegen, und weil sie eben sie ist.» Er lächelte. «Kommen Sie noch mal mit rüber; ich zeige Ihnen, was ich meine.» Er ging voraus und blieb ungefähr fünf Meter vor dem Lehnsessel stehen. «Jordon lag in diesem Sessel und schlief wahrscheinlich. Unsere Ballistiker nehmen an, dass die Person mit der Waffe genau hier gestanden hat, wo ich jetzt stehe. Also, nehmen wir an, er schießt und trifft nicht. Ein Zweiundzwanziger macht nicht viel Lärm, aber in einem solchen Zimmer würde auch dieser Knall genügen, jemanden zu wecken, ganz gleich, wie tief er schläft. Jordon erwacht also. Wird er etwa liegen bleiben, während jemand vor ihm steht und auf ihn schießt? Natürlich nicht. Er wird versuchen, aufzustehen, davonzulaufen, sich zu verstecken – alles, bloß nicht liegen bleiben und auf den nächsten Schuss warten. Stimmt's?»

«Bitte weiter.»

«Wir nehmen daher an, dass er vom ersten Schuss getroffen wurde. Aber die Kugel traf ihn mitten in die Stirn, deutlich sichtbar. Der Mörder muss sofort gewusst haben, dass er ihn getroffen hatte und dass er höchstwahrscheinlich tot war. Falls er jedoch nicht sicher war, wäre er zweifellos an ihn herangetreten und hätte noch einen Schuss auf ihn abgegeben. Aber nein, er bleibt hier stehen und schießt weiter, bis die Waffe leer ist. Aber warum? Einen Schuss kann man vielleicht unbemerkt abgeben, aber ein halbes Dutzend? Die können durchaus von jemandem gehört werden. Es ist einfach unlogisch. Also haben wir uns ein Szenario – wie es jetzt heißt – zurechtgelegt, nach dem eine Frau den Revolver packt, die Augen zukneift und schießt, bis es nur noch klickt und keine Kugeln mehr da sind. Dann macht sie die Augen auf und sieht, dass sie ihn erschossen hat. Selbstverständlich ist es möglich, dass nicht der erste Schuss ihn getroffen hat, dass aber der erste bei ihm einen Herzanfall ausgelöst hat und er entweder daran gestorben ist oder sich nicht bewegen konnte. Aber das ändert nichts an der Sachlage, und der Arzt meint, dass es nicht sehr wahrscheinlich ist. Nun ja, die einzige Frau in diesem Fall, die Einzige, von der wir wussten, war Martha Peterson, die Haushälterin. Auf die haben wir uns konzentriert. Aber unsere Ermittlungen haben ergeben, dass sie zur Tatzeit nicht hier gewesen sein kann. Also dachten wir an Billy Green …»

«Als einen Jungen, der beim Schießen die Augen zukneift?»

«So ungefähr. Oder er hat den Alten erschossen und sich dann gedacht, er könnte die restlichen Kugeln auch noch schnell verschießen. Wir haben sogar Stanley Doble in Erwägung gezogen – er hätte an jenem Abend so betrunken sein können, dass er nicht mehr wusste, was er tat. Aber so ganz zufrieden waren wir damit auch nicht.»

«Und dann schickte ich Ihnen Mrs. Mandell.»

«Genau.»

«Aber könnte es nicht auch so sein, dass der Mörder, nachdem er Jordon mit dem ersten Schuss getötet hatte, aus einem ganz bestimmten Grund weiterschoss?», sagte der Rabbi beharrlich. «Vielleicht hat er zum Beispiel die Lampe ausgeschossen, weil er nicht gesehen werden wollte.»

Lanigan grinste. «Dann wäre es doch viel einfacher gewesen, sie auszuschalten, nicht wahr? Gewiss, man könnte sich alle möglichen Gründe für die Schüsse ausdenken. Auf das Porträt hat er geschossen, weil er das Original hasste. Auf die Pillenflasche hat er geschossen, weil er einer von diesen Naturfanatikern ist und etwas gegen Medizin hat. Auf …»

«Auf die Uhr hat er vielleicht geschossen, um sich ein Alibi zu verschaffen», bemerkte der Rabbi. «Vielleicht hat er sie vorgestellt und dann auf sie geschossen, damit sie stehen blieb.»

Lanigans Grinsen wurde breiter. «Sicher. Nur dass uns niemand ein Alibi angeboten hat, weder Stanley noch Billy, Martha Peterson oder Gore …»

«Der hat ein Alibi», unterbrach ihn der Rabbi.

«Aber er hat es uns nicht angeboten. Als wir ihn verhörten, sagte er nur, er habe auf der Fahrt nach Boston angehalten, um jemanden anzurufen, und das sei irgendwann nach acht gewesen. Er hätte sich gut ein Alibi verschaffen können, denn in dem Büro der Tankstelle, wo er seinen Anruf tätigte, hing eine große Uhr mit einer Reklame für Motoröl an der

Wand. Er hätte nur einfach zum Tankwart zu sagen brauchen: ‹He, geht ihre Uhr da oben richtig?› Aber er hat es nicht getan. Er hat überhaupt kein Alibi angeboten. Wir mussten es ermitteln.»

«Vielleicht ist das die beste Art.»

«Welche?»

«Die Art Alibi, die die Polizei erst ermitteln muss.»

Das Telefon schrillte. Mit einem leisen Fluch nahm Lanigan den Hörer ab und sagte, nachdem er eine Weile gelauscht hatte: «Ja, er ist hier. Einen Moment.» Laut rief er: «Für Sie, David. Miriam.»

Der Rabbi nahm den Hörer entgegen. Miriam sagte: «Ach, David, weißt du schon, wann du nach Hause kommst? Die Reuben Levys haben angerufen. Sie sind hier, in Cambridge, auf einer Hochzeit. Sie hatten uns gestern nicht anrufen wollen, weil Sabbat war. Aber sie möchten uns, falls möglich, gern sehen. Ich habe gesagt, du rufst zurück.»

«Die Reuben Levys?»

«Du weißt doch, vom Seminar.»

«Ach ja, natürlich. Die Stimme.»

«Genau.»

«Die Stimme ist hier? Na, so was! Ja, ich würde ihn auch gern wieder sehen, aber … Pass auf, ruf ihn doch an und frag ihn, ob du ihn etwas später anrufen kannst.»

«Du meinst, ich soll ihn jetzt anrufen und … Ja, schon gut. Ich habe verstanden.»

Es war ein ziemlich geistesabwesender Rabbi, der ins Wohnzimmer zurückkehrte. Lanigan lächelte mitfühlend. «Ein alter Freund, der angerufen hat?»

Aber der Rabbi antwortete nicht. Er hatte Halt gemacht

und stand ganz still da, aufrecht, die Arme an den Seiten, die Fäuste geballt. Er hatte den Kopf zurückgelegt und starrte zur Decke hinauf.

«Was ist los?», erkundigte sich Lanigan beunruhigt. «Stimmt irgendwas nicht?»

Der Rabbi entspannte sich und antwortete verlegen: «Nein, ich habe nur an was gedacht. Sagen Sie, haben Sie jemals mit geschlossenen Augen geschossen?»

Lanigan sah ihn verwundert an; es war eine so unerwartete Frage. «Nein», sagte er vorsichtig, «noch nie.»

«Ich aber», erklärte der Rabbi und berichtete ihm von seinem Erlebnis an der Schießbude in Revere. «Mit der Brille kann ich ziemlich gut sehen, aber wenn ich sie abnehme, kann ich die Augen ebenso gut schließen, wenn es um Dinge geht, die mehr als ungefähr einen Meter entfernt sind.»

«Warum haben Sie sie dann abgenommen?»

«Weil ich mal gehört habe, dass es bei Gewehren einen Rückstoß gibt, und weil ich fürchtete, sie könnte dabei zerbrechen.»

«Bei einem Zweiundzwanziger in einer Schießbude?»

Der Rabbi errötete. «Die Brille war irgendwie im Weg, als ich das Gewehr ansetzte. Vermutlich hielt ich es nicht richtig. Der junge Mann von der Schießbude schien auch belustigt zu sein. Aber ich wollte im Grunde ja gar nichts treffen, ich wollte ihn nur an einem schlechten Tag ein bisschen Geld verdienen lassen.»

«Und wie war das Ergebnis?»

Der Rabbi lächelte. «Einfach perfekt.»

«Tatsächlich?»

«Hm-hm. Zehn Schüsse, zehn Fahrkarten. Der junge

Mann meinte, das Visier sei nicht in Ordnung, und gab mir ein anderes Gewehr, aber mit dem ging es mir genauso. Verstehen Sie, worauf ich hinaus will?»

«Ich verstehe nur, dass Sie ein miserabler Schütze sind.»

«Nein, nein! Es ist noch mehr. Da war also ein kleiner Raum, höchstens ungefähr fünf Meter breit, in dem es alle möglichen Dinge gab: reihenweise Tonröhrchen, Enten, die sich in die eine Richtung bewegten, während Kaninchen in die andere hoppelten, ein großer, runder Kreis an einem Pendel, das hin und her schwang … Man hätte schwören mögen, dass jede Kugel, die man ins Blaue hinein auf die Rückwand abschoss, irgendetwas treffen musste. Und bei mir gingen alle Schüsse fehl. Hinterher habe ich darüber nachgedacht, habe mir überlegt, wie ich zu diesem schier unglaublichen Ergebnis kommen konnte. Und dann wurde mir klar, dass der leere Raum um sehr vieles größer war als der Raum, den die Zielscheiben einnahmen. Ich meine nun, wenn Molly oder Martha Peterson die Augen zugemacht und sechs Schuss in die allgemeine Richtung des Lehnsessels abgegeben hätten, würden Sie die Kugeln in der Wand oder in der Decke gefunden haben. Aber all diese kleinen Ziele zu treffen …»

«Das Bild ist nicht klein.»

«Aber der Schuss ging direkt in den Mund. Und der kleine Knauf auf der Lampe, und die Pillenflasche und natürlich das Opfer selbst, mitten zwischen die Augen – das war ausgezeichnet geschossen, würde ich sagen, von einem Meisterschützen.»

Lanigan musterte den Rabbi argwöhnisch. «Wollen Sie mich etwa mit Ihrem Talmud-Hokuspokus reinlegen – wie heißt das doch noch: *pilpil*?»

«*Pilpul?* Nein. Aber ich will auf eine andere Talmudtechnik oder -methode hinaus. Sehen Sie, die alten Gelehrten, die den wahren Sinn von Gottes Geboten erkunden wollten, waren sehr genau. Sie testeten ihre Interpretationen, indem sie alle möglichen Beispiele zu Hilfe nahmen, alle möglichen Alternativen, so weit hergeholt sie auch sein mochten. Denn nur, wenn sie auch auf den Extremfall zutraf, wussten sie, dass ihre Interpretation richtig war. Das fiel mir plötzlich ein, als Miriam mir am Telefon von Reuben Levy berichtete …»

«Wer ist denn das?»

«Ein Klassenkamerad aus dem Seminar. Ich glaube, ich habe Ihnen einmal von ihm erzählt. Statt eine Predigt mit einer guten Story anschaulicher zu gestalten, machte er es genau umgekehrt und baute die Predigt um die Story herum. Sie meinten damals, das sei wie der Mann, der als Meisterschütze galt, weil er zuerst schoss und dann eine Zielscheibe um das Einschussloch malte.»

«Ach ja! Ich erinnere mich …»

«Und mir kam die Idee, dass man es auch anders herum machen könnte. Nehmen wir an, Sie hätten ein halbes Dutzend Zielscheiben und träfen bei jeder genau ins Schwarze, und dann entfernten sie alle Zielscheiben bis auf eine. Also müsste doch jemand, der all diese verstreuten Schüsse sieht, die nicht mal den äußeren Rand der letzten Zielscheibe berühren, überzeugt sein, dass Sie schlecht schießen und das Schwarze bei der letzten Zielscheibe nur durch Zufall getroffen haben. Und dann fiel mir ein, was neulich im *Agathon* gesagt wurde, als wir rüberfuhren: dass Gore ein Meisterschütze und Club-Champion sei. Deswegen schlage ich ein anderes Szenario vor: Ein Mann, ein Meisterschütze, hat sein Opfer mit einem einzigen Schuss zwischen die Augen getötet, steht da, kühl, selbstsicher, ein kleines, selbstzufriedenes Lächeln auf den Lippen, und leert die Waffe, indem er auf ein winziges Ziel nach dem anderen schießt.»

«Wollen Sie sagen, er hat das Risiko auf sich genommen, all diese Schüsse abzufeuern, nur um den ersten, perfekten Treffer zu kaschieren? Das ist doch unlogisch. Er hätte ...»

«Nicht den ersten Schuss. Den Zweiten.»

«Den Zweiten?»

«Den auf die Uhr. Er musste sich ein Alibi verschaffen. Nachdem er also Jordon erschossen hat, stellt er die Uhr auf halb neun, tritt dann zurück und schießt auf sie, damit sie stehen bleibt und die angebliche Mordzeit verrät. Aber wenn er dann alles so gelassen hätte, nur die zwei Schüsse, hätte die Polizei sofort Verdacht geschöpft. Deswegen kaschiert er sie, indem er die übrigen Schüsse auch noch abfeuert. Anschließend brauchte er nur dafür zu sorgen, dass er gegen halb neun weit von hier entfernt war.»

«Aber, verdammt noch mal, er hat sich kein Alibi ‹verschafft›. Ich habe Ihnen doch erklärt ...»

«O doch, das hat er», widersprach der Rabbi schnell. «Er machte sich auf den Weg nach Boston und hielt unterwegs an, um vom Büro einer Tankstelle aus zu telefonieren. Wenn da ein Tankwart ist, vor allem, wenn's auf den Ladenschluss zugeht, wird der sich bestimmt an die Zeit erinnern. Und außerdem wird sich derjenige erinnern, den man anruft. Handelt es sich um eine Hausfrau, weiß sie genau, wann sie das Abendessen auftischt, um wie viel Uhr sie mit dem Essen fertig sind, und wie lange es dauert, bis das Geschirr gespült ist, vor allem, wenn sie noch etwas zu erledigen hat. Wenn's bei dem Alibi nicht um Sekundenbruchteile geht, kann dann die Polizei mit Hilfe der beiden, dem Tankwart und der Hausfrau, einen Zeitpunkt ermitteln, der ausreichend genau sein dürfte. Aber man kann nicht einfach irgendjemanden anrufen, jedenfalls nicht, wenn man unterwegs nach Boston ist. Man kann nicht einfach einen alten Bekannten anrufen und sagen, man hätte gerade an ihn gedacht. Nicht auf dem Highway. Es muss einen triftigen Grund für den Anruf geben, eventuell einen geschäftlichen. Deswegen rief er Mrs. Mandell an.»

Obwohl Lanigan beeindruckt war, dachte er noch nicht daran, klein beizugeben. Er brachte sogar einen überheblichen, desinteressierten Ausdruck zustande. «Und sein Motiv, David? Sie wollen doch wohl nicht behaupten, er hätte nur beweisen wollen, wie gut er schießen kann, wie?»

Der Rabbi lächelte. «Nein, nein, nichts so psychologisch Abwegiges. Ich denke, er hat es wegen Geld getan.»

«Meinen Sie, weil der Bericht nicht stimmte?»

«Diese Tatsache fand ich bezeichnend, aber …»

«Das können Sie vergessen», unterbrach Lanigan ihn. «Wir haben einen Buchprüfer an Jordons Konto gesetzt. Es war erstklassig in Ordnung.»

«Nein, daran hatte ich nicht gedacht», entgegnete der Rabbi. «Ich dachte an eine Bemerkung, die Dr. Springhurst neulich abends im *Agathon* gemacht hat: dass Jordon weder Freunde noch Familie hatte. Und etwas später kam dann die scheinbar widersprüchliche Bemerkung, dass Gore mit Jordon verwandt sei. Ich nehme an, er meinte, dass Jordon keine engere Familie hatte und dass Gore vielleicht ein Vetter zweiten oder dritten Grades war. Wenn es jedoch keine anderen Angehörigen gab und Jordon ohne Testament verstarb, würde Gore ihn natürlich beerben. Nun nehmen wir doch mal an, dass Jordon Gore anvertraut hat, Billy sei sein Sohn und er wolle ein Testament zu seinen Gunsten machen …»

«Jetzt verstehe ich!», gab Lanigan zu. «Und es wäre durchaus möglich. Obwohl Sie sich zweifellos darüber klar sind, dass wir auch nicht den Schatten eines Beweises dafür haben.»

«Fingerabdrücke?», meinte der Rabbi hoffnungsvoll.

«Von Gore? Jede Menge. Aber das war ja zu erwarten; er hat den Abend hier verbracht.»

«Ich meine, möglicherweise auf der Uhr. Billy sagte mir, dass Jordon diese Uhr sehr schätzte und niemanden an sie heranlassen wollte, nicht mal zum Aufziehen. Wenn also Gores Abdrücke drauf sind, wäre das doch ein Beweis, nicht wahr?» Der Rabbi ging in die Hocke und betrachtete die Uhr, die auf dem Fußboden lag.

Lanigan holte den Aktenhefter aus dem Esszimmer und blätterte darin herum. «Warten Sie mal, hier sind Vergrößerungen von verschiedenen Fingerabdrücken, und … Ach ja, da ist es! Eine Zusammenfassung der Ergebnisse unserer Spurensicherung. ‹Kutschenuhr, auf dem Fußboden, keine Abdrücke.› Wahrscheinlich ist sie abgewischt worden.»

«Aber ist das denn nicht schon an sich verdächtig? Es müssten doch Fingerabdrücke drauf sein, und wenn's nur von Jordon wäre, als er sie das letzte Mal aufgezogen hat.»

«Wahrscheinlich hat Martha hier geputzt.»

«Dann sollten wenigstens ihre drauf sein», sagte der Rabbi.

«Wenn sie nicht diese Gummihandschuhe getragen hat, die die Frauen jetzt immer benutzen. In der Küche gibt es so ein Paar.» Er ging neben dem Rabbi in die Hocke.

«Wie zieht man sie auf?», erkundigte sich der Rabbi.

«Man kann sie hinten öffnen.» Er hob sie an ihrem Messing-Klappgriff obendrauf auf und trug sie zum Tisch. Die Uhr war etwa fünfzehn Zentimeter hoch und bestand aus rechteckigen, abgeschrägten Glasscheiben – von denen zwei durch die Kugel zersplittert waren – in einem Messingrahmen. «Man bezeichnet sie als Kutschenuhr, und normalerweise befindet sie sich in einer gepolsterten Lederschatulle. Im Grunde ein altmodischer Reisewecker. Man trug sie hier, an diesem Griff, und wenn man in einem Gasthaus oder Hotel abstieg, konnte man sie auf den Kamin stellen. Zum Aufziehen nahm man sie aus der Lederschatulle und öffnete sie hinten. Sehen Sie den viereckigen Stift in dem Loch hier? Da zieht man sie auf. Man braucht aber einen Schlüssel dazu.»

«Nein, zwei», stellte der Rabbi fest. «Der Stift in dem anderen Loch muss zum Verstellen der Zeiger dienen. Er ist kleiner als der andere. Wo würde man Ihrer Ansicht nach diese Schlüssel aufbewahren?»

«Tja, wir haben in unserem Wohnzimmer auch eine Uhr, die man aufziehen muss. Der Schlüssel liegt immer dahinter auf dem Kaminsims.» Er ging zum Kamin, streckte den Zeigefinger aus und rief: «Ein Schlüssel, Rabbi, aber ein doppelter. Die eine Seite zum Aufziehen, die andere zum Verstellen der Zeiger. Unsere Uhr zu Hause zieht man von vorn auf, und die Zeiger verstellt man mit der Hand.»

«Den hat Martha bestimmt nicht abgestaubt», sagte der Rabbi. «Vor allem, wo er hinter der Uhr liegt.»

«Und bestimmt nicht, wenn sie die Gummihandschuhe angehabt hat.» Er wandte sich wieder dem Aktenhefter zu. «In der Zusammenfassung ist nichts von dem Schlüssel erwähnt. Ich glaube kaum, dass unser Mann dort nach Fingerabdrücken gesucht hat. Ich werde ihn gleich mal anrufen.»

52

Während sie im Esszimmer auf das Eintreffen des Experten für Fingerabdrücke warteten, dachte Lanigan laut über den Fall nach. «Ich hatte Gore schon von der Liste der Verdächtigen gestrichen, bevor wir hinter sein Alibi kamen. Ich war der Ansicht, er sei der Einzige, der den Mord nicht begangen haben konnte, weil er der Einzige war, der wusste, dass sich noch jemand im Haus befand. Er war der Einzige, der sah, wie Billy in sein Zimmer geschickt und eingeschlossen wurde. Irgendwie muss er herausgefunden haben, dass der Junge ausgerissen war.»

Der Rabbi nickte. «Als ich Billy auf der Insel besuchte, sagte er mir, Gore wüsste, dass er jedes Mal ausriss, wenn der alte Jordon ihn in seinem Zimmer einschloss. Er hatte es ihm erzählt, und sie hatten zusammen darüber gelacht. Trotzdem glaube ich, dass Gore kein Risiko eingegangen ist. Vielleicht hat er gehört, wie das Fenster hochgeschoben wurde …»

«Ja, der Fensterrahmen ist aus Holz, und die Tür ist dünn. Wenn Gore unmittelbar an der Tür stand, konnte er zweifellos alles hören», stimmte Lanigan zu.

Sie sprachen von Gore und was für ein Mensch er sei. «In

der Stadt hat er einen guten Ruf», berichtete Lanigan. «Tut viel für die Öffentlichkeit, wie zum Beispiel diese Silbersammlung. Er ist geschieden, und wie ich hörte, eben aufgrund seiner Öffentlichkeitsarbeit. Wissen Sie, alle möglichen Aktivitäten, und kaum noch zu Hause. Wie viel Geld er als Bankpräsident verdient, weiß ich nicht, aber er lebt recht bescheiden. Wenn wir das nachprüfen, stellen wir vielleicht sogar fest, dass er gespielt hat. Wenn er mit dem Geld knapp dran ist, wären Jordons zwei Millionen für ihn eine Hilfe.»

«Man braucht nicht mit Geld knapp zu sein, um an zwei Millionen kommen zu wollen», bemerkte der Rabbi.

«Da haben Sie allerdings Recht.»

«Und wenn er genau wusste, dass er das Geld erben würde, hat er nach einer Weile vielleicht das Gefühl gehabt, es sei im Grunde wirklich seins und Jordon sei nur so eine Art vorübergehender Verwalter.»

Es klingelte. Der Fingerabdruckexperte kam. Lanigan ging mit ihm zum Kamin hinüber und zeigte ihm den Uhrenschlüssel. «Als Sie neulich hier gearbeitet haben, Joe – haben Sie da den Schlüssel auch überprüft?»

«Den hab ich überhaupt nicht gesehen, Chief.» Er glaubte sich verteidigen zu müssen. «Wir können schließlich nicht alles kontrollieren, sonst wären wir ja ’ne ganze Woche hier. Nein, nur eben alles, was uns wahrscheinlich vorkommt. Ich würde zum Beispiel niemals die Decke bearbeiten, oder den Fußboden, oder …»

«Schon gut, Joe. Niemand macht Ihnen einen Vorwurf. Aber bitte, nehmen Sie sich jetzt den Schlüssel vor.»

Gespannt sahen sie zu, wie er den Schlüssel einstäubte und

dann durch sein Vergrößerungsglas sah. «Jawohl, da ist ein großartiger Abdruck. Daumenspitze, würde ich sagen. Mit größter Wahrscheinlichkeit der rechte Daumen.»

«Okay, Joe. Hier sind die Vergrößerungen der verschiedenen Abdrücke, die Sie hier genommen haben. Sehen Sie sie sich bitte an und vergleichen Sie sie.»

«Nicht nötig, Chief. Den hier kenne ich. Der gehört Ellsworth Jordon.»

«Ach!» Dieser enttäuschte Seufzer kam sowohl von Lanigan als auch vom Rabbi. Lanigan schüttelte ärgerlich und frustriert den Kopf, aber der Rabbi sagte: «Was ist denn mit der anderen Seite?» Er deutete auf den Schlüssel. «Dieser Abdruck ist auf der größeren Seite, mit der man die Uhr aufzieht. Vielleicht gibt es aber noch einen auf der dünneren Seite, die man zum Verstellen der Zeiger benutzt.»

«Das ist eine Idee!» gab Joe zurück. Er holte einen kleinen Schraubenzieher aus seiner Tasche, schob ihn in die Öffnung und drehte den Schlüssel um. Abermals stäubte er ihn ein und verkündete kurz darauf: «Jawohl! Und das hier ist ein anderer.»

«Sind Sie ganz sicher?», erkundigte sich Lanigan eifrig.

«Hören Sie, Chief!», antwortete Joe vorwurfsvoll. «Dabei kann man sich gar nicht irren. Hier verläuft eine feine Narbenlinie. Der Abdruck stammt von Lawrence Gore.»

«Wie kamen Sie eigentlich auf Gore?», fragte Lanigan. «Hatten Sie schon vor Miriams Anruf an ihn gedacht?»

Der Rabbi nickte. «Von dem Moment an, als ich von dem Vierteljahresbericht hörte, den Molly Mandell abliefern wollte. Um mir zu zeigen, wie töricht Molly gehandelt hatte, wies mich ihr Ehemann darauf hin, dass der Bericht nicht einmal stimmte.»

«Ja, das hat er mir auch gesagt. Und sie ebenfalls. Nahmen Sie an, dass Gore in die Kasse gegriffen hat? Das hat er nicht; wir haben es gründlich überprüft.»

«Nein, der Gedanke ist mir nicht gekommen. Ich fand es nur seltsam, dass Gore den Bericht bei Jordon abliefern lassen wollte, obwohl die Endsumme nicht stimmte. Einerseits war Gore ängstlich darauf bedacht, den Bericht pünktlich abzuliefern, andererseits schien es ihm nichts auszumachen, dass er nicht stimmte. Das war unlogisch. Normalerweise hätte er sich doch sagen müssen, es habe keinen Sinn, ihn abzuliefern, bevor er ihn nicht korrigiert hatte, dass der alte Mann wahrscheinlich sogar noch wütender sein würde, wenn die Summen nicht stimmten, als wenn der Bericht zu spät eintraf.»

«Ja», musste Lanigan zugeben. «Wenn man es recht bedenkt …»

«Deshalb dachte ich mir, dass Gore nichts dagegen hatte, dass Molly ihn ablieferte, weil er wusste, es konnte ja nichts passieren. Weil Jordon tot war.»

53

Rabbi Reuben Levy hatte zugenommen, seit Rabbi Small ihn zum letzten Mal gesehen hatte. Er hatte ihn als groß und beinahe Mitleid erregend mager in Erinnerung, in den dazwischenliegenden Jahren aber hatte er ziemlich angesetzt und sogar eine Andeutung von Bauch bekommen.

Als Rabbi Small eine Bemerkung darüber machte, sagte

Rabbi Levy bedauernd: «Ich weiß, ich weiß. Aber wir haben über tausend Familien in unserer Gemeinde, und da vergeht kaum ein Tag, an dem nicht eine Bar Mitzwa, eine Verlobung oder eine Hochzeit stattfindet. Und zu allem werden wir eingeladen. Das macht es schwierig, sein Gewicht zu halten.»

Seine schöne Baritonstimme klang jetzt sogar noch voller und wohltönender. Und er besaß die dazu passende Persönlichkeit und Selbstsicherheit. Als sie in der Cocktail-Lounge des eleganten – und teuren – Hotel *Lafayette* in Cambridge saßen, sahen Rabbi Small und Miriam voll Bewunderung, wie er den Kellner mit einem angedeuteten Heben des Kopfes herbeirief.

Auch Mrs. Levy besaß als Frau eines eminent erfolgreichen Rabbi Haltung und Selbstsicherheit. Sie war nicht gerade herablassend oder gönnerhaft, aber sie legte die vornehme Finesse der Großstadt an den Tag.

Die beiden Rabbiner unterhielten sich über ihre früheren Klassenkameraden, doch Rabbi Levy war es, der aufgrund dessen, dass er aus New York und somit dem Zentrum aller Dinge kam, genau wusste, was sie alle taten, welche Gemeinde sie betreuten und welche Probleme sie dort hatten.

«Und wie läuft's mit deiner Gemeinde, David?», erkundigte er sich.

«Ach, weißt du, ich habe auch so meine Probleme», antwortete Rabbi Small.

«Du hast doch einen Vertrag auf Lebenszeit, nicht wahr?»

Diese Frage beantwortete Miriam: «Man hat ihm vor einigen Jahren einen angeboten, aber er hat abgelehnt. Er will lieber nur einen Jahresvertrag.»

Rabbi Levy machte große Augen. «Aber warum, David?»

Rabbi Small zuckte die Achseln. «Es ist mir lieber so. Ich fühle mich ungebundener.»

«Aber gibt es denn nicht jedes Jahr, wenn dein Vertrag verlängert werden muss, Auseinandersetzungen?»

«Gelegentlich», musste Rabbi Small zugeben.

«Augenblicklich auch gerade», erklärte Miriam. «Wegen des kommenden Jahres. Und David weigert sich, etwas dagegen zu unternehmen.»

«Also, David, das ist grundfalsch», behauptete Levy wichtig. «Wir dürfen nie vergessen, dass der Rabbi zwar seiner Gemeinde dienen soll, aber er führt sie auch wie der Dirigent eines großen Symphonieorchesters. Und genau, wie der Dirigent zur Leitung des Orchesters sich hundertprozentig auf den Konzertmeister verlassen können muss, muss der Rabbi einen harten Kern –» er machte eine Faust, um den harten Kern zu demonstrieren – «von treuen Freunden unter den führenden Gemeindemitgliedern haben, die seine Politik vertreten, seine Pläne fördern und, jawohl, ihm zu Hilfe eilen, wenn er in Schwierigkeiten gerät.»

Rabbi Small kam der Gedanke, dass Levy aus einer Predigt zitierte oder auch aus einem Vortrag, den er vor einer Gruppe Rabbinerstudenten gehalten hatte. Oder, überlegte er, er dachte überhaupt immer so.

«Ich werd's mir merken, Reuben», sagte er.

Als sie sich verabschiedeten, war es nach Mitternacht, und die Smalls gingen zu ihrem Wagen, mit dem sie die weite Strecke nach Barnard's Crossing zurücklegen mussten. Der Rabbi fingerte eine Zeit lang am Türschloss herum, dann gab er Miriam den Schlüssel. «Ich glaube, es ist besser, wenn du fährst», sagte er. «Ich habe wahrscheinlich ein bisschen mehr getrunken, als ich beabsichtigte.»

«Geht es dir schlecht, Liebling?», erkundigte sie sich besorgt.

«O nein! Aber morgen früh werde ich wohl Kopfschmerzen haben.»

Am nächsten Morgen hatte er tatsächlich Kopfschmerzen, und als er aufwachte, war es zu spät für die Morgenandacht. Ja, sogar als Lanigan um die Mittagszeit auftauchte, war er noch immer in Bademantel und Hausschuhen. Er hatte sich zwar mehr oder weniger erholt, sah aber trotzdem abgespannt aus.

Lanigan musterte ihn kritisch. «Entweder Sie haben die Grippe, oder Sie haben gestern Abend gefeiert.»

«Ich fürchte, ich habe das Wiedersehen mit meinem alten Klassenkameraden ein bisschen mehr gefeiert, als das Ereignis es rechtfertigen könnte. Mein Gott, wie schafft ihr Nichtjuden das bloß?»

«Ist es das erste Mal?», fragte Lanigan mitfühlend.

«O nein! Am Passahfest müssen wir immer vier Becher Wein trinken, und der ist mir schon manchmal zu Kopf gestiegen. Und am Simchas Tora, wenn wir das Lesen der Schriftrollen beenden und wieder von vorn anfangen, neigen wir häufig dazu, unserer Freude und unserem Glück mit starken Getränken Ausdruck zu verleihen, gelegentlich auch allzu enthusiastisch. Ach ja, und am Purimfest ist Überfluss sogar praktisch Gebot.»

«Ist das nicht schrecklich?», warf Miriam ein.

Lanigan lachte. «Wie ich hörte, ist Tomatensaft gut dagegen. Aber ich bin gekommen, um Ihnen zu berichten, wie unser Fall steht. Weil ich finde, Sie haben ein Recht darauf, informiert zu werden. Wir haben Gore gestern Abend verhaftet, und heute Morgen ist es über die Nachrichten gekommen. Haben Sie's nicht gehört?»

Der Rabbi schüttelte den Kopf. «Ich habe bis zehn geschlafen.»

«Kann ich mir vorstellen», entgegnete Lanigan grinsend. «Aber es hieß da auch nur, dass Lawrence Gore in Verbindung mit dem Jordon-Mord verhaftet wurde. Für die Mittagsnachrichten werden wir dann wohl weitere Informationen haben.»

«Wie hat er reagiert, als ...»

«Ich habe die Verhaftung selbst durchgeführt. Weil ich jeden Fehler vermeiden wollte, wissen Sie – zum Beispiel, ihm vorzulesen, welche Rechte ihm zustehen. Dann erklärte ich ihm, welche Beweise wir gegen ihn haben. Und wissen Sie, was er darauf antwortete? Er sagte nur: ‹Das war gut geschossen, nicht wahr?› Was halten Sie davon?»

«Na ja, die Leute sind auf die verschiedensten Dinge stolz.»

«Er war ganz offen mit uns, nachdem er sah, dass wir ihn hatten. Nur einmal regte er sich auf, weil Jennings da etwas über Billy gesagt hatte. Er behauptete, er habe es nie so aussehen lassen wollen, als wäre der junge Mann der Täter. Das hat er mehrmals wiederholt.»

Der Rabbi nickte. «Kann ich mir vorstellen, dass ihn das beunruhigte. Er muss sich doch klar darüber gewesen sein, dass so etwas nahe lag. Hat er gesagt, falls Billy verhaftet worden wäre, hätte er sich freiwillig gestellt?»

«Ich habe ihn nicht danach gefragt.»

«Und Billy?»

«Ich war heute Morgen drüben bei ihm auf der Insel.»

«Haben Sie ihm mitgeteilt, dass er jetzt frei ist?»

«Aber hören Sie, David! Wir haben nie Anklage gegen ihn erhoben. Er hätte gehen können, wann immer er wollte.»

«Vorausgesetzt er hätte so weit schwimmen oder sich ein Ruderboot leihen können?»

Lanigan machte ein verlegenes Gesicht. «Ich gebe zu, es gab da einige Hindernisse ...»

«Und wie hat er die Nachricht über Gore aufgenommen?»

«Tja, also das ist interessant. Er sagte, das überrasche ihn nicht. Er habe sich gedacht, dass Gore es gewesen sein müsse. Weil Gore der Einzige war, der bei dem Alten saß, als er zum Fenster hinausstieg. Und außerdem, weil Jordon durch einen perfekten Schuss mitten zwischen die Augen getötet worden war. Also erzählte ich ihm von den anderen Schüssen und von Gores Alibi. Aber er sagte nur: ‹Na ja›, als sei ihm das völlig gleichgültig. Was sagen Sie dazu?»

Der Rabbi lächelte. «Ich würde sagen, es ist der Beweis dafür, dass man alt, erfahren, reif und weise sein muss, um sich täuschen zu lassen. Was will er denn jetzt anfangen? Will er nach New York zurück?»

«Nein. Es gefällt ihm auf der Insel, deswegen möchte er bis Thanksgiving bleiben, bis die Arbeit beendet ist. Dann kommt auch ungefähr seine Mutter zurück, deswegen möchte er warten, bis sie wieder in den Staaten ist. Übrigens, ich soll Sie von ihm grüßen. Er kommt am Wochenende mit den Hegertys rüber und lässt fragen, ob er Sie aufsuchen darf.»

«Aber von Herzen gern! Wann kommt er denn? Am Freitag? Am Samstag?»

«Am Freitagnachmittag, sagt Tom Hegerty.»

«Vielleicht würde er gern am Freitagabend zum Dinner kommen», meinte Miriam.

«Das würde ihn ganz bestimmt sehr freuen», antwortete Lanigan. «Ich werd's ihm ausrichten.»

«Es war Ben Segal, der mich auf ihn aufmerksam gemacht hat», sagte der Rabbi. «Wie wär's, wenn wir die Segals auch einladen, Miriam?»

«Wunderbar! Ich werde sie anrufen», gab sie zurück. «Sicher freuen sie sich über eine selbst gekochte Mahlzeit.»

54

Der Brief kam Dienstag mit der Post. Der Rabbi öffnete ihn. «Sehr geehrter Rabbi Small», las er. «Hiermit möchten wir Ihnen mitteilen, dass der Vorstand die Verlängerung Ihres Vertrags beschlossen hat …»

Miriam, die gehört hatte, dass der Briefträger klingelte, kam aus der Küche. «Gibt's was Neues?», fragte sie.

«Nicht viel.» Und er reichte ihr den Brief.

Während sie las, gab sie sich Mühe, sich ihre Erleichterung und Freude nicht anmerken zu lassen. Es gelang ihr sogar, verärgert zu tun, als sie schließlich sagte: «Die haben sich wahrhaftig Zeit damit gelassen!» Dann aber lachte sie. «Ach David! Ich bin ja so froh!»

Er grinste sie an. «Siehst du? Und ich hab keinen Finger dafür rühren müssen.»

Petra Hammesfahr

«Spannung bis zum bitteren Ende» Stern
«Es gehört zu den raffinierten Konstruktionen von Petra Hammesfahr, dass dann doch alles ganz anders sein könnte» Marie Claire

Lieferbare Titel:

Das Geheimnis der Puppe
Roman 3-499-22884-X

Der gläserne Himmel
Roman 3-499-22878-5

Der Puppengräber
Roman 3-499-22528-X

Der stille Herr Genardy
Roman 3-499-23030-X

Die Chefin
Roman 3-499-23132-8

Die Mutter
Roman 3-499-22992-7

Die Sünderin
Roman 3-499-22755-X

Lukkas Erbe
Roman 3-499-22742-8

Meineid
Roman 3-499-22941-2

Merkels Tochter
Roman 3-499-23225-1

Roberts Schwester
Roman 3-499-23156-5

Das letzte Opfer
Roman

3-8052-0700-X

B 3/1

rororo
Foto: Carsten Minkwitz

rororo
LEENA LEHTOLAINEN
Zeit zu sterben
ROMAN